The Black Company

6 BLEAK SEASONS

黑色佣兵团

⑥ 荒芜岁月

[美] **格伦·库克 (Glen Cook)** ——→ 著

赵梓铭 ———→ 译

国际文化出版公司

·北京·

本故事纯属虚构

风终日在原野上呼啸——它在灰色的步道上呜咽，在地平线间肆虐，它又穿梭于斑驳的黑色柱子间，犹如亡魂在合唱。它裹挟着远方的落叶与扬尘，放肆地撩拨着那具尸体的头发，那死尸躺了太久，成了人干，张着嘴，仿佛还在无声地尖叫着。风不时把落叶丢进死尸嘴里，再卷起来丢到外头，它裹挟着冬意，点点光芒像个在玩捉迷藏的孩子一样，在古树一般的柱子间忽隐忽现。有时，这片死寂的平原上竟还显出诡异的颜色。总有人误以为这些柱子是某个失落城市的遗迹，不尽然，它们又少，排列得又没有章法。它们的表面被这强风磨蚀得伤痕累累，却依然高高地耸立在那里。

1 ●○——

……碎屑……

……发黑的碎屑，在我的手指间滑落。

泛黄的纸皱皱巴巴的，只能勉强看清几个潦草的字，全文已经无从寻找。

花了上千个小时，翻遍了现存的两卷编年史，那四年的历史依旧是一片空白，无从寻找。

真的无从寻找吗？我并不想回溯历史，回溯历史意味着自揭伤疤和散播恐惧。如今已经无法得知我们到底做了多少恶，然而，现在每个人心里想的就是如何安全地靠岸，只是不想让我们恶贯满盈的历史扰了旅途中的清净。

如今时间紧迫，我们在打仗。

我们总是在打仗。

都加大叔好像想干什么。今天就此停笔罢，我的眼泪都把墨迹洇湿了。

他想让我喝什么奇怪的迷药。

支离破碎……

……一切都支离破碎——我的事业、生活连带上我的爱情与苦痛，都在这荒芜岁月中飘零满地……

最终跌入黑暗，沦为了时间的碎片。

2 ●○——

嘿！这边！欢迎来到亡灵之城。别管那些盯着咱们看的，鬼魂们可不常见到生人，至少没见过这么友善的外来客。没错，他们的确都饥肠辘辘，毕竟围城之中多饿殍。

你们长得又不像烤羊排，别怕。

你觉得我在说笑吗？离纳尔人远一点。

欢迎！塔格洛斯人管这个鬼地方叫德加戈，那些被黑色佣兵团打败的小个子棕皮肤暗影大陆人叫它风暴关，然而这里的土著都称这个罪孽滋生的地方为贾库里。谁知道尼扬·博奥人叫它什么呢，谁又会在乎呢，对吧？他们反正从不言语也从不上台面。

那就是其中之一，无赖模样，两侧的脸颊消瘦如骷髅。这的居民大多都是棕色皮肤，他们不一样，他们的肤色是灰蒙蒙的，就像个死人。你从不会把一个尼扬·博奥人误认成其他什么人。

他们的眼珠就像烧过的煤球，看不到明火，但余温犹在。

怎么这么吵？

听着像是莫盖巴，他是个纳尔人，也是屡次击败暗影大陆人的先锋。暗影大陆人几乎每次都会趁着夜色溜进来，就像田鼠一样甩不掉杀不绝。

在黑色佣兵团夺回城池之前，他们都在躲藏。

这股臭味又是怎么回事？这比暗影大陆人开始焚烧尸体之前还要难闻，大致是因为死人越来越多，连铲子都要磨破了罢。

这些长长的土堆里散发出的臭味荼毒着整个城市，就像用车把尸体像木材一样堆在一起发出的味道。有时候死人堆挖得不够深，杂草破土而出，尸体的腐臭也随之涌来，这时候你会哭爹喊娘求着刮点儿风过来。

看着那些挖了一半的战壕和斜坡上堆满的土，你就能知道他们的想法有多么积极。

大象的尸体最难对付，它们腐烂的过程十分漫长，他们也曾试着把尸体埋了，但是每次稍有行动就会迎来一大群秃鹫的光顾，所以最终只得草草了事。

那个丑家伙是谁？还戴着一顶比他更丑的帽子。那是独眼，肯定有人警告过你，别去招惹他。

他为什么叫独眼？因为另一只眼上蒙着眼罩，真聪明，是吧？

另一个矮子叫地精，你应该也受过警告，什么？没有？好吧，别去招惹他们，最好老死不相往来，不过如果非要去接触，也别选他们喝醉的时候。他们没有三头六臂，不过也不是你能对付的。

别看他们那副样子，其实正是因为有他俩，城外的暗影大陆人才不敢造次，让塔格洛斯军团和黑色佣兵团还能看见城里的金银财宝。

瞧好了，地精是白一点儿的那个，行吧，你说得对，他一年都洗不上一次澡。这么说吧，地精是那个像癞蛤蟆的，独眼是那个戴着帽子和眼罩的。

那些以前还白净过，穿着短袍的人是塔格洛斯军人。他们现在日复一日地在懊悔自己何苦来打仗。

那些穿得五颜六色又愁眉苦脸的平民是土著——贾库里人。

有趣的是，之前黑色佣兵团和塔格洛斯军团从北方长驱奇袭暗影长老风影的时候，他们尊这些新来的部队为解放者，往街道上抛洒玫瑰花瓣，还争相把自己的女儿许配给军人们。

而如今，他们唯一不在背后把这些解放者们捅死的理由就是另一边更加残暴。如今，他们饱受欺凌与饥饿之苦。

暗影长老之一的旋影可并非以善良和爱好亲吻小孩子而著称的。

你问这些小孩子们？看起来还算开心的顽童？他们都是尼扬·博奥人。

暗影大陆人来了之后，贾库里人就不再生小孩了，即使生下来的也在那段最艰难的日子里夭折了。活下来的屈指可数，他们都是宝贝，被保护得严严实实的。他们不会光着屁股在街上尖叫奔跑，更不会忽略陌生人的目光。

哪些是尼扬·博奥人？你从来没听说过吗？

好问题，也是个很难回答的问题。

尼扬·博奥人只通过他们的议事者与外界交流，他们都是朝圣者，世世代代穷尽一生都在朝圣的路上，然而由于连年时局动荡，他们终被困在此处。塔格洛斯军人说他们来自横亘塔格洛斯西部的大河三角洲，原始落后，声小势微，是个为古尼、沙达尔和维纳所不齿的少数族裔。

整个尼扬·博奥人族群都一起在朝圣的路上，而他们也整个被困在了塔格洛斯。

他们应该提升一下审时度势的能力，要么只能练习其他的巧技来安抚他们的神了。

黑色佣兵团与尼扬·博奥人达成协议——地精和他们的议事者花了整整半个小时，吐沫横飞才最终确定下来：尼扬·博奥人与黑色佣兵团及他们所保护的塔格洛斯人互不干涉。

大多情况下，协议起了作用。

他们是一群你不想去惹恼的人，他们谁的面子都不给。

据塔格洛斯人说，他们从不尝试任何新鲜事物，每个人都固执无比，拒绝听任何人的指示。

听起来很像独眼的作风。

3 ●○——

把那些乌鸦踢走。它们胆子太大了！还敢来抢地盘……嘿！你踢到了一只。抓住它！乌鸦肉虽然不好吃，但也总比没有强。

见鬼，让它给跑了。去要塞的路上这种烂事不断。不过从这儿俯视，风景独好。

这些人？他们是黑色佣兵团。一眼就看出来了，对吧？下面那些白人们？发型狂放的那个是大桶，他现在是个还不错的军士，就是人疯疯癫癫的，他旁边的是奥托和哈葛普。他们都是老资格，只有地精和独眼能称得上是他们的前辈了。他们两个都是老部队里的老面孔了。独眼恐怕已经两百岁了。

那一群无所事事的人也是佣兵团的成员，那个患肺痨的老朽名叫老喘，似乎什么都干不好，不知道他是怎么挺过这一堆烂摊子的，传言他与其中最好的好手撕破了脸皮。

其他两个黑人是奇奇和怪怪，此名诨缘何而来不得而知。他们两个并没有什么毛病，不过看起来活像一对被抛光的乌木雕像，不是吗？

你觉得他们凭空就得了这些头衔吗？他们是流血流汗才得到这些头衔的。不过这些诨名经常是独眼给他们起的。是的，他们可能曾经有真名，但是大家都叫他们的诨名，久而久之，真名反而被人忘了。

千万要记得地精和独眼，不要把我的告诫抛之脑后，他们向来我行我素。

这里是如露闪耀街，没人知道这名字的来历，真费口舌，对吧？你也许在贾库里人那儿听过，很拗口的词。黑色佣兵团正是经由此路夺取的塔楼，也许叫它血流成河街更贴切一点儿。

是的，那天深夜黑色佣兵团正是从这里发起的冲锋，还没等敌人反应过来，他们就杀掉了一切能活动的和挡路的。化身帮他们冲上了塔楼，也是在这里，他在黑色佣兵团动手之前就解决掉了风影。

这是黑色佣兵团的伤疤，他们在某一代曾经拥有化身，但是化身后来却倒戈帮助搜魂打破了城防的阵地，杀害了独眼的兄弟，当时黑色佣兵团服务于绿玉城的领主。碎嘴、独眼、地精、奥托和哈葛普是如今仅存的当事者。唉，可碎嘴已经不在了。历史难忘，往事如烟，只剩平原莽莽。莫盖巴也是个老辈了，至少他自认为是这样。

流水的团员，铁打的兵团。每个弟兄，伟大也好，渺小也罢，永不会被埋没。

那些盯着城门的恶魔般的大个子黑人们正是纳尔人，他们是数百年之前佣兵团的传人，他们就像骇人的野兽，不是吗？莫盖巴和他的弟兄们在吉－埃克斯利加入了黑色佣兵团的远征。老兵们对他们没什么好感。

你强行把这些人凑到一起，就会知道强扭的瓜不甜。

他们本来人数众多，可是很多人都阵亡了，他们大部分的成员都是彻头彻尾的疯子。对他们来说，佣兵团就好比一个宗教，他们的兵团并不是老一辈的兵团，你每多待一会儿就会加深这种认识。

每个纳尔人都有六英尺高，疾如狂风，跃如山羚。莫盖巴只选择了最英勇和骁武的人参加了卡塔瓦远征。每个纳尔人都灵巧如野猫又强壮如巨猿。每个纳尔人都精通兵器，运用自如。

其他的呢？那些称自己为老辈的人？的确，佣兵团并非一份工作，若是它成了一份工作，简简单单当金主的雇佣兵就是了，他们也不会来掺和这里的事，北边有大把的机会，而这里充斥着恶棍和杀机。

佣兵团是其成员的家，是个大家庭，是边缘人的王国，孤独地改变这世界。

如今佣兵团想要探寻自己的身世，开启了向自己诞生地的远征——卡塔瓦，但是整个世界都说卡塔瓦或不存在，或无法到达，远征的终点是一片隐藏在阴影下的处女地。

没错，佣兵团是每个人的家，但是仅有碎嘴一人会因这个该死的想法而忧心忡忡。

对他来说，佣兵团的过去可能是一个谜一般的邪教，而不像莫盖巴那样深陷其中，认为一切都是神圣的使命。

小心脚下，他们还没完全把上次战斗留下的烂摊子清理好，即使没有味道，也不会是什么好东西。贾库里人不再帮忙了，可能他们缺乏身为居民的荣誉感。

你说尼扬·博奥人？他们只待在这儿，他们与外界井水不犯河水，他们自认为可以保持中立，不过他们会慢慢学到的。覆巢之下岂有完卵，你只能选一边站队。

是不是有点儿筋疲力尽了？你会适应的，急行了几周才到这个地方，不但要躲避旋影的探子，还要避开莫盖巴的斥候，最终会把你磨炼得和尼扬·博奥人的剑一样锋利的。

你以为围城就是在外面悠闲地坐着，然后等着我们突围出去吗？

伙计，这家伙是个满嘴脏话的疯子。

他不单单是个疯子，他还是个巫师，法术高强，如今只是真人不露相罢了。在他和其他人身陷囹圄之前，这个老头儿把旋影揍得已经不成人形了，可怜的老鬼。

就是这里了，塔顶，这个臭名昭著的碉堡，和夫人爱摆弄的沙盘上一模一样。

是的，这里也听到了很多传言。先是那些暗影大陆人俘虏开始传的，什么基纳在北方现身之类的。但是那不可能是夫人，夫人就在这里阵亡了，五十个人亲眼看见她不行了，这里面有一半都为了救她而丢了小命。

你凭什么这么说？你不确定？有那么多的目击者还不能说明问题吗？她已经死了，老大也死了，他们都死了，莫盖巴封城之前他们没能逃回来。

所有的暴徒都死了，除了这里的这群人之外没有活着的了，现在他们被两头夹击，谁也说不清莫盖巴和旋影谁更疯一点儿。

你明白了吗？德加戈正在被暗影大陆人围困，还不够印象深刻吗？每家每户，甚至每个去与暗影大陆人谈判的地方都被焚烧一空。

德加戈很容易起火。

毕竟地狱就是被火灼热的，不是吗？

4 •○——

……至于我是谁？我是摩根，由于机缘巧合我得以苟活，我是黑色佣兵团的掌旗官，即使我现在背负上了在战场上丢了战旗的恶名。由于碎嘴已经阵亡，我只得自告奋勇担任临时史官续写编年史，独眼不愿意做这活，而其他人大都目不识丁。我是曾受过碎嘴训练的继承人，我在没有官方认可的境遇下承担起了此工作。

在暗影大陆人扫平我们的威胁来临之前，都由我来带你领略兵团的历史，可能是几个月、几星期或者几天。

城墙里的人都被困住了。敌人太多，自己人太少，我们唯一的优势就是我们的指挥官和他的疯狂。不过这也使得我们的行动变数很大，但无论怎样都生机渺茫。

只要莫盖巴自己还能举起武器反抗，甚至只要他还有朝着敌人扔石头的力气，他都不会放弃。

我希望我的文字可以被一阵阴风吹走，从不为人所寻见。也许这些纸会成为旋影攻破防线，把我们斩尽杀绝之后，火葬最后一个弟兄的燃料。

如果任何人发现了这些文字，兄弟，我称之为《摩根之书》，黑色佣兵团编年史的最后一卷，我们的历史由我画上句点。

我会在这让我难以理解其十分之一的奇怪世界中惊惧无比，迷迷而终，若我审视我的灵魂，唯有寒寂。

时间在这里无比沉重，两千年的传统支撑着太多的荒谬。数十个种族、文化与宗教并存，大相径庭的它们在一具饱经风霜的古老躯壳中交汇、冲突与碰撞。

塔格洛斯只是一个大的集合，它包含着无数的子集，大部分都坐落在暗影大陆之上，有很多的相同之处。

主要的族裔包括古尼、沙达尔和维纳，它们既是宗教的名字，也是种族和文化的名字。古尼人数最多，分布最广。古尼人的圣殿通常是一个大杂烩般的万神殿，数量与他的信徒一般众多，到处都是。

古尼人身材矮小，肤色黝黑如纳尔人那般。在正常的天气中，他们都穿着宽大的袍子，不同的颜色象征着不同的种姓、教派与职业。即使是女人也穿得同样鲜艳，但是通常外面都裹着几层衣服，未婚的女人都蒙着面纱，但她们通常早婚。她们把嫁妆当作珠宝穿戴在身上，在出门之前，会在前额上标记象征着自己丈夫或是父亲种姓、教派与职业的符号。而我从来不懂这些符号的意思。

沙达尔人肤色更显灰白，像北方晒黑严重的白人。他们身材高大，通常超过六英尺。他们不像古尼人那样刮胡子或拔胡子。有些教派从不剪头发。洗澡并非禁忌，但也被视为一种恶习。沙达尔人都穿着灰色衣服，靠头巾来定义自己的身份。他们吃肉，而古尼人不吃。我从未见过沙达尔女人，也许他们靠着在白菜叶子下面发现小孩来繁衍后代。

维纳人是人数最少的塔格洛斯人。他们肤色和沙达尔差不多，但身材更小，体重更轻，生性好斗。他们不认同沙达尔人战士般的价值观，他们的宗教几乎禁止一切，但违反规则的情况是很常见的。他们也喜欢穿得花花绿绿的，但是不像古尼人一样扎眼。他们穿着马裤和真正的鞋子。即使是最穷的人也会遮蔽自己的身体并戴上点儿东西。低种姓的古尼人除了腰布外什么也不穿。已婚的维纳妇女只穿黑色衣服，只露出自己的眼睛。而未婚的女人，你根本看不见。

只有维纳人相信来生，但是来世的大门只对男人开放。只有几个女勇士圣人和先知的女儿享有和男人一样的荣誉。

很少能看到尼扬·博奥人，他们男人和女人一样通常穿着宽松的长袖套衫衬衫和宽松的轻质裤子，通常是黑色的，而孩子们则赤身裸体。

塔格洛斯的任何城市都像大杂烩一般混乱。

而每天都会是某些教派的节日。

5 ●○───

从瞭望塔的存在来看，德加戈是一座修筑完整的城池。当然，大多数有城墙的城市都是因为邻邦的统治者是一群暴徒。而你自己城市的统治者最差也是尚有一丝良心的暴君，他们最糟糕的野心就是想让自己的故乡扬名立万。

直到暗影长老们出现的前一代人，这个世界的每一个角落都觉得战争是一个遥远的概念。而自从黑色佣兵团离开的几个世纪以来，这里既没有军队也没有士兵。

在这个童话般的天堂，暗影长老，这些黑暗的领主们从远方的大地带来了他们所有噩梦般的爪牙。然而此地却没有任何军队可以防御。他们潜伏在门户大开的王国中，如残忍的巨兽一般，人挡杀人，佛挡杀佛。暗潮涌动，城市的秩序崩溃了。而幸运的是，暗影长老们决定建立新秩序。被新秩序阴影笼罩的人们被迫做出选择：顺从或死亡。

德加戈由此改名为风暴关，暗影长老风影坐镇统御，她能在黑暗中招来咆哮的狂风。她在另一处还有别的名号——御风者。

一开始，风影就在被攻占的贾库里人废墟上建起了一座高达 40 英尺的土堆，土堆就坐落在一片平原的中心，也就是在这里，奴隶和战俘们让她头疼无比。土堆的土来自平原周围的环山。随着土堆的完工，它的外侧又被砌上了一层又一层的石头，风影就此建起了新的制高点。接着她又把城墙加高了四十英尺。她也没有忽视塔楼的安全，她布下了交叉的火网与野蛮的卫兵来守护入口。

所有的暗影长老都对自己大本营的安全有一种近乎偏执的需求。

然而，在她的计划中，她从来没有考虑过她可能不得不抵制黑色佣兵团的冲击。

我希望我们能有我形容的一半浑蛋。

德加戈有四座城门，坐落在东南西北不同的方位上，每一扇都只有一条路与群山相连，而这几天只有南面的路能够通行。

莫盖巴已经封锁了三座城门，他手下的纳尔人们严密死守着每个可能突围的地方。莫盖巴已经破釜沉舟了。他坚定地认为，我们这些衣衫褴褛的塔格洛斯军团都会逃跑，没有一个人要跟他干下去。

我们都不是黑色佣兵团的老一辈，纳尔人，贾库里人，塔格洛斯人，尼扬·博奥人，或者其他一些倒了大霉被困在这里的人，我们都会活着逃出来。除非旋影和他的狗腿子们闲得无聊要欺负别人去找乐子。没错，若是你现在有八成把握，你只能寄希望于自己有九成的运气。

但是恐怕九成的运气也不足以让我们离开这个鬼地方。

暗影大陆人的营地矗立在城南，固若金汤。它离我们很近，我们的重炮可以摸到他们。你可以看到烧焦的木材，我们在大战的那几天试着去放火。从那时到现在，我们已经突袭了他们几次，但是我们没有破釜沉舟的资本。

然而我们无法阻止旋影。

像大多数军阀一样，他不会让任何人妨碍他。

我们的炮兵连续五个晚上随机向他们开火。搞得他们夜不能寐，草木皆兵，也让他们的进攻打了折扣。但麻烦的是，我们也同样会感到疲惫和焦躁，毕竟我们还有其他的事要顾虑。

旋影是个谜。佣兵团以前也遇到过类似的敌人。过去遇到这种情况，我们佣兵团的重量级杀手会像踏平蚁穴一样把敌人踩在脚下，但是如今，我们灵巧的地精和独眼可以凭借敏捷的身法躲开旋影每一次出招。

但他的弱点仍旧是个谜。

当下最令人紧张的事莫过于你的敌人本可以采取无数的动作却始终按兵不动。旋影可并非因为友善才赢得了头号恶人的名号。而独眼能看透他那颗无比邪恶的内心，他说旋影只是在故意磨洋工，因为长影提防着他，暗地里削弱他的势力。佣兵们熟识这种老套的勾心斗角。在我们与他们为敌之前，他们最大的麻烦就是愈演愈烈的内斗。

一般来说，地精几乎从不对独眼的观点表示附和。他觉得旋影是为了麻痹我们，以赢得自己恢复元气的时间。

而我觉得他们说的都不无道理。

乌鸦围着暗影大陆人的营地绕着圈子。鸦群有来有回，但是保持着一定的数量。其他的乌鸦则日夜骚扰着我们，无论我们走到哪里，它们都如影随形。除了在室内的时候它们进不来，我们也不会让它们进来。这种疏忽往往会导致我们落入某人的陷阱中去。

碎嘴对乌鸦一直烦得不得了，我现在明白这是为什么了。但是蝙蝠更让我烦恼。

但我们不经常看到蝙蝠，大部分时间还是和乌鸦在纠缠（这些乌鸦在晚上也照常出来）。大部分情况下，我们不会让这些乌鸦想走就走，但是世事无常，总会有一两只侥幸逃脱，这容易出大问题。

它们是暗影长老监视一切的邪恶眼线，出现在我们的敌人鞭长莫及没法耍他们邪恶小把戏的地方。

现在只有两个暗影长老了。旋影如今伤了元气。他既没有自己现身，也没有操纵暗影大陆人进入塔格洛斯最核心的疆域。

他们从舞台上消失了。

一个美梦。

而美梦太容易变成噩梦。

6 ●○──

当你从堡垒往下看时，你一定想弄清楚贾库里人是怎么把所有的东西都塞进德加戈的城墙里的。然而事实是，他们从来没有这样做过。

很久以前，平原周围的小山被农场、果园和葡萄园所覆盖。但暗影大陆人来袭之后，农民们纷纷抛家舍业，这些产业也逐渐消亡。接着，反抗暗影的黑色佣兵团进驻了城市，在南边取得了戈加关大捷之后斗志昂扬，却也不得不忍饥挨饿。后来，暗影大陆人打垮了我们。

现在的山峦上已经丝毫没有了旧日辉煌的记忆，比秃鹫啃过的骨头还荒凉。

最聪明的农民是那些早逃走的人，他们的后代将重新在这片土地上繁衍生息。

接着那些蠢一点儿的农民逃到了这里，来到看似固若金汤的德加戈寻求庇护。莫盖巴，他用车把几百个哭着祈求填饱肚子的饿鬼送出了城外，不誓死捍卫城市的人不得食。

那些不愿意为城市奉献或者老弱病残们紧随他们的步伐被送到了城外。

旋影不愿意接纳这些废物，除非他们愿意给自己挖沟，最初挖沟指的是在监视下劳动，后来纯粹成了在你毫无用处的时候给自己挖个埋尸的坑。

艰难的抉择。

莫盖巴不理解为什么他的雄才大略难受拥戴。

他不会去招惹尼扬·博奥人，还不用管他们。他们对德加戈的防守没有多大贡献，但他们也没有消耗资源。当我们其他人只能勒紧裤腰带过活的时候，他们的孩子却长得越来越胖。

城里的猫狗都被我们吃光了。马匹虽然受到军队的保护，不过也没剩下几匹了。等这些马儿没有草料可吃的时候，就到了我们拿它们开荤的时候了。

连鸽子和耗子都越来越少，不过偶尔你还是会被乌鸦吓一跳。

尼扬·博奥人挺了过来。

不过他们也是个冷漠的族群。

他们都是刺儿头，所以莫盖巴也不想惹得一身腥。在他们眼里，斗争是神赐的天命。

他们懒得多管闲事，但他们不是和平主义者。有好几次，暗影大陆人妄图从他们的聚居区取道，吃尽了苦头。

他们被尼扬·博奥人杀得丢盔卸甲。

贾库里人传言说他们会吃了自己的敌人。

的确，后来有人找到了屠宰和烹饪的证据。贾库里人主要是古尼教徒，他们都是素食主义者。

我并不相信尼扬·博奥人如此残暴，但是肯·戴姆也并未否认对他同胞们最黑暗的指控。

也许他会接受任何让尼扬·博奥人看起来更危险的谣言。他希望用危言来自保。

幸存者为了生存会付出一切。

我希望他们能谈谈。我敢打赌，他们的故事会吓得你脚趾痉挛，汗毛耸立。

啊！德加戈！那些宁静的日子，在地狱中欢唱。

我们到底还有多久才能走出这个鬼地方？

7 ◦○——

每晚我都精疲力竭，但我还要去轮班站岗。我已经毫无雄心壮志，连力气都没有多少了。我坐在一个小木屋里，骂着那些该死的暗影大陆人。恐怕我说不出什么新花样，但起码嘴巴够毒。他们到外面去了，你可以听到他们行走发出的嘎嘎声和交头接耳的声音，可以看到他们手中举着的火把在移动。

又是无眠的一夜，难道这些人就不能规律地作息，在正常的时间处理手上的事吗？

他们其实并不比我积极多少。我偶尔听到关于我的坏话，就好像这乱七八糟的状况都是我的错。我想他们之所以牢骚满腹是因为一日不破风暴关，一日就不能归乡。

也许两边的人都没法活着回家了。

一只乌鸦在天上叫着，好似在嘲笑我们，我已经懒得朝着它扔石头。

外面雾蒙蒙的，阵雨蒙蒙，时下时停。闪电越过山丘劈向南方，现在整天都闷热潮湿，傍晚时还有狂风暴雨袭来。街道上积水颇多，看来风影的匠人们并没有利用地形的优势设计好街道的排水。

现在并非攻城的好时机，当然守城的人也不会好过。

不过，我还是会为下面的小家伙们感到难过。

蜡烛和红宝石从街上慢吞吞地挪了起来，嘴里呻吟着，每个人都背着一个沉重的皮袋。蜡烛咕哝着："我已经老到干不了这种粗活了。"

"我们早晚一天都会成老朽的。"

他们俩靠在城墙边上吹着风，接着他们把袋子扔进黑暗中，底下传来了暗影大陆人的咒骂——"你是对的，浑蛋！"红宝石咆哮着回敬道，"滚吧，老子要睡觉了！"

所有的老一辈都花时间拖来更多的泥土。

"我知道，"蜡烛跟我说，"道理我都懂，但是要是不能享乐，又何必苟活呢？"

如果你通读了我们的史书，你知道我们的兄弟从最开始就在这么抱怨。我耸耸肩，想不出什么鼓舞人心的话。一般，我们不会互相加油打气，该过去的忍忍就过去了。

蜡烛嘟囔着："地精要见你。我们会在这里掩护你。"

红宝石气势汹汹地对底下那个暗影大陆人喊道："别像火鸡一样咕噜咕噜的了。"

我迟疑了一下。这一班是我的岗，但是我有来去随心的自由。莫盖巴甚至没有假装试图掌控我们这些老一辈。我们已经尽力了，坚守在阵地上。我们只是与他对佣兵团的发展有着不同的意见。

但如果暗影长老们和他们的狗腿子一下子消失的话，我们和他之间恐怕会有一场地狱般的决战。

"他在哪儿？"

"下三。"接着他用手指比比画画的。如果我们在公开场合正式谈论，我们经常使用聋人手语。天上的蝙蝠和乌鸦都看不懂，莫盖巴和他的人也不可能看懂。

我又咕哝了一声："我去去就回。"

"那还用说。"

我走下陡峭又湿滑的楼梯，忍受着肌肉的酸痛，盘算着我回来时要背的袋子的重量。

地精想要谈什么？可能是一些琐事。那个小矮人和他的一只眼睛小兄弟小心翼翼地避免承担任何责任。

我自告奋勇负责料理老一辈的人，其他人都不想自找麻烦。

我们已经在一个靠近北门西南墙的高层砖房中建立了自己的基地，北门是唯一一扇功能完备的城门。从围城开始的第一个小时起，我们就一直在变换落脚点。

莫盖巴笃信战者必胜，他不相信躲在石头墙后面就可以赢得战争。他日夜想着暗影大陆人攻上来，他好把他们扔下去，再趁势突出去踏平他们的阵地。他不断地派出尖兵去袭扰他们，让他们不胜其烦。他从未考虑过他们可能大举攻城的情况，尽管几乎每一次攻击都会让暗影大陆人朝我们这边集结，然而我们并没有做好与他们决战的准备。

总有一天，莫盖巴会失算；总有一天，旋影的军队会集中兵力开始攻坚；总有一天我们会经历大规模的城市攻防战。

这是不可避免的。

老一辈已经准备好了，莫盖巴，你呢？

我们会消失在敌人的视野中，可你还那么傲慢。我们熟识这一套把戏，我们通读过史书，我们是嗜血的厉鬼。

我们希望，我们是。

暗影是个问题，暗影是问题所在！他们知道什么？他们能找到什么？

暗影长老并非单纯因喜欢黑暗而得名。

8 ●○——

除了三个暗门外，佣兵团基地的所有入口和三层以下的窗户都被砖砌起来了。小巷和小路被我们布置成了迷宫般的死亡陷阱。有三个可用的入口进入塔楼，只能通过攀爬楼梯外侧，而这样一来，很容易受到飞行武器的攻击。而且我们的老巢还是防火的。

对于黑色佣兵团来说，被围困期间没有任何闲着的时候，甚至连独眼也开始认真干活了。不过我什么时候才能找到他？

每个人都处于该死的忙乱中，被如今的境况压得抬不起头。

走进隐蔽的入口之后，只剩下老一辈的兄弟们，乌鸦和蝙蝠，那些监视着北方野蛮人的纳尔人还在街上晃荡，我通过一个又一个关卡之后来到了一个地下室，大桶在一个火苗颤动的小蜡烛旁打盹。尽管我没发出什么声音，他还是眨了眨眼，不过也没费什么口舌。一个摇摇欲坠的扭曲的柜子斜靠在他身后的墙上，门上歪歪扭扭地挂着一个损坏的铰链。我轻轻地把门拉开，走了进去。

任何外来的人到地窖的时候都会发现柜子里堆满了外面极其贫乏的给养储备。

内室前面有一条隧道，连接着我们所有的落脚点。莫盖巴和他的追随者们对此津津乐道。如果他们非要进入我们的地窖，他们可要大费周章了。

希望他们能满意。

隧道连接着另一个地窖。有几个人在里面睡着，巨大的气味使地窖闻起来就像是熊的巢穴。我慢慢地前进直到认清了路。

如果我是一个入侵者，我就会成为永远葬身在地下的第一人。

现在我进入了真正称得上是机密的地方。风暴关坐落在德加戈老城之上。当时建造风暴关并未费心去拆除老城，因此许多早期的结构一直处于良好状态。

我们渐渐挖开这个地下世界，每从城墙或者其他什么地方倒出一袋土，这个地方就会扩大一分。不过，这绝非舒适的卧房，去探寻那些黑暗未知的地方需要非凡的坚毅，那里空气凝固，蜡烛都无法点燃，而且任何的阴暗都可能隐藏着令人惊惧的杀机。

而我，对被活埋这件事有着心理阴影。

即便我现在身经百战也不会轻松地面对这件事。

哈葛普和奥托，地精和独眼，惶悚平原上我承受过这一切，像獾一样在那里生活了五千年。

"柯莱特斯，地精在哪里？"柯莱特斯是我们的匠人兼炮兵三兄弟之一。

"在拐弯那里。下一个地窖。"

柯莱特斯、洛夫特斯和朗基努斯是三个天才。他们想出了如何将新鲜空气从现有建筑物的烟囱引下来，然后通入地道，让它可以慢慢地穿过复杂的建筑结构，然后用其他的管道把废弃气体排出去。很简单的工程，在我看来好比巫术。有了可以呼吸的空气——虽然不太新鲜还一股子味道，却能帮我活下来。

但是新鲜的空气也没法驱除湿气和臭气。

我终于找到了地精。他拿着准备给朗基努斯的蜡烛，而后者则正在把湿灰浆拍到刚擦洗过的石器上。"怎么了，地精？"

"上面又下雨了，是不是？"

"看来上帝抽干了一条大河的河水，又把它扔在咱这儿。你说这是为什么？"

"我们这里怕是有一千个漏水点。"

"麻烦很大？"

"再拖一拖麻烦就大了。我们现在没有排水系统，除非十二号隧道顺利排水，否则我们就只能被淹了。"

"听着像是个工程问题。"

"是的，"朗基努斯边说边擦拭着火器，"柯莱特斯预料得没错。其实我们从一开始就做了防水。麻烦在于，直到遭遇暴雨的时候我们才能知道哪出了问题。不过我们很幸运，现在不是真正的雨季。只要连续下三天，我们就可能被洪水淹没了。"

"听起来还是一个工程问题。你可以处理，对吧？"

朗基努斯耸耸肩："我们会努力的，别的没法保证，摩根。"

每个人都在到处挖来挖去的。就像告诉别人，每个人都要各司其职的道理。

"这就是你叫我过来的原因？"即使是地精发话也有点说不过去吧。

"不，朗基努斯，你什么也没听到。"蟾蜍脸一般的人用他左手的三个手指做了一个复杂的手势。一些半暗示的微光在他的手指后面短暂地拖曳着。朗基努斯就像个聋子一样回到了工作岗位上。

"他对我们很重要，你想把他踢出去？"

"他话太多。他可能并没有恶意，但是他禁不住重复他听到的每件事。"

"然后会夸大其词是吧。我知道了，好，咱们说吧。"

"暗影大师遭遇了某些变故，他变了。我和独眼在一小时前就确定了，但是我们认为这件事已经持续了一段时间，只不过把我们蒙在了鼓里。"

"什么？"

地精靠得更近了，好像朗基努斯还可以偷听似的。"他痊愈了，摩根，他刚刚恢复元气。他想在出手之前隐藏实力。我们还认定，他是向自己的同门长影隐藏着实力，而非我们。看来我们在他眼里并非最大的威胁。"

我僵住了，脑子里回忆着环形平原上的古怪情况，似乎是突然之间就开始了。"哦，该死。"

"什么？"

"他今晚就要发难，很快。我下来的时候，他们正在变换阵型，我还没在意……我们要马上戒备。"我充满斗志地出去，向每个我见到的人通报如今的情况。

9 ●○——

旋影并不着急。黑色佣兵团在城墙上摆出了防御的架势，我们带领的塔格洛斯士兵也像以往一样摆好了架势。我派人向莫盖巴和议事者肯·戴姆发出警告。虽然莫盖巴是个十足的浑蛋和疯子，但肯定不是个十足的傻瓜。他向来公私分明，若是地精告急，他肯定听得进去。

到处都响起报警的号角，而愤怒的呼喊声在高耸的城墙后喧嚣。

平民也开始察觉了。恐惧笼罩着黑暗的街道，感觉这次敌人比往常更加来势汹汹。我像往常一样，回忆起了土著第一次被袭击时的情景，那时第一波的敌袭夹杂着暗影的闪光。

"独眼，外面有暗影吗？"

"不会有的，摩根，它们都随长影在暗影塔中呢。"

"很好。"我已经领教过了暗影的威力了，即使只是冰山一角。土著的恐惧是明智之举。

"不过，我能保证一些巫术的力量已经在聚集了。"

"你还真是每次都能叫我振作起来啊。"我仔细地看着我们这一部分的城墙，虽然看不清防御的全貌，但是我暗自认为任何来犯者都会被迎头痛击。

不过如果旋影当真恢复了元气，那上面防御都是徒劳的。

"摩根！"

"什么？"

"在你身后。"

我回头看了看。

是肯·戴姆，尼扬·博奥人的议事者，他的一个儿子和几个孙子跟随在他左右，用手势问他是否能来到城垛。但是只有他的儿子全副武装，他虽然矮矮胖胖又面无表情，不过据说武艺十分高强。我向他们点点头："欢迎加入。"

肯·戴姆看上去比独眼大一千岁还多，但是不用人搀扶也能攀上城墙。他并不怎么走动。一根根的白须均匀地分布在他的头顶和脸上，但已经没有多少了。而他身上满是肝斑，皮肤仿佛褪色了一般，比我们北方人更苍白。

他轻轻地鞠了一躬。

我友好地进行回礼，试着和他弯得一样低，这已经是平级之间的礼数了。这应该能为我赢得一点儿好的印象，虽然我的年纪不大，但我在这里的资历不浅，因为他是佣兵团的基层，而我是佣兵团的前辈。

聪明的我，尽一切努力对肯·戴姆做到彬彬有礼。我不断提醒大家要尊重和保护所有的尼扬·博奥人，即使有时候被他们弄得火大。我鼓励着他们要着眼于长远利益。

在这片陌生的土地上，我们没有朋友。

肯·戴姆面对着黑暗的平原。他的气场十分强大，许多土著相信他是一个巫师。地精和独眼说，他可以被称为"巫师"，因为这个词是最古老的意义指的是智者。

肯·戴姆深吸了一口气，似乎为了增强他意念的力量。"今晚的情况不同。"他操着一口通用的塔格洛斯语，一点儿口音也没有。

"他们的主子已经恢复了元气。"

肯·戴姆严厉地瞥了我一眼，接着又看向独眼和地精。"啊，所以……"

"没错。"我一直期待着这一天，如今正是完美的时机，我几乎激动得不能自已。

我盯着肯·戴姆的护卫，我从未见过如此矮矮胖胖的剑客。但他就是这样，我们之前的文化相差太多。

他的儿孙们看起来像是最年轻的尼扬·博奥人。就像如果他们微笑一下，或者表现出任何情感就会一下子被抽空灵魂一样。用地精的话说，好比被仙人掌怼了屁股。

我趁着肯·戴姆还在夜色中思考的时候继续准备打仗，他的随扈为我让开了路。

大桶向我汇报："一切就绪，老大。"

外面暗影长老的人马发出的声音听起来就像他们准备演奏一样。他们的号角开始像公牛一样发出进攻的声音。我抱怨道："不会太久的。"

他们大可以二十年后再搞这些把戏，我不会介意的。我并不着急。

一个塔格洛斯信差跌跌撞撞地从街上走了过来，边大喘着气，边大声说出莫盖巴想要见我的消息。

"我这就上路，五分钟内，"我告诉他。我看向茫茫的黑夜吩咐道："守住堡垒，大桶。"

"正好，这时候就要多来几个讲笑话的。"

"哦，我会杀了他们。"

肯·戴姆说了些什么。剑士在夜色中眯起眼睛。刹那间，山丘上仿佛出现了如幽灵般的闪烁。是星星？还是星星的倒影？不可能，今晚天气凉爽，潮湿而阴沉。

肯·戴姆说："骨头武士，我们看不到的地方，暗流正在涌动不是吗？"

"也许，"骨头武士？"但是，和尼扬·博奥人一样，我们不是武士。我们是战士。"

肯·戴姆很快就明白了这一点。"和你想的一样，石头战士，也许一切都不像看上去的那样。"他是不是因为要溜了所以编出这一大堆？

他似乎对自己的推测并不满意，他转过身，快速地走下楼梯，他的儿孙们竟然很难跟上。

"那是怎么回事？"大桶问。

"我一点儿线索也没有。看来我被德哈王子召唤了。"我走上楼梯时，瞥了一下独眼。这位小个子巫师正凝视着山丘，而肯·戴姆刚才也做了同样的事情。他似乎既困惑又不高兴。

我没有时间问到底怎么了，我也没有多少兴趣。

反正我已经听到坏消息了。

10 ◦•——

莫盖巴身高六英尺五英寸。他身上所有的脂肪都堆在了脸上，而其他地方一点肥膘都没有。全身只有肌肉和骨头，他能像猫一样敏捷，又像水一般灵动。他努力健身以保持实力，但肌肉又不会过于夸张。他肤色很黑，比乌木还深得多。他因自信而神采奕奕，这是一种坚不可摧的内在力量。

他机敏却不苟言笑。他感觉不到，也可能不理解幽默为何物，而有时表现出的幽默仅仅是为了取悦听众而做的表面文章罢了。他比任何活人都要专注，而专注也是迄今为止最强大战士——莫盖巴诞生的催化剂。

他几乎和他追求的一样好，他也几乎和他想象的一样好。我从未见过任何人能与他的个人技巧相匹敌。

其他纳尔人也都几乎和他一样强，一样自信自傲。

莫盖巴以自我为中心的观点是他最大的弱点，但我说了可能也没人相信。他和他自己的声誉正是他一切考虑的中心。

可悲的是，自我放纵和自我爱慕并不总是能激发出足以让士兵必胜的信念。

莫盖巴与我们其他人之间并不存在什么手足之情。他刚毅的性格让佣兵团内部分为了新老两派。在他的眼里黑色佣兵团是一支历史悠久、为信仰而战的军队。然而我们老一辈把它视为一个不幸的大家庭，收容了我们这些为世界抛弃但又苦苦求生的边缘人。

在没有旋影这个共同的大敌时，这种分歧愈演愈烈。

而这几天莫盖巴的自己人也对他的行事风格表示惶恐。

从他第一次把羽毛笔放在纸上的时候，碎嘴就敏锐地意识到了所谓的形式问题。即与上司争吵是不好的，即使他们错了，他们还是对自己片面的判断十分有优越感。我竭力地避免这种情况的发生。

碎嘴很快就将莫盖巴提升到了佣兵团三把手的位置，仅次于他和夫人，这当然是因为他有非凡的天赋。但即便这样也并没有赋予他在团长和夫人缺席时自动当选为新任团长的权力——新任团长应该由选举产生。在德加戈这样一种情况下，我们应该按照传统征求成员的意见，如果他们认为老团长已经失智、衰老、死亡、无能或需要永久替换的时候，那么将举行选举。

我回忆不起史书中有任何一次资深候选人最终没有被士兵们推举为团长的例子，但是如果今天举行选举，可能就会开了这个先例。在无记名投票中，甚至许多纳尔人也会对莫盖巴没有信心。

但我们被围困的时候却没有投票选举。我会反对任何妄图篡夺团长大位的举动。莫盖巴可能是疯了，我的想法可能与他的宗教思想相悖，但只有他有意愿控制数以千计刺儿头般的塔格洛斯军人，而后者正是维护德加戈城内秩序的保证。如果他倒下了，他的助手辛达维会站出来，然后是欧奇巴，如果他也不行了的话，如果我没躲远点儿，会轮到我。

在这段围城的时间里，士兵和百姓对莫盖巴的恐惧已经超越了爱戴。这使我无比忧虑，历史一再证明，恐惧是催生背叛的肥沃土壤。

11 ●○——

莫盖巴在要塞中开会。要塞里有一个战情室，曾经属于巫师风影。莫盖巴觉得，在那儿开会已经给我们省了一大截路了。他不喜欢为了开会离开驻地，所以这次会议应该会比较简短。

他已经很有礼貌了，尽管只是一种皮笑肉不笑的客气。他说："我收到了你的情报，不过我不是全都能看懂。"

"我故意把它弄乱了，我不想让信差把情报泄露出去。"

"我想这不是一个好消息，我觉得……"他说，他说起了佣兵团为绿玉城的辛迪加服务时使用的珍宝诸城方言，一般我们只有在不想让土著听懂的时候才用这种语言。而莫盖巴纯粹是因为自己的塔格洛斯语离了翻译就惨不忍睹，他的珍宝诸城方言也带着很浓重的口音。

"绝对不是好消息。"我说。莫盖巴的左右手辛达维为在场的塔格洛斯军官当起了翻译。我继续说："地精和独眼告诉我，旋影已经恢复了元气，也就是说今晚会是他卷土重来打响的头一炮。所以今晚的敌情不会仅仅是一次普通的袭扰，而会成为一次针对我们的重大打击。"

十几双眼睛瞪得大大的，祈祷着我只是像地精还有独眼那样开着不合时宜的玩笑。莫盖巴的眼神则冷冰冰的，他想让我屈服于他的怒视之下。

莫盖巴与独眼地精两人向来不和。后两位是老一辈中与他发生冲突的主力分子。他确信，真正的巫师也无法与哪怕最平庸的战士相提并论，战士依靠着的是他们的力量，他们的智慧，他们的意志，甚至，如果有的话，他们的利刃。

而独眼和地精不但是巫师，而且还邋遢、不守纪律还聒噪，而最糟糕的莫过于他俩认为有了莫盖巴是佣兵团倒了大霉。

莫盖巴痛恨暗影长老，有一部分原因是随着年岁的增长，他以后可能无法与暗影长老在战场上兵戎相见了。

莫盖巴想在史书中占有一席之地。他会占有一席之地的，不过可能和他想象的不太一样，不一定是青史留名。

"那你对如何处理这个威胁有什么高见吗？"莫盖巴的声音冷冰冰

的，旋影恢复了元气，也就意味着我们要受死了。

我建议大家为自己祈祷，但很明显，莫盖巴并没有雅兴。"恐怕没有。"

"你的书里什么都没有？"

他指的是佣兵团的编年史。碎嘴曾不遗余力地教导他要以史为鉴。而之所以碎嘴擅长以史为鉴，很大程度上是因为他对自己的战略眼光和领导能力缺乏足够的信心。但现在，莫盖巴对自己可谓是信心满满。他总是有借口不去学习历史，直到最近我才想到他可能是单纯的目不识丁罢了。舞文弄墨可能在某些地方被认为是缺乏阳刚之气的表现。也许吉–埃克斯利的纳尔人都这么认为，但事实上修史是我们黑色佣兵团的神圣使命。

纳尔人很少谈及他们的信仰，但我们其余的人都知道他们认为我们是异教徒。

"非常少。长期以来的战术是吸引巫师的注意力让他进攻次要目标，使他的攻击事倍功半。把他一直牵制在那里，等他自己精疲力竭了，或者直到你偷偷摸过去一刀结果了他。不过偷袭和暗杀可能不会那么有用了，这一次旋影会更加注重自己的安全，如果我们不想想办法，可能他都不会踏出自己的老巢半步。"

莫盖巴点了点头，一点也不吃惊，"辛达维？"

辛达维是莫盖巴最亲密的朋友，两人是童年时的玩伴。辛达维是仅次于莫盖巴之下的二把手和塔格洛斯第一军团的领袖，这是塔格洛斯最精锐，最有经验的队伍。在刚刚抵达塔格洛斯的时候，碎嘴命令莫盖巴司职训练，而这就是莫盖巴建起的一支强大的机器。

辛达维可以称作是莫盖巴的兄弟，有时他扮演的角色就是莫盖巴的理智面。或许莫盖巴有时候太过依赖他的意见了。

辛达维说："我们跑得比他们快就行了。……哇，哈哈！我在开玩笑。"

莫盖巴却不为所动，也许他听出来了，只是缺乏幽默的细胞罢了。

我提议道："无论他身在何处，都要用炮兵来分散他的注意力。如果我们恰好走运他就在我们的射程之内。"

在我们最终被围困的那场大战中，我们做到了这一点。我们足够幸运，也因此我们还苟活于世，不过我们没能近身杀了旋影。

"我们将用炮火覆盖一切区域，"莫盖巴下定决心。"我们的炮兵会打一枪换一个地方，无论暗影长老在攻击哪里，我们都会立即用炮火分散他的注意力。我们要一直死死地盯着他。"

莫盖巴看着我的眼睛。他需要地精和独眼的协助，但是他的自傲使得他无法开口。他说他不能容忍巫术，他认为佣兵团中以前就没有过巫术的存在，巫术卑鄙邪恶，是小人之术。每次一见到那两个人他就开始散播这些消息，他甚至还"好心建议"这两个人从佣兵团中"退休"。

帮助？当死神盯上你了，你还能活多久？

而莫盖巴从未直接回答过这种问题。

我没有揪着他不放，我从来没有这样做过。我希望这会让他发疯。我说："我们都会把我们所有的天赋发挥到极限。要是我们没有挺过去，咱们当下的分歧就好比狗屎一样。"

莫盖巴畏缩了。纳尔人有很多不会去做的事情，其中之一就是他们不用华丽的辞藻，不管他们使用的是什么语言。

好吧，我们用的是绿玉城方言。我们讨论的时间已经很长了，而塔格洛斯的军官们已经开始怀疑辛达维平平淡淡的翻译是不是我们真正讨论的内容，我们都厌倦在外人面前端着拿着，这一点在面对自己的雇主时尤为重要，按照以往的经验，我们救他们的皇室于水火之中之后，这些人就开始琢磨怎么整我们了。

从我们在这个被遗弃的地方苦熬"世界末日"以来，数不清的兄弟们被带走了，纳尔人和老一辈一共有 69 个人。德加戈的主要防卫力量是一万名塔格洛斯军人，还包括一些空有斗志却没有能力的前暗影大陆奴隶，还有一点用处都没有的贾库里人。每天我们的人数都在变化，旧伤和顽疾使我们如同被敌人屠戮一样损失着人手。碎嘴曾试图传授如何在野外保持卫生，但最终无法推行到佣兵团之外。

莫盖巴微微弯了一下腰，给我鞠了一个躬。他不会直接表达出感激之情。

辛达维和欧奇巴聚到一起商量当前的战事。然后辛达维大声宣布："没时间谈了。他们要进攻了。"他使用的是塔格洛斯语，和莫盖巴不同的是，他花费了极大的努力来提升自己的这门语言。他努力地去学习理解当地人的文化与思想。

莫盖巴说："那我们各就各位吧，咱们让旋影吃吃苦头。"你能看到这个人的局限何在，他十分心急，可谓是过于激动了。他自顾自地回顾了他钟爱的能让伤亡减少的战术。

我一句话也没说就走了，他并没有批准我离开。

莫盖巴知道我并不承认他是团长，因为我坚信团长是票选出来的。而莫盖巴也拒绝参加选举，也许是他对自己没有信心。

我不会去反复思考这个问题，也许老一辈会把我推举上来，但是我才疏学浅，无法胜任这个职位。

我知道我的缺点何在。我不是个领导者，该死，我连这些编年史都写不好。我不知道碎嘴是如何兼顾修史和其他的事务的。

我一路跑到城墙边上。

12 ◦○——

·—·—·—·

仿佛是一股无声的旋风裹挟着我，从黑夜里消失了。它吞没了我，周围任何人都看不见。它仿佛抓住了我的灵魂，把我猛地一拉。我在黑暗中思索，小子，暗影长老回来了，不是吗？

这和我以前遇到的任何东西都不同。但是它为什么要跟着我呢？我可是战场上最弱的一环了。

13 ◦○——

我被召唤了。我无法抗拒它。我想反抗，但很快我意识到我已经失去了大部分的斗志。

我很困惑。我不知道发生了什么事。我很困倦……难道仅仅是因为我睡得太少了吗？

我听到一个声音呼唤着我的名字，我对这声音似乎无比熟悉。"摩根！回家吧，摩根！"我能感觉到剧烈的运动，可能是因为我感觉不到的打击的力道。"来吧，摩根！你必须和它斗争。"

什么？

·—·—·—·

"他来了。他回来了！"

我呻吟了几声。显然，这是一个重大的进步，因为四周激动的声音越来越多。

我又呻吟了一声。现在我知道我是谁了，但我不知道我在哪里，为什么在这里和那个声音属于谁。"我起来了！"我试着说。这可能是某种考验。"我起来了，天哪！"我努力地用着力，但是全身的肌肉仿佛已经被剥离了一般。

我的肌肉都是僵硬的。

一双手抓住了我的胳膊。

一个新的声音说："把他弄起来，让他走路。"

最初的声音说："我们必须想个法子，在癫痫发作之前就料理好他。"

"我听你的。"

"可你才是医生。"

"可这也不是病，地精，你是巫师。"

"这也不是巫术，长官。"

"那这到底是什么？"

"无论这是什么，反正都不是我见过或听到过的任何巫术。"

他们帮我挺直了身子，虽然我的膝盖还是不听使唤，这些家伙也不会让我跌倒了。

我睁开了一只眼睛，看见了地精和独眼。但是老大已经死了。我试着说话，"我觉得自己清醒了。"终于恢复了神智，虽然说话还是含糊不清的。

"他恢复了。"地精说。

"让他继续运动。"

"他不是喝醉了，碎嘴，他挺过来了，他知道自己能坚持下去。摩根，你现在可以坚持下去，不是吗？"

"是的，我还清醒，只要我醒着，就能挺过去。"我环顾四周。哦，怎么又是这样，总是这样。

"发生了什么事？"老人问。

"我好像被拽回到过去了一样。"

"德加戈？"

"每次都是德加戈，这回是回到了你回来的那一天。那一天我碰见了萨莉。"

碎嘴低声嘟囔了几句。

"每次都比上一次疼得轻些。这回还不算差，但是除了疼之外还有很多其他的反应，我在那里的恐惧是难以名状的。"

"没准这是好事儿。说不定如果你能摆脱所有这些，你就可以摆脱这一切。"

"我没疯，碎嘴，我控制不了自己。"

地精说话了："拉他回来越来越难了，真是不容易。要是没有我们，他这回八成就废了。"

这回是我嘟囔了一声。我仿佛进入了一个死结，重温我生命的低谷，一次又一次。

然而地精并没有意识到最坏的情况。我还没有完全回来。他们把我从昨天的深渊拖了出来，但是我却依旧心不在焉。这也是我的过去，但只有这一次我意识到了自己的错乱，也预见到了隐藏于我未来中的邪恶。

"那是什么样子的？"地精每次紧紧地盯着我，就好像我的脸上能自己长出揭开谜团的谜底一样。碎嘴靠在墙上，他这样表现的时候说明他对这次谈话比较满意。

"和其他几次都一样。只是不那么痛苦。但这一次在最开始我并不是真的我，和每次很不同。我只是一个没有实体的声音，仿佛一个指引着迷途者的向标。

"也是无实体的？"碎嘴问道，显然他提起了兴趣。

"没有。不过那儿有个人，一个无脸人。"

地精和碎嘴交换了不安的表情。当时奥托和哈葛普还没有加入我们。"什么性别的人？"碎嘴问。

"不知道，不过他确实是一个没有脸的人，我感觉这不像是我的过去，也许只是我脑袋里生发的幻想，可能我分裂出了无数个人格以分担痛苦。"

地精摇了摇头，一脸不信的样子，"如果不是你，摩根。那就是有些东西在作祟。除了身份之外，我们想知道这样的目的和为什么选择你。你能告诉我们一些线索吗？那里情况怎么样？说得详细一点儿，细节越多越好。"

"在最开始的时候我是完全游离的状态，我渐渐地入境。那时候我的身份还是摩根，又一遍地体验了这些，还试图把它全部编入史册，而自己根本不知道前方有什么在等着。你记得你小时候去游泳吗？有人会把你扣到水下？他会跳起来，把手放到你的头上，然后用自己的体重把你压到水下。想象一下你留在深水中而不是往下沉的状态，你的肢体会在水中弯曲，然后舒缓开？每次都是一样，只有一次例外，那次我能浮起来，却没法浮到顶头。我忘了我以前做过的事情，谁知道已经循环了多少次了？但如果那时候我能记得未来发生的事，没准可以改变事情的走向，或者把我的编年史多抄录几本，以防……

"以防什么？"碎嘴听到史书，一下子警觉起来。"那是怎么回事？"

他是否意识到我其实是在回忆未来？至少这段时间，我的史书还是安全的。

恐惧和痛苦涌上心头，接着我感到了绝望。尽管每次我都能回来，尽管每次我都已经做了那么多，可我不能阻止未来，意志力并不能与恐惧相抗衡。

我一时说不出话来，因为我有太多话要说。然后，我斜着身子说："你来这里是为了末日森林。对吗？"我很熟悉那一夜。我这么多次的游历让我无比熟识地形地貌。虽然这里的情况在一开始每一次都会不一样，但后来这里都只有一条无情奔流的河。

如果我眯起眼睛，我似乎能看清那另一个世界，鬼魂在对话。

碎嘴很惊讶。"什么森林？"

"你要我把佣兵团带到末日森林去，对吗？现在是那些欺诈徒们该过节了。你认为纳拉扬会在那里现身，所以你能抓住他，或者他的死党，问出他把你的孩子藏在哪里了，即便最坏的情况，你也能大开杀戒，血债血偿。"

碎嘴不遗余力地要消灭欺诈徒。我想，可能比夫人还更坚定。从前，他希望自己能建立完成佣兵团溯源的历史使命。他想成为佣兵团重归卡塔瓦时的船长。他仍然有梦想，但梦魇战胜了梦想。梦魇需要我们露出獠牙的时候才会满足，露出痛苦、残暴、复仇和暴政的蛛丝马迹，卡塔瓦不会成为我们的目的地，只是个借口罢了。

碎嘴疑惑地看着我："你怎么知道树林的？"

"我回来的时候就知道了。"我说的是真话，但是我们俩可能对"回"字的理解有一些偏差。

"你会带那些人出去吗？"

"我做不到。"

地精也开始奇怪地盯着我看。

我愿意这样做。我知道它会怎样，但我不能告诉他们。我自己也十分矛盾，产生这种想法的人似乎并不会是那个让航程结束的人。

"我现在没事了，"我告诉他们。"我认为有一种方法可以阻止我退缩。至少，防止我自己退到那么远。但我却不能把它弄出来。"我乐意告诉你们我的见闻，但是我不想在时间的边缘跌跌撞撞地去拖延过去德加戈的黑暗梦魇，即便能在恐怖和残酷中置身事外也不行。"

碎嘴张张嘴，想说什么。

我打断了他的话头："我十分钟后要去开会了。"

我不能直说，但是我可以选择旁敲侧击。

但我知道什么都不会改变。厄运就在前方，而我却无能为力。

但每次我都会尽力而为。万一这一次会有不同的结果呢，万一我能完整地回忆未来，及时地应对。

你，不管你是谁。不管你是什么东西。你一直把我拖到痛苦的源泉。你为什么这么做？你想要什么？你是谁？你是什么身份？

你，从不回答。

14 •○——

该死的风咬得我们生疼。我们蜷缩在毯子里，颤抖着，心中没有了希望，毫无斗志。我们中的很多人一开始就不想来这个鬼森林。

然而，我内心深处难以名状的声音告诉我，这很重要，必须要小心完成。这已经超出了我的想象。

看不见的树吱吱作响着纷纷断裂，风也一直不断地呜咽。这种境遇很容易让你不会去胡思乱想而是专心考虑于成千上万的人被折磨和谋杀的事实。你也许会听到他们在风中呻吟，甚至现在对他们的哀求升不出怜悯。你可能会看到残肢碎尸堆积成山，无声地渴望着复仇。

我一向假装自己是个英雄。不过，我还是冷得发抖，把毯子裹得多紧也都无济于事。

"蜡烛！"独眼冷笑着，就像这个小东西自己不会发癫一样。"那个蠢货不停地放屁，还把屁股往我这里塞，等老子去扒了他的裤子，然后把他钉在冰上。"

"这很有创意。"

"孩子，别以为我在说笑。我会的。……"

一阵强风刮了过来，几乎要把他刮飞了。

然而我们没人会承认我们不是仅仅因为寒冷而颤抖。这就是我们要执行任务的地方，事实上，沉重的阴云遮蔽了我们如星光一般微弱的友谊。

天黑了，这些扼喉者恐怕已经和管理暗影的那些人沆瀣一气了。一个小菜鸟开了口，说实话，这菜鸟块头挺大，还黑乎乎的。

"我们在城里浪费了太多时间了，"我抱怨道。独眼没有回话。泰·戴恩咕哝了一声，对尼扬·博奥人来说，这一声已经不异于一场演讲了。

风把微弱的脚步声都放大了。独眼吼道："该死的，地精！别踩脚了。你他妈想让全世界都知道咱们在这儿？"其实没关系，地精动作的声音都传不到五英尺之外。然而独眼不是个被世俗的理性所束缚之人。

地精在我面前停了下来，蹲下。他一口小黄牙的嘴叽叽喳喳地说："一切就绪，"他喃喃地说，"只要你准备好了就成。"

"我也希望我准备好了，不会崩溃。"我咕哝着站了起来。我的膝盖仿佛裂开了一样。我的肌肉也难以舒展开来。我发誓，我已经老朽到无法承担这么繁重的任务了，尽管我只有三十四岁，只是这里的小辈。"咱们出去！"我大声吼了出来，让大多数人都能听到，黑暗中没人能看得清手势。

我们是在下风向，托了地精的福，弄出点儿噪音也不会有什么事。

他们都悄无声息地走了，一下子就剩下我和我的保镖了。我们也出发了，泰·戴恩掩护着我，夜行对他来说并不困难，也许他的眼睛像猫一样可以夜视。

我的内心百感交集，这是我第一次组织突袭行动。我不确定那些塔格洛斯人能不能胜任，我习惯了躲在暗处，毫无理由地提防着佣兵团外的每一个人。但碎嘴一再地坚持，所以我在充满着黑暗和邪恶的森林里蹑手蹑脚地乱走，连屁股都冻成冰坨了，指挥着佣兵团多年来首个独立的行动。不过如果你想到我们周围都有保镖，这也就不能被称作佣兵团独立的行动了。

我通过不断地移动来克服胆怯，建立自信。该死，什么都太迟了。

我不再担心我自己的安危，而是担心我们这次突袭会如何收场。我们不能太过吹毛求疵去责怪塔格洛斯人的无能或者是内斗，机器里总会有沙子。

我走上了一个低矮的山脊。我的手已经冻僵了，身上也湿漉漉的。有火光在前面摇曳。欺诈徒，那些幸运的杂种，还有篝火来保暖。我停下来听他们在说什么，但什么也没听到。

碎嘴是缘何清楚各派扼喉者的头领会聚到一块呢？有时候，他知道事情的方式是非常愚蠢的，这次也许是有夫人相助，也许他有一些不为人知的本领。

我观察着，"我们就要见识到地精的本事了。"

泰·戴恩连惜字如金，沉默就是最好的回应了。

那里应该有三十到四十个顶级的欺诈徒。我们就要对他们展开无情的追捕了，因为纳拉扬抢走了夫人和碎嘴的孩子。老大把怜悯这个词从兵团的字典里删去了。这当然无比符合欺诈徒的思维，然而我敢打赌，前面那些家伙从不会这么想。

地精果然有一套，他们的哨兵在打盹。然而，世事难料，一切都没有按计划进行。

我离篝火还有五十英尺，沿着这个无比巨大丑陋的帐篷边上偷偷溜过去，当有人走出来的时候，我们像恶魔一样扑了上去，他的腰被重物压弯了，背上的包裹扭来扭去的，还不时抽泣。

"纳拉扬·辛格！"我一下子就认出了他，"站住！"

对，摩根，用你的声音冻结他。

其余的人也认出了他，纷纷大喊大叫了起来。我们简直不能相信会有这样的好运气，尽管我事先被人提醒过在这里可能会摸到奖。辛格是顶级的欺诈徒，凶恶的夫人和团长花了多年无数次想杀了他，可是每次都只差了一点儿。

这包裹里必是他们的女儿。

我大声地下达命令。但是没人响应我，他们大部分人都去追辛格了，喧闹声吵醒了其他的欺诈徒们。我几乎就要拔腿开溜了。

幸运的是，有些人还是尽忠职守的。

"你现在暖和了吗？"地精问道。这时我正看着泰·戴恩把一把尖尖的刀子刺进一个睡眼惺忪的扼喉者的眼睛，我简直兴奋得喘不过气来。泰·戴恩从不切断喉咙，他不喜欢弄得太乱。

战斗结束了。"我们抓到了多少？有多少人逃走了？"我盯着辛格逃走的方向。那个方向一片沉默，意味着没有成功，如果他抓到了他，那些家伙会一定会乐得发疯的。

该死！我兴奋的心情还没有平复。要是我能把他拖回塔格洛斯就好了。可是想得容易做起来难。"留下活口，让他们把这发生了什么的消息传出去。不过，独眼，辛格是怎么一下子就知道我们在这儿的？"

这个小矮子耸耸肩，"我不知道。也许他的女神突然告诉他赶快去逃命。"

"容我想一下，基纳应该并没有掺和到这件事里来。"但我并不是那么肯定。有的时候事实确实很难让人相信。

泰·戴恩做着手势。

"对，"我说，"我也是这么想的。"

独眼看起来一脸不解。地精嘟囔着："说什么呢？"我的巫师，凌驾于一切之上。

"真不知道你们是不是要看着地图才找得到自己的老二。当然是要找避难所啊，老伙计们。对一个致命的杀手来说，一个已经大到能在你的膝盖上啃一口的小孩不是累赘吗？而且对神之女和活的圣人来说她有点儿太大了吧。"

独眼咧嘴笑了笑，"没有人出来，是吗？是啊。你想让我生火吗？"

我没来得及回答，地精就惊叫了一声。我转过身来，一团无形的黑暗，因有篝火才显了形，它从避难所入口过来，泰·戴恩一下子把我撞倒在地上。火焰在我头顶上熊熊燃烧，火花四溅，噼啪作响。火球也在四周飞来飞去。

那团致命的黑暗仿佛一块虫蛀了的破布，接着慢慢消散了。

这团黑暗正是我们在突袭前会恐慌的原因，不过这一轮我们胜了。

我坐起来，双手交叉，边思考，边说："让我们看看我们捉到了什么。这应该很有趣。"我的人把帐篷拆开。果然，里面有六个一脸褶子的小老头儿，皮肤就像栗子一样棕。

他们一看见我们这群凶恶之徒就投降了。

我们以前和他们这种人打过交道，他们对杀身成仁并没有什么兴趣。

一个叫叉骨的士兵说:"这些暗影大陆人最善于投降当俘虏了。"他讥笑道,"看来那边的人都开始练塔格洛斯常用短语了。"

"除了长影,"我提醒道。我对着泰·戴恩说道:"谢谢。"

他耸耸肩,一个尼扬·博奥人不常做的动作。显然我的话有时也会触动到他。"萨拉期待这样做。"

这就是尼扬·博奥人,他们将自己的行为归咎于他妹妹的期望,而不是任何责任或义务,甚至友谊的概念。

"我们该怎么处理这些家伙?"叉骨问道,"他们对我们有什么用处?"

"就那一对吧,选那个最老的,再选一个别人。地精,你还没说有多少人逃走了。"

"三个。这算上辛格而没算孩子。但是我们会抓到这三个人的,他们就躲在灌木丛里。

"带着他们走,我要带他们去见老大。"

独眼挖苦地打趣道:"给他们一点儿权力,他们就把自己当成元帅。"我还记得这个孩子当年还无比稚嫩,没见过鞋子,脚趾缝里还夹着羊粪。但是他的眼神里却丝毫没有幽默感。他像鹰一样盯着我做的每一步。事实上,是像乌鸦一样,虽然我们今晚没有乌鸦相伴。无论独眼和地精使了什么法子,这都无疑是成功的。

地精劝我说:"放松点儿,摩根。我们会料理好的,你们这些懒驴赶快在火上扔几根圆木。"他和独眼在不同的两个方向搜寻着其余欺诈徒的踪影。

他们是对的。重压使我神经紧绷,感觉自己有一千岁那么老。熬过德加戈那段日子的确很难,但是所有其他人也经历了这一切。他们看到莫盖巴屠杀无辜,看到人们遭受瘟疫,他们目睹了食人充饥和牺牲、背叛以及其他一切。

我必须要控制好自己的情绪，在某些方面不能如此感性。但我内心有些东西是无法控制和理解的，有时候我觉得有几个人格，都混在了一起，有时坐在真实的我后面观察着我。我可能没有完全恢复清醒和稳定。

地精回来了，他和独眼身边是一个骨瘦如柴的人。现在的欺诈徒全都是这样瘦骨嶙峋的，他们在任何地方都被唾弃，他们像害虫一样被猎杀，他们的项上人头都被高价悬赏。

地精咧嘴一笑。"我们这儿有个红手，摩根，一个有着红色手掌的黑侍者，你觉得怎么样？"

这真是让我心情大悦。这个俘虏当真是一个顶级的扼喉者，而他红色的手意味着他在当时就已经入教了，纳拉扬·辛格欺骗夫人加入了他们扼喉者的邪教，其实他们觊觎的是夫人肚子里的孩子，他们认为那孩子是基纳之女。

但是，夫人随后采取了行动，她把每个扼喉者的手都标上了不可除掉的红色，除非截肢，不然红色会一直伴随着他们。而一个单手扼喉者无法驾驭欺诈徒如圣物一般的武器——索命带。

"老大会高兴的。"一个红手会知道他邪教中发生了什么。

我又往火边凑了凑。泰·戴恩正在帮我处理其他的那些织影者，而我则在旁边悠然自得。德加戈让他改变了多少？我想象不出他是什么样的人，即使是个蹒跚学步的孩子，也总是沉默寡言、沉默寡言、冷酷无情。

地精，我注意到了他最近做的事情。在角落里，他一边看着我一边假装做别的事情。他和独眼在寻找什么？

这个矮子伸出双手，"火真暖和。"

15 ●○───

多疑已经成了我们新的生活方式，我们已经成为新的尼扬·博奥人，我们如今不信任任何人，我们不让黑色佣兵团以外的人知道我们在做什么，除非我们知道他们会如何回应。而我们尤其喜欢把我们的雇主普拉布林德拉·德哈和拉蒂莎·德哈两兄妹蒙在鼓里。

他们永远不值得信任，他们只注重自己的利益。

我把我的俘虏偷偷带进了城市，把他们藏在河边的一个仓库里，这是一个对佣兵团十分友好的沙达尔渔场，在这里我们能体会到别样的感觉。我的人要么去跟家人待在一块儿，要么相约去畅饮啤酒。我非常满意。我们这次突袭把幸存的欺诈徒高层几乎杀光了，又干净利落又壮我声势。我们差点儿就抓到那个恶魔纳拉扬·辛格了。我离他们的孩子最近的时候都可以把吐沫喷到她脸上了，老实说，我可以报告孩子安然无恙。

泰·戴恩把犯人打倒在地，皱了皱鼻子。

"你说得对，"我同意，"但是这个地方还没有你们那个沼泽地一半臭。"塔格洛斯人就是这么形容河流三角洲的，但是尼扬·博奥人不同意。

泰·戴恩咕哝了一声，他开得起玩笑。

他看起来不太像这么随和的人。他比我矮一英尺，然而我比他重八十磅，而且我更英俊一点儿。他有一头粗粗的黑发，乱糟糟的，瘦骨嶙峋，下巴像灯笼一样下垂，他沉默寡言，脾气暴躁，泰·戴恩一点儿都不讨喜，但他十分尽职。

一个沙达尔鱼贩子把团长领到我们身边。碎嘴老了，我们得叫他老板或头什么的。你不能叫团长老头子，对吧？

他穿得像个沙达尔骑士，有和他们几乎一模一样的头巾、胡须和朴素的灰色衣服。他冷冷地看着泰·戴恩，他自己没有尼扬·博奥人保镖，他不喜欢这个主意，但是每次他自己一个人走在大街上的时候只能精心伪装一番。保镖并非佣兵团的传统，而碎嘴在恪守兵团的传统方面很固执。

见鬼，暗影长老们都雇佣保镖，有的身边还不止一个保镖。要是没有保镖，他们小命难保。

泰·戴恩对碎嘴的注视并无反应，就好像这位大人物不存在一样。他可能会说："他是个人，我也是个人。我们是平等的。"

碎嘴查看了我的战果："说吧。"

我开始向他汇报："我差点儿就抓到纳拉扬了，那个杂种仿佛有天使守护一样。他本不可能逃过地精的沉睡咒。我们追了他两天，但连地精和独眼都没法跟上他。

"看来他有帮手，也许有恶魔守护，也许是他的新伙伴，暗影长老给他的帮助。

"他们怎么回到树林里去了？你怎么知道他们会在那里？"

我以为他会说一只大黑鸟告诉他的。

这几天乌鸦的数量没有以前多了，但是依旧日夜跟在我们屁股后面。他会跟它们说话，而有时他们也会跟他说话。所以他说：

"总有一天他们会来的，摩根。他们是他们宗教的奴隶。"

但是为什么就是这儿的节日？你怎么知道的？

我并没有表示出来，你不能和碎嘴对着干。他年老时变得脾气暴躁，口齿不清。在他自己的编年史中，他并不是总是能把自己的年龄和私事说清楚。

他踢了织影者一脚，"长影的狗腿子之一，我觉得他手里没多少你们这些狗腿子了吧。"

"我想他没料到我们会找上门来。"

碎嘴试着微笑，最后却挤出了一句略显嫌弃的讥讽，"他还会有很多惊喜呢。"他又踢了欺诈徒一脚。"我们别把他们藏在这里了，我们把他们带去宫殿，你有什么可怕的？"

冰刮伤了我的背，仿佛还暴露在末日之林的寒风之中。我有一种不好的预感，但是又说不清楚理由。

"我不知道，你是老板。你想在史书上加点儿特别的吗？"

"现在你是史官了，摩根。你只需如实记述必需记述的东西。"我总有一天会发疯的。"不可能。我会把史书给他看，但是我没觉得他读多少。"他问："这次突袭有什么特别之处？"

"这次比屎壳郎的屁股还冷。"

"那只骆驼鼻涕虫纳拉扬·辛格又从我们身边逃走了，所以你现在只能这么写，在我们结果了他们之后，他和他的党羽会再次上我们的史书的。你看见她了吗？她没事吧？"

"我只看到他带着一捆包裹。我想那应该是她。"

"一定是。他从不让她离开他的视线。"他假装自己不在乎。"带他们去皇宫。"那寒意再次袭来。"我会提前通知卫兵。"

泰·戴恩和我交换了一下眼神。这件事很棘手，街上可能会有人认出犯人，俘虏们可能有自己的同党，当然，他们也确实有成千上万的敌人。他们很可能在路上就丧了命，或者，丧命的是我们。

碎嘴说："帮我问候你的夫人，希望她对自己的新公寓满意。"

"当然，"我打了个寒战。泰·戴恩对我皱了皱眉头。

碎嘴拿出了一卷装满了纸的桶。"这是你们离开的时候夫人那送过来的，是编年史的纸张。"

"一定有人死了。"

他咧嘴笑了笑。"把这些内容整理好，但是不要过分删改了，她最近又变得装腔作势了，总是拿我自己的论调来搪塞我。"

"这我还是第一次听说。"

"独眼说他知道如果自己不得不承担史官任务的时候把纸稿都放在哪儿。"

"我以前听说过。"

碎嘴又咧开嘴笑了起来，然后踱了出去。

16 ●○——

四百个男人和五头大象围着一个还未完工的寨子。最近的友军前哨在北边，离这里要好几天急行军的路程。铲子翻飞，锤子叮当，大象把木头从马车上甩下来，让它们直立起来。只有牛无所事事，被绳拴着，懒洋洋地躺在那里。

这个无名的前哨站才存在了一天，是肃杀的塔格洛斯军在暗影大陆上跃进的最新基地。目前只有它的碉楼完工了，瞭望哨站在那里仔细地观察着南边的地平线。空气中的紧迫感仿佛带了电一样让人神经紧绷，带着一股沉重的气息，就像一种古老的死亡的气息，更像一种预警。

这里的士兵们都是老兵。没有一个人会开小差，而且每一个人都求胜心切。

哨兵突然看向了另一个方向。"长官！"

一个肤色与众不同的人把铲子一丢，抬起头来。他的真名是卡托·达利亚。黑色佣兵团称他为"大桶"。他在家乡因盗窃而被通缉，于是他成了塔格洛斯边防游骑兵营的顾问指挥官。他是一个很有名气的领导人，他能把自己的工作做好，让他的弟兄们都活着回来。

大桶爬上了瞭望台，喘着粗气问道："你发现了什么？"

瞭望员指了一下，大桶顺着他指的方向看过去，"孩子，帮帮我，我已经老眼昏花了。"他只看到罗格拉山低矮的山峰，点点残云悬浮在上面。

"看。"

大桶信任他的士兵。他用眼睛仔细地搜寻着，他紧紧地注视着。

一个小云朵比其他的都低，拖着一道倾斜的影子。这个不合群的云朵没有跟随大部队飘向同一个方向。

"冲着我们这边来的？"

"看起来像，长官。"

大桶很依赖自己的直觉，他敏锐的嗅觉在这场战争的几次主要战斗中都发挥了很好的作用。而此时，直觉告诉他云是危险的。

他走下塔楼，宣布了马上要遇袭的消息。建筑队的人虽然不是作战士兵，也不想撤退。有时大桶的名声会对他不利。他麾下的游骑兵发展迅猛，在边境上自由驰骋。其他人也想来分一杯羹。

大桶妥协了，他派一个排把牲畜运回北边，它们太宝贵了，不值得冒险，其余的工人留了下来，把手拖车推翻堵住营寨的缺口。

那朵云在慢慢地前进，它后面拖着的影子在雨水组成的尾巴里什么都看不见。一阵寒意顶在它的前边，塔格洛斯士兵们冻得打着寒战，跺着脚。

在壕沟外二百码的地方，两个男人组成的小队在做好了伪装和封闭的掩体中颤抖，里头的光源是特制的蜡烛。其中一个一直在观察。

雨和黑暗同时降临。最初几码宽的地方下着大暴雨，后面越来越小，下起了毛毛雨。几个人突然现身，他们看上去又老又哀伤，衣衫褴褛，脸色苍白，看起来茫然无望，在寒战中蜷缩着身子。他们看起来好像在这场雨中度过了一辈子，生锈的武器已经失去了锋芒，就像是一支死而复生的军队。

他们列着队通过了壕沟。骑兵跟在他们后面，外貌和他们大同小异，像僵尸一样前进。接下来是大批步兵，然后是战象。

埋伏在壕沟里的人发现了战象，他们用弩射出毒箭，大象的腹部没有覆盖战甲，毒药引起的剧烈疼痛让这些野兽发了狂，在他们自己的队伍中肆虐。而暗影士兵还不知道这些动物为什么愤怒。

小股暗影发现了壕沟，它们试图溜进去，然而那烛光把他们驱赶了出来，所过之处寒得彻骨，空气中弥漫着死亡的气息。

暗影发现了一个烛火已经被雨浇灭的壕沟。壕沟里的士兵大呼小叫着浑身发抖，壕沟成了现成的坟墓，他们扭曲的面容好似在扮着鬼脸。

夫人遇到了北方工人。她询问他们情况，心里在盘算着远方的云。"那可能是我们在找的，"她告诉她的左右，"上马！"她策马绝尘而去。她骑着的骏马来自她在北方当女皇的时候那充满了魔法的马厩里，黑毛高俊的良驹把她的随扈远远甩在后面。夫人在马上飞奔之际还在思索那怪云的事情，据报告，还有三个类似的云已经聚集了游骑兵团安营扎寨的地方。这正是她要来查明的东西。她用了几分钟的时间就知道突袭是怎么发生的。在暗影大陆人撤出之前他们就布下了充盈着黑暗的能量路线，由此敌人通过控制黑暗能量进行进攻。他们出现在这些路线上的时候会在没有自己意志的情况下战斗。

现在她可以轻易地把这些路线找出来，因为她已经感知到了它们的位置，但她却选择不这么做，而是让进攻继续进行。她要让暗影大陆人偷鸡不成蚀把米。

长影必须意识到这一点。要么，他为什么觉得这个交换很值呢？

她的坐骑跨过一辆翻过来的拖车，进入了游骑兵的军营。她翻身下马，大吃一惊的大桶一路小跑过来迎接她。他看上去像个要被处死，却在落刀的时候被大赦的人。"我觉得是狼嚎。"他说。

"为什么？"夫人从马鞍的后面拽下她的盔甲、兵刃，她边换边问："那他希望得到什么呢？"

"我认为重点不在于他们在做什么，而是在于谁在作恶，副团长。"虽然她指挥军队，但夫人在佣兵团中的头衔依然是副团长。

"他们在干什么？对！当然。"现在我们失手的每个小队都是由佣兵团领导的，现在已经有七个兄弟倒下了。"他们在削弱我们。"佣兵团不可战胜的说法是塔格洛斯军团士气和他们政治稳定的支柱。"太狡猾了。一听就是狼嚎的主意，他最善于坑蒙拐骗。"

大桶帮她把盔甲穿好。她的黑色战甲十分华丽，闪闪发光，英气冲天，可能在短兵相接中显得太浮夸了。但她的工作是与巫术相抗衡，而不是士兵。她的盔甲上覆盖着一层又一层的防护魔法。

她戴上头盔时，天空中开始下雨。而火线沿着她的盔甲表面蜿蜒侵蚀，她跟大桶登上了瞭望塔。

雨越下越大，战斗的声音越来越响，越来越近。但是夫人不管这些虾兵蟹将，她有着魔法加持的感官在寻找被称为狼嚎的巫师，那个邪恶的老家伙没有暴露自己，但是他就在哪个地方，她能闻到他的味道。

他难道学会了控制自己的尖叫声吗？

"我会抓住你的，你这个小个子浑蛋。我还会……"她把手放下来，形成了越来越稠密的雾气，在雨滴之间滑动，变换着不同的颜色，创造出柔和的漩涡，时而加深，时而变暗。很快，整场暴风雨变成了好似一幅由发了疯的艺术家创造出的泼墨风格的水彩画。

风暴中传来了尖叫声。

风暴停止了。那些活死人颤抖得越来越厉害，最终变得七零八落。暗影长老的指示经过扭曲和变异，已经变得致命。

夫人继续寻找着狼嚎。她发现他偷偷地向南飞奔，在低调而胆怯地飞行，并慢慢地沿着路收回他布下的能力。她匆忙中施了一个杀人咒，却失败了。狼嚎是个不错的领导，但他确实放弃了隐身来拼命逃跑，被夫人缠上他会比那些活死人士兵的下场还惨。

雨渐渐消失了。塔格洛斯军的幸存者一个接一个地出现，在起初被大屠杀吓坏了，等缓过来就开始抱怨他们有多少坟要挖。活下来的暗影士兵很少。

夫人告诉大桶，"要告诉他们往好的一面看。"抓住了牲畜的人会拿到赏钱。"除了战象之外，其他的牲畜几乎都毫发无伤。

夫人对着南方怒目而视，眼神里充满了毫无怜悯的怒火。"等着下次，老朋友。"

17 ●○——

……坠落……再次坠落……

我试着挺住。太累了，我一累就会犯困。

碎片。

今天甚至连碎片都没有。

过去。就在不远的过去。

我的屁股快要被冻掉了，却没有抓住恶贯满盈的纳拉扬。

夫人在南边耍着威风。

鱼腥臭的味道。

睡着的人，尖叫的欺诈徒，那些死人。

只有回忆，但比今晚更快乐，这里夹杂着太多的痛苦了。

这就是我的启示。

滑动着。

我的眼睛闭不起来。这次的召唤太强了。

这些柱子可能被误认为是一座失落之城的遗迹。但它们不是，一是数量太少，二是摆放得太过随意。并没有一个柱子曾经倒下过，虽然它们都被长着利齿的狂风咬得伤痕累累。

当闪电划破天空，当日出日落时余晖洒到这边，柱子上金色的偶像闪闪发光。

永生不灭。

天黑而风止，寂静便统御着辉石平原。

18 ●○——

……越滑越远……

一个巨大的旋涡在把我往下面拉。

也许是一股力量在推动着我。那是一个可以结束我痛苦的谎言吗？

我无法抵抗。

所有的谎言。无尽的谎言。

泛黄的纸页，撕碎的纸屑上布满了血迹。痛苦。在风暴中很难抛下锚。

19

你在这儿呢！迷路了吗？欢迎回来。来吧，来吧！伟大的冒险即将开始。大家都已经到位，我们都蓄势待发。法术和咒语的军械库已经大开，这将是要大肆破坏的夜晚。

看那儿，看那儿。还记得他们吗？独眼和地精，那两个巫师？但那真的是他们吗？那边还有两个像他们的，就在那边。看看这边，再看看那边。一个、两个、三个摩根。

不，当然不是。你不要在他们俩面前班门弄斧，在你祖奶奶还是你祖爷爷的小甜心时，他们就开始坑蒙拐骗了，整座城都知道他们的鼎鼎大名。如果你是一个暗影士兵，你可能还没搞清楚情况，就被其中之一给一刀捅死了。

看那儿！是渡鸦和沉默，他们已经离开很多年了。还有那儿，那是老团长，死在杜松城。不，他们不会拿自己的名头去吓唬暗影大陆人。起码暂时不会，那些南方人从来没听说过他们。

什么？

你说得没错，一点儿没错。除了奥托和哈葛普，谁也不认识他们。但这并不重要，重要的是他们可以被看到，几乎没有人知道哪些是真正危险，而哪些是幻觉。

这是第一次审判，一场大规模试验，为旋影那天晚上的大举进攻量身定制。

没错儿，不久前他的攻势的确猛烈。但他并没有真的把他们赶尽杀绝，他本能借机取胜，但那次只是战略侦察，只是为了更好地筹划这次袭击。

那将是一场盛大的演出。

哦，不，德加戈里可不会闹鬼。莫盖巴没有那个能耐，他才不知道幻觉也是一种武器。他不理解是什么支撑着佣兵团，他坚持着自己伟大的侠义战争，玩着一场伟大又致命的游戏，自己制定所有荣誉和既定规则。要处理这堆烂摊子，他能想出的办法就只有把暗影大陆人推举的王牌选手拉出来和他决斗罢了。

快看！这家伙可有意思了。那个丑得不行的浑蛋是蛤蟆杀手——老狗。他真是个讨厌的家伙。还有瘸腿！这家伙更有意思，如果旋影面具下的人是佣兵团之前的老相识呢，这就会成为他必须去亲自验证的导火索。他可能会背叛自己。

当然，暗影长老不会把整个王国的安危寄托在两个人比武的结果上，毕竟他们的王牌可能会输。

没错儿，莫盖巴有的时候会很傻很天真。但他同时也是一个傲慢、残忍、冷漠的将军。

哦，听那些锣鼓喧天的声音，是佣兵团的大恶人们降临了。走，我们去城墙那离近点儿瞅瞅。

这些人脑子可不灵光。你可能会说，要是脑子灵光，也不会参军了，但是这种说法显然有失公允。这些人并没有选择的权利，他们唯一的动机源于对暗影长老的恐惧。

当然，这么说也丝毫不影响他们穷凶极恶的程度。毕竟一块石头从天上掉下来都可能砸死人。

没错儿，这场仗可不小。旋影肯定会派出所有人，也许暗影也会从瞭望塔赶来助他一臂之力。

是蝙蝠！嘿，还有乌鸦。它们到底谁在追谁？躲着点儿！差点儿挠到你了。这些玩意儿漫天都是，以前从没见过那么多。

怎么吵吵嚷嚷的？哦，是大桶对着其中一个摩根大声地嚷嚷着，因为他不想把该死的尸体抬到那该死的楼梯上。

第一次齐射来了。如果那阵喧嚣遍布了全城，那就意味着暗影大陆人已经攻到了第一军团第三队和第四队的驻地。他们都是精锐，必将浴血奋战。

20 ●○——

这就好比一场规整一点儿的冰雹，不是吗？你是为他们的箭头和标枪上都装了推进器而担心吗？那就躲在马桶下面，你会没事的。他们不善于向高架的目标投火。

如果他们在进攻前就射击，贾库里人就会出来把他们的远程武器都上交到士兵那里。这样暗影大陆人回收武器的计划就破灭了。

不，贾库里人并不喜欢莫盖巴，也不喜欢塔格洛斯人和黑色佣兵团，他们希望所有的人都走了才好。但是，他们觉得如果旋影重新夺回这座城市，后果将会相当严重，所以他们想着来帮忙虽然暂时没帮上什么忙。

他们还是出了点儿力的，所以他们觉得莫盖巴不太可能在下次情绪失控时把他们踢出去。

天空？像教士们的心一样黑，不是吗？你说得没错，这不是一个良辰吉日。他们总是趁满月的时候发动攻击，那肯定是恶魔的杰作。而且，暗影长老们希望黑暗能让他们的小宠物释放出最大的威力，而且他们也希望每个人对暗影降临的恐惧根深蒂固，希望他们就像无头蚂蚁一样乱跑！不过今晚的贾库里人干劲十足，如果他们参与到实际的战斗中，他们可能会比旋影和莫盖巴双方预计的都更加接近战场。哇！那是什么？山顶上的那片红光到底是什么？他们来了，要把兵团打得落花流水了。你不这么认为？没准你是对的。这可能是为了旋影在注意次要目标的时候把佣兵团牵制住。

不过，看看下面，他们像蛆虫一样挤在一起，没有火力掩护。

你说得对，为了支持主攻，法术攻击也要不停变换地方。

看那道光，怎么越来越亮了。不，现在又转移到了别的地方。而且似乎没有其他人注意到，有点儿太奇怪了。

是了，一定是暗影大陆军指挥官的信号。说起来，这喧嚣声的确是越来越响了。

对，我也不喜欢这个声音，这次进攻规模越扩越大了。

呵！看那边！那边也出现了。你说出现什么？那道光啊，你没看见吗，城墙后面？

我明白了，你又说对了，两者确实不太一样。它有点儿像满月淡蓝色的寒光，不是吗？它也有点儿模糊，仿佛有秋雨蒙蒙。它是如此明亮，你可以借着它看清远处城墙上的肉搏。

是的，肉搏。这意味着他们已经站稳了脚跟，而莫盖巴已经没有后手了。

我觉得我们现在可以弯下腰亲亲屁股说再见了，朋友。

21 ●○——

见鬼！我快要记不清了，等我整理笔记的时候才发觉我忘了用碎嘴每次在写一个新章节的时候会用到的一个经典桥段。开头如下：

在佣兵团服务于塔格洛斯的普拉布林德拉·德哈，一位统御着比其他几个国家加起来面积还大的领土的王子的时候，我们正在负责对刚刚光复的城市德加戈进行占领和保护。

我希望这位王子和他讨人厌的妹妹拉蒂莎能从我们的记忆中消失。

22 ●——

该死的风暴已经开始肆虐，守卫城墙的人都各司其职，要还那些南方佬以颜色。那些有如幽灵般的尼扬·博奥人也在忙碌着，有趣的是他们似乎可以四处游荡，却从不受伤。

"独眼！地精！"我喊道，"你们到底在哪儿？"那边发生了什么事？"我看到十几码之外，一支纤细的箭穿过了一个摩根。"那奇怪的光是什么？"不管它是什么，它让我感觉事情可能会比表面上更糟。

我亲爱的巫师们从未回应我。"红宝石，放照明弹，咱们看看他们在鬼鬼祟祟地干什么。"直到最近，那两位冤家巫师才给我们提供了照明的手段。"大桶！独眼和地精在哪里？"十分钟前，我脚下有三对敌人，熙熙攘攘的。现在他们不见了，暗影大陆人们比耗子还安静。

红宝石大声叫着柯莱特斯和洛夫特斯。他们的一个发动机发出了砰砰的响声。一个炽热的球迸发出来，这就是让我们能在黑暗中看清敌人在玩什么把戏的照明弹。

闪闪接过话，"我看见他们下楼去了。"

笨蛋。"为什么？"现在可不是乱晃的时候。

"嗯。……他们去了找了匹米汉和那些马队来的家伙。"

我摇摇头，我会掐死他们的。这可是大战时分……

照明的火球让我们看清了暗影大陆人已经从城墙边上撤下去了。我们的火器用一个少一个，然而南方人的机器能像连成串的葡萄一样开火。在一个八十英尺高的城墙上和一群老兵晃来晃去真的很不明智，但是如果他们真的要进犯，我们就应战。我确信，无论他们扔了多少抓钩，我们都可以在他们爬上来之前砍断他们的绳索，然后，就等着他们摔下去，连武器都拿不起来的虾兵蟹将们护卫着桥头堡，而他们装备精良的同伙又开始往上爬。"地精！"该死的，我想知道那边的光是什么。

暗影大陆人没有攀墙。他们从土斜坡上袭击，一点儿也不奇怪。他们从一开始就在修建斜坡。这是围城战中最基本的战法，这个战法源远流长，而其诞生的原因之一就是那些深谋远虑在一个峭壁、岬角或岛屿上建造自己堡垒的人。自然地，围攻者用攻城板桥来代替他们发起最后的进攻，如果遭遇了反扑，他们能迅速地离开战场。

这颗火球在四百码外摔到了地上，不过也继续闪耀着光芒，那些南方人不得不把球埋到沙子里，这原本是灭火的法子。"独眼！我早晚要把你皱皱巴巴的蛋咬下来！"

我咆哮道："柯莱特斯，继续扔火球。信使何在？没有坐骑？去把独眼和地精找来……算了，他们中一个脑子缺根弦的小短腿过来了。"

独眼说："您在叫我吗？大佬。"

"你酒醒了吗？你准备好干活了吗？"我并没有提醒他要注意什么，他自己便抬眼盯着那令人生厌的光穿过城市。我问："那是什么？""现在那光似乎显得更加不怀好意了。"

独眼举起一只手："孩子，为什么不抓住这个神赐的机会好好锻炼你的天赋呢？"

"什么？"

"耐心点儿，笨蛋。"

雾霾和尘土开始变得越来越厚，而光线越来越亮。这两种情况都让我心里打鼓。"告诉我，老头儿。这不是你胡说的时候。"

"那雾，那不是雾，摩根。光线没法让它退散，是它在制造出光。"此时，那雾和光正在向城市飘来。

"胡扯，你可以看到他们的营地里有一盏灯。"

"这是另外一回事。摩根，有两件事马上就要发生了。"

"有三件事，你个蠢货。"地精到了，呼着一口酒气。大概在秘密酿酒厂里一切都很好，可能还被骑兵秘密保护起来了，让他和独眼可以稍做休息，顺便帮黑色佣兵团保护德加戈。

如果莫盖巴发现他们在用粮食喂马，上帝会帮助他们的。我不会祈求上帝救他们的小命，我甚至都不会祈求上帝。

"什么？"独眼大嚷大叫起来，"摩根，这人走到哪就把事挑到哪。"

"快看，笨蛋，"地精反驳道，"已经开始了。"

独眼看过去，一下子看呆了，接着心生惧意。对黑暗的艺术一无所知，而我花了很长时间才找到要领。

暗影穿过那片炽热的尘云蜿蜒前行，但有些东西在它们之间来回飘动。我想到织布机和蜘蛛。无论是网还是线，它就在炽热的尘埃中成形。

他们叫他旋影。

闪闪发光的尘越来越亮，那网一样的东西也越来越大。

"见鬼，"地精喃喃自语，"现在我们该怎么办？"

"我过去五分钟一直在问你们这两个小丑要怎么办！"我大吼着。

"好的！"

"如果你管不了那边，就看看这边吧。"大桶也喊了起来。"摩根，那些蠢货把那么多绳子都甩上来了，我们没法……妈的！"新的一堆抓钩又落到我们中间，没过一会儿，它们就绷紧了，这意味着一些白痴试图攀登他们。

我相信那些南方佬不可能攀上我的城墙。

守城的人们拿着刀、剑和斧头严阵以待。一个个都一脸凶相，好像敌人已经把他们包围了一样。我听到一个男人抱怨说，如果他长了半个脑袋，也会想起来把刀磨得锋利一点儿。红宝石提醒他："如果你把你的小鸟揣到裤子里就不会没有时间了。"

一部分贾库里女人为了生存不得不做一些营生。

我也在做我的工作，我一边砍着绳索，也一边看着那逐渐成形的光和网。

地精咆哮着，他差点儿被箭射中。他脸上仅仅被擦出了口子，箭头在到达我们这个位置的时候几乎没有能量了。他很愤怒，因为以前根本没人敢动他一根汗毛。

他跳来跳去，嘴里喃喃，流淌着柔和的光彩却蕴含着无边的威严；他挥动手臂，时而口吐白沫，时而跳上跳下，尖叫着拍打自己的手臂。

他每次施法的时候都这样，一场好戏。

装神弄鬼的动作和哭喊可能没什么用，但只要施法有效果，我就不介意他表演一番。碎嘴是对的，虚张声势是最重要的部分。

三百码之内的一切都被火焰吞噬了，令人十分愉快，现在他们都知道这个施法的人是我们的同伙，但也没有什么值得高兴的。我们的临时防御工程开始瓦解，炮兵非死即伤。他们有很多绳子。有些人用绳子做腰带，有的穿着绳子做的凉鞋。大麻也很常见，那个叫独眼的傻瓜甚至正在吸它。

柯莱特斯叫道："该死的，地精，我要把你的屁股剁成猫食。"我们其余的人只是把裤子系好，把地窖里的砖头顺着墙头上蜿蜒的攻城索扔下去，自得其乐。

独眼却高兴不起来，虽然他花了一小会儿嘲笑施法后产生副作用的地精。他一直盯着敌营升起的光芒，突然间他变得结结巴巴的。

"来吧，傻瓜，"我咆哮道，"你玩这些把戏已经很久了。我们不会怕的。"我也不想知道。每个长眼睛的人都能看得到暗影之网与光交织在了一起。

"也许我们应该去地下室，"独眼建议道，"我向你保证，我和小矮子都无能为力。我敢打赌，即使是长影在这里也会逃命去的。这个人在这里耗费了大量的心血，设计了精密的陷阱，她，现在已经大功告成了。这里很快就会变成死地。"地精毫不迟疑地随声附和道："如果我们把门封死再用白色蜡烛就可以坚持到日出。"

"这是一种暗影魔法，然后呢？"

"某种，"地精附和，"别让我靠近去观察，我会成了目标的。"

"老天不允许你真的去送命。你们谁能提出一个更实际的建议吗？"

"更实用？"独眼颤了一下。

"我们要在此处迎敌。"

地精说："我们可以临阵退役，或者我们可以投降，或者我们可以归顺。"

"也许我们可以给一个嗜血怪神献祭一个小号的人类祭品。"

"你知道我真的很想念碎嘴吗，摩根？"

"我相信无论我愿不愿意听你都会说的。"

"见鬼。我想念他的幽默感。"

"等一下。他的幽默感？你在骗我吗？什么幽默感？那个人……"

"他知道我们中没有人会活着离开，摩根。但他向来看轻自己。"

"你在说那个曾经的老大，碎嘴？兼任兵团的史官和首席医官？他很有幽默感？"

当我们吵得喋喋不休的时候，人们都在忙来忙去。我们的处境每时每刻都在恶化，一个人的脆弱是与生俱来的，当你深陷万丈火海时，恐惧它就会突然冒头。

独眼插嘴说："你如果愿意，就去辩论吧。我要让那些小伙子们都下去，请他们喝一两轮啤酒。"他用黑色蜷曲的手指指了指地下。

闪闪发光的云裹挟着可怖的网开始在城市上空盘旋，它可能会长到把我们一网打尽。

一阵寂静。

现在无论城市内外，无论是敌是友，无论什么种族和教派的人都把注意力集中到了那张网上。

当然了，旋影本人则沉浸在他致命的作品中。

暗影大陆人停止了冲锋，暗影长老的狗腿子们也停下来脚步，他们的主子给他们放了假。

23 ◦•——

黑暗的网很快就会跨越所有的边缘。"独眼、地精，你们有什么新点子吗？"

"皈依？"地精建议，"既然你不让我们去？"

独眼沉思着，"你等着看莫盖巴是否会改变主意让我们操纵他的武器。"塔格洛斯人无能为力。"我们也许能分散旋影的注意力。"

"你们施法打开通往底下的入口的时候，考没考虑会有暗影？"我知道，他们肯定有考虑。我们谁都不会忽视这个问题，但我必须让自己安心。你一直盯着地精和独眼。

小股的敌人在一夜漫长而杀机四伏的行进之后卷土重来，搜寻着能用来攀上城墙的绳索。

"是的。因为那是值得的。你准备好了，开始饿死了吗？"

噩兆紧跟着噩兆。如果独眼和地精都能安静地不吵架了，那么情势就十分严峻了。

一场突如其来的骚乱席卷了整个城市和平原。

一颗炽热闪耀的钻石从暗影大陆人的营地升起。它慢慢地旋转，中心由纯粹的黑暗组成。此时，黑暗渗进了每一缕网线之中。

粉红色的光再次降临，却没人注意山的方向。也没有人注意到它如此耀眼，可以与眼前的闪耀的钻石相媲美。

它在两个巨大的形象后面熊熊燃烧，恐怖的阴影投射在夜色之下，乌鸦的影子在他们周围盘旋。两只巨大的渡鸦栖息在他们的肩膀上。

大家都屏住了呼吸。我敢打赌，就连旋影本人都感到了压迫。我确信他根本不知道发生了什么事。

泛着粉红的耀斑渐渐暗淡，一条粉红色的飘带伸向德加戈城的方向，像一条蛇一样蜿蜒吐息。当飘带的末端接近我们时，它的下端断开了，用肉眼不可见的速度朝着旋影钻石法器的方向鞭挞而去，一瞬间，旋影的钻石亮得耀眼，仿佛日光一样耀眼的光从那法器中四射飞溅，像爆燃的油桶一样噼啪作响。

霎时，黑暗的网渐渐缩回到残存的钻石中去。

空气随着暗影大师的愤怒而颤动。"地精！独眼！小子们，跟我说话。告诉我到底发生了什么事。"

地精没有回应。独眼嘟囔着说："小子，我一点儿都不知道。但我们面对着一个发了火的暗影长老，很有可能把他的火撒到我们身上。"

空气剧烈颤动起来，让这一夜更加混乱，心理上的压迫比肉体上的痛楚更加强烈。我听不太清，看不太清也说不太清，却感受得极为真切。

独眼是正确的。

粉红色的光不见了。我再也看不到那些怪异的骑手的踪影了。他们是谁？他们要干什么？他们是怎么做到的？

我恐怕没有机会发问了。

棕皮肤的小个子们举着火把给自己照亮冲锋的路。这对我，我的同袍和任何守卫着城墙的人来说都不是好兆头。

"可怜的旋影，"我打趣道，"可怜的人。"

"嗯？"闪闪是唯一一个能听清我说话的人。

"难道你不觉得那些没长脑子，不懂得欣赏艺术的人很可恨吗？"

闪闪没有领会到我话中有话。他摇了摇头，抄起一杆长枪，朝着一个举着火把的矮个子扔过去。

他打偏了。

那些暗影大陆人找到了立足之地，他们在土路的斜坡上落脚，声势浩大。暴怒的暗影大师命令他的狗腿子们回去不惜一切代价攻城。

"嘿，布巴·都，"我对着一个士兵喊道，"今晚谁在布阵？"

黑色佣兵团向你致敬。我们在城市陷落的晚上给敌人准备了一份大礼。最后的胜利者属于那个狰狞的脸上带着一丝微笑死去的人。

24 ●○——

独眼和地精决定留在我身边。的确是独眼和地精没错，但我还是每隔几分钟就要确定一下他们的身份。他们的注意力集中在山丘上，没有沉浸在胜利的喜悦之中。奇怪的灯光还在山丘间移动。

早些被派来的南方佬们火速撤退，他们只剩下一半的人了。他们跑得好像有比他们的主子还凶恶的魔鬼在后面追似的。他们今天能策马奔腾，还要拜暗影长老风影所赐，她就因为看见了城市里的灯光，便把整个平原都夷为了平地。

火在燃烧。虽然只有几处，但并未完全扑灭。

闪闪告诉我："他们正想从底下撤出来。"

我俯身看了看。没人想对我动手，也许他们以为我只是另一个幻影。

果不其然，暗影大陆人要走了，留下了那些没有绳子的抓钩，我们索性把这些家伙都扔到了"也许哪天我们能用上"的一堆里。

独眼说："我们现在可以把武器捡起来回去喝酒了吧？"

我忽略了德加戈其他的地方已经被侵入的事实，"这是你第二次出现这种愚蠢的行为。什么样的白痴还会和你去作乐？那种蠢货现在还活着吗？"独眼打牌的时候每次都会被抓到出老千，没人乐意跟他玩。

"嘿，摩根，听着。我现在已经改过自新了。真的，我再也不会玷污我的天赋了……"

谁还会信他的？这样的话他已经说过无数次了。每次有新兵加入宣誓之后，我们告诉他的第一件事就是不要和独眼打牌。

一群暗影大陆人已经从扇形区域撤回到了山区，他们手里都有火把，看起来好像暗影长老在亲自督促他们了。

"柯莱特斯！朗基努斯！你们这些家伙，能干他们一炮吗？"几兄弟正在尽可能快地修理他们的武器。有两个已经准备就绪，然而弹药却所剩无几了。独眼问："这样有什么意义？"

"为什么不呢？说不定就瞎猫碰见死耗子了。反正我们已经把旋影给激怒了，他已经发誓要杀了我们所有人。"

弩炮砰砰地响，它们发射出的炮弹没有击中暗影长老。他迅速对我们还以颜色，用一根法力组成的矛把远处的几尺城墙轰得七零八落。

城内愈发喧嚣，好像是从远处的城墙传来的。

"他们进来了。"闪闪说。

"很多，"大桶附和道，"也许只是在打扫战场。"我喜欢他这种乐观的想法。

我耸耸肩。莫盖巴喜欢帮自己和他的纳尔人弟兄还有塔格洛斯同盟们擦屁股。

我觉得不错。莫盖巴自食苦果之后从不麻烦别人。

我真的想小睡一会儿，这漫长的一天好像变得越来越长。哦，好吧。很快我就可以长眠了。

过了一会儿，我听说一群南方佬在大街上见人就杀。

"长官？"

"瞌睡。怎么了，年轻人？"瞌睡是一个塔格洛斯沙达尔人，他在我决定承担起史官任务之前宣誓加入了佣兵团。他总是睁着大大的眼睛，里面充满了忧伤，看起来只有十四岁，不过这也可能是真实年龄。他极端偏执，但他似乎有这样的资本。他是一个英俊的青年，塔格洛斯的三大教派都喜欢漂亮的男孩，扼喉者们善于用英俊的青年来引诱猎物上钩。

十里不同风，千里不同俗。你可能不喜欢它们，但你又得每天活在它们之中。瞌睡则更倾向于我们的风俗，而非他自己的。

"长官，"他说，"纳尔人并没有试图阻止南方人朝这个方向前进，只要他们不进入莫盖巴军营区，他们就不会再阻挠他们了。"

"他们是故意的吗？"大桶问。

有人喃喃自语道："蠢死了，这还要问。"

"你怎么看？"独眼突然发问，"这是最后一根稻草。如果那个白痴，自负的浑蛋敢在这晃悠的话……"

"别激动，独眼。"虽然目前难以接受，但我注意到了莫盖巴引导敌人朝我们这边过来，以便借刀杀人，清理门户。他的道德观认为这样是同时解决几个问题的巧妙方法。"咱们站在这里骂是没有用的，要动脑子，怎么解决莫盖巴呢？让他自作自受。"

当其他人抓耳挠腮想不出什么好法子的时候，我更仔细地询问了瞌睡。不幸的是，他也回答不出什么了，南方佬的行军路线就是朝着城中进发。

你不能去责怪暗影大陆人。大部分士兵都会抓住机会进攻最薄弱的地方。

也许我们可以把他们引进我们的包围圈，让他们彻底陷入死地。

我甚至在大敌当前的时候走了神。"我敢打赌，一个月前碎嘴就预见到了会有这种情况，他对朋友和盟友都是一样的偏执。"

附近的一只乌鸦长鸣着表示同意。

我应该考虑到这种可能性，我真的应该这么做，牵强附会并非等同于不可能。我应该未雨绸缪的。

独眼一下子严肃了起来："如果那孩子说的都是事实，你知道这意味着什么吗？"

"兵团内战？"

小个子挥了挥手，仿佛这只是一个小小的挫折罢了，"就算莫盖巴给他们铺了条黄金大道，他们就能到这替他把我们杀光了？他们还得经过那些朝圣者的地盘才能到达我们这里。"

我不需要想多久就能明白他的意思，"那个浑蛋！他想让他们在自卫中杀了暗影大陆人——他要利用他们来杀死自己的敌人。"

"也许他才是那个坏头头，"大桶咆哮着。"可以肯定的是，自从吉－埃克斯利以来，他改变了很多。"

"不对，"我喃喃自语道，不管他们愿不愿意，只要发生冲突，他们都会加入我们这边。在过去的几次袭击中，除了以前解决掉一些侵略者之外，尼扬·博奥人认为他们最糟糕的事情莫过于因朝圣而使他们卷入了战争。从一开始，他们就一直努力保持中立。

旋影在城中布有耳目，他肯定会知道尼扬·博奥人对他没有兴趣。

"你认为他们会怎么做？"地精问道，"我是说，尼扬·博奥人。"他的声音听起来很奇怪，他喝了多少啤酒？

"我怎么知道？这取决于他们看待事物的角度。如果他们认为是莫盖巴故意把他们拖进去的话，那他们就会觉得与兵团合作有百害而无一利。莫盖巴把这次当成了让我们腹背受敌的机会。我最好去见他们的议事者，让他知道发生了什么事。大桶，组一个二十人巡逻队充当斥候，看看南方佬们在哪儿，检验瞌睡的情报；独眼，你和他一起去，给他报时，掩护弟兄们；闪闪，你在这里留守。如果事务太多，把瞌睡派来协助我。"

没有人反对。大难临头，大家都冷静了下来。

我顺着楼梯走到街上。

25 ●—

尼扬·博奥人喜欢我的行事风格。自孩提时代起，我就懂得了尊敬弱者的人也会被尊敬。

这并不意味着你让别人踩在你头上或者替他们受罪。你也需要尊重自己。

德加戈阡陌交通又条条臭气熏天，是个典型的堡垒城市。我来到了一个大致像十字路口的地方，一般来说，尼扬·博奥人的瞭望哨会看到我。他们向来小心谨慎，日夜值守。我大声说："我会见议事者，危险正在朝这里逼近。我会让他知道我了解的情况。"

然而我没有看到任何人，也没有听到任何的回音，我从未期待会有回音。走进我地盘上的人也同样什么都看不着，听不到，但我知道平静之下杀机暗藏。

唯一的声音来自几个街区之外的战斗。

我等待着。

忽然间，我的注意力被吸引了过去，原来是肯·戴姆之子现身了。他的脚步声不比一只踮着脚的蛾子更大。这家伙是个敦实的矮个子，看不出年龄几何。他带着一柄非常长的剑，只不过暂时还装在背后的剑鞘里。他狠狠地盯着我，我也瞪了回去，反正又不用付出什么代价。他低沉地咕哝了几声，意思是要我跟他走。我们走了不到八十码，他便指了指一个门廊。"笑一下吧。"我不能自已地说出了这句话。他总是在四处环视，脸上却从未有过笑容。我抬手把门往里推。

窗帘挂在里面两英尺高的地方，只有微弱的光线能溜进来。我意识到自己要一个人进去了，便小心地关上了门，又把窗帘拉上了，我不会让一丝光亮飞溅到街上。

这儿原来是一座城市里最舒适的地方。

肯·戴姆坐在一块铺在肮脏的地板上的垫子上，那是离照明的蜡烛最近的地方。我看见了十二个人，能猜出他们的年龄和性别。我看到了四个小孩子，六个年龄相仿的成人想必是他们的父母，还有一个老得可以当奶奶的女人，她对我怒目而视，仿佛地狱里的恶鬼，尽管她以前从未见过我。只有议事者可以配得上做她的丈夫。她和肯·戴姆的年龄一样大，仿佛枯萎黄花又好似斑驳的朽木，但她的眸子里还透着智慧机敏的光芒——你知道的，这个女人不好惹。

我看不清太多东西，唯有人们穿的衣服，几块破烂的毯子，一对黏土杯子和一只锅，也许是用来做饭的。剑倒是有很多，每一柄都和议事者之子佩的那柄一样长。

在烛光下的黑暗中，有人呻吟着，这是有人神志不清的声音。

"坐。"肯·戴姆对我发出邀请。蜡烛旁第二个垫子已经铺好，在微弱的灯光下，他比在城墙上的时候看起来更虚弱。

我的腿没有那么柔韧，不习惯坐这种垫子，不过我还是试着盘腿坐了下来。

我等待着。

肯·戴姆会在我该说话的时候告诉我。

我试着把注意力集中在他身上，而并不在意那些盯着我看的人，也不想去琢磨挤在狭小空间里的人肉味，他们奇怪的食物散发出的味道，还有弥漫在屋子里病恹恹的气息。

一个女人端上了茶。我不知道她是从哪里弄来的，这屋子里没有明火。不过，我当时没有想到这一点，我当时只顾惊讶于她的美丽，即使她满脸污垢，穿着破布一样的衣服，也是美若天仙。我惊得呆了，啜了一口热茶，烫到了自己的嘴。

我顿时感到悲伤，当南方佬占领这里的时候，她会付出巨大的代价。

肯·戴姆的唇微微上扬，似乎笑了一下。我注意到了老妇的脸上也一副饶有兴致的表情，一下子明白了在多年以前，她也是这般的美丽。他们习惯了我最开始的反应，也许这是一种考验，能带她走出阴霾。

肯·戴姆以几乎听不见的声音，说："她的确是。"他大声说，"你有不属于你这个年龄的聪慧，黑暗战士。"

这个黑暗战士是什么东西？每次他对我讲话，都用另一个名字称呼我。

我试着对他正式地致谢，"谢谢你的夸奖，议事者。"我希望他能意识到我无法完全跟得上尼扬·博奥人的谦逊礼仪。

"我感到你心中十分焦虑，只是被意志所束缚。"他平静地呷了一口茶，眼睛盯着我，并告诉我，必要的时候并非不可以释放自己的情绪。

我说："魔鬼已经在黑夜中降临，议事者。我们难以相信的怪物已经脱笼而出。"

"在你允许我去你城墙上的阵地的时候，我就猜到了。"

"野兽已经脱缰，一个我从未预料过的邪物。"现在回想起来，我意识到当时我们谈的是两件不同的事情。"我不知道如何结果它。"我努力地把自己的塔格洛斯语表达准确，人们用母语交谈便可以免去误解和猜忌之虞。

他似乎迷惑不解，"我不明白你的意思。"

我瞥了一眼。他的子民一直就是这样生活的吗？比我们还拥挤。当然，我们可以用以武力来守卫我们的土地。"你了解黑色佣兵团吗？了解我们最近的历史？"我没想得到回应，而是借着话头讲起了我们近年的历史。肯·戴姆是少有的能洗耳恭听每一处细节的人。

我说完了。肯·戴姆说："历史，也许是由你们这些黑暗士兵的阴影勾勒的。你已经走了这么长时间，走了这么远，完全偏离了方向。就连莫盖巴的追随者也没有寻回正轨。"

我并没有掩饰自己的心理活动，肯·戴姆和他的女人又一次觉得我很有趣。"但我不是你们中的一员，掌旗官。我的学识也偏离了求真的方向，也许如今已经没有真正的真理了，因为真理早已被人遗忘。"

我一时语塞。"你已漂泊许久，掌旗官，但你还有可能归乡。"他的表情瞬间黯淡了下来。"虽然你希望你没有。掌旗官，你的旗杆何在？"

"我不知道。它在外面平原大战的时候就遗失了。我套上团长的战甲，装作他还没有战死的时候，我就把它戳进了地面，这样军心就不会涣散，但是……"

老人抬起一只手，"今晚也许你离真相更近一步。"

我讨厌这些愚笨的老家伙和巫师们的装腔作势。我相信他们之所以这样做，只是为了让别人觉得他们充满了力量。去他的旗杆，这完全是另一码事。我说："纳尔人首领当黑色佣兵团的团长，他与我们这些北方来客的观点相左。"

我停了一下，但肯·戴姆似乎并没有什么话回应。他等着我继续说，于是我说："莫盖巴是一个完美的战士，但并非一个完美的领袖。"

事实证明，肯·戴姆并不是那种在这种境况下你想去寻求帮助的那种深不可测又永远保持耐心的老者。

"你来警告我，他想把那些南方人当刀子使来解决这种冲突是吗，掌旗官？"

"什么？"

"我的一个孙子能够窃听到莫盖巴与欧奇巴、辛达维、兰加普林迪和乔·甘达·甘讨论今晚的行动。因为有塔格洛斯同盟在场，纳尔人没有用他们的母语，尽管莫盖巴与塔格洛斯人的关系并没有那么紧密。"

"对不起？先生？"

"你的荣誉迫使你向我报告，虽然你现在只是怀疑事情会比你担心的还糟糕得多。莫盖巴的纳尔人副手强烈反对，他提出了一个今晚的计划，那些溜进来的南方人将不受阻碍地行军到此处。塔格洛斯军团将会拱卫三个方向，他们只得通过我们的领地向你进攻。"

"你已经知道了？你是这个意思吗？在我来之前已经有人证告诉你了？"

"泰·戴恩。"

一个年轻人站了起来。他是一个丑陋瘦小的家伙，抱着一个蹒跚学步的孩子。

肯·戴姆说："他不会说塔格洛斯语，但是听懂却没有问题。他无意中听到了这个阴谋，也无意中听到那些觉得此事不光彩的人的观点。他看到了狂怒的莫盖巴接见了一个似乎是暗影长老信使的人。"

我一下子垮了。这意味着，就在那一刻，莫盖巴和旋影之间将会保持默契，直到我和我的人在这世上被抹去。"这是残酷的背叛，议事者。"

肯·戴姆点了点头，然后接着说："不止这些，石头勇士。兰加普林迪和甘达·甘都是普拉布林德拉·德哈的密友。他们代表德哈王子向莫盖巴保证，一旦围城得解，你的人马将被消灭，王子将宣布他个人支持莫盖巴接任团长，作为交换，莫盖巴会宣布你们团长的契约无效，即他成为塔格洛斯的首席军官，在对抗暗影大陆军的战争中统御全部的军事力量。"

"伙计，你这窃听工作可真专业。"泰·戴恩几乎微笑了一下。

"莫盖巴的背叛也很专业。"

我终于明白为什么欧奇巴和辛达维会反对他，这是一种几乎无法理解的背叛。

莫盖巴在吉－埃克斯利之后确实黑化了。

我问肯·戴姆："他对你有什么坏处呢？"

"没什么，政治上他应该对我们漠不关心，我们从没有成为塔格洛斯事物的一股势力，但我们对他也没有任何意义。他急切地想像丢掉硬币一样抛下我们，如果那些南方人如他所愿先向你们发难，接着又向我们进攻，那他一下子就除掉了自己的敌人和我们这些与他们抢资源的碍事者。"

"我曾无比钦佩这个人，议事者。"

"人总会变的，掌旗官。他变得可谓是彻头彻尾，他是个演员，但这个邪恶的目的让他撕下了自己的假面。"

"议事者？"

"莫盖巴自己是他所作所为的起因和目的。莫盖巴为了成就自己可以献祭自己最铁杆的兄弟，虽然神都知道他并没有如此的密友存在的可能，莫盖巴每一个邪恶的命令都把他灵魂深处的黑暗面剥离出来。他已经变了，最完美的石榴也会从内里烂掉。

我们的话锋一转，又回到了前面的话题。

"掌旗官！虽然黑暗的危险已经降临到我子民的头上，但我敬重你认为我们应该得到警告。这是慷慨和友谊的行为，我们不会忘却那些出手相助的人。"

"谢谢。我很高兴听到你的回答。"你最好相信他说的话，"如果莫盖巴任由你受到攻击……"

"问题已经降临到我们头上了，石头士兵。只要南方人们敢踏足这里几码，他们就要丧命了。我们意识到自己被困在这里之后就做好了准备，我们都学会了我们可能战斗的地面上的细微差别。这不是我们的沼泽，但我们恪守着我们战斗的准则。我们已经为今夜准备了好几个星期。只有那些选择成为我们敌人的人才会看眼界。"

"嗯？"我有点疑惑。

"你应该重新加入那些期待你领导的人。要知道你有他们的友谊。"

"这是我的荣耀。"

"或者诅咒。"肯·戴姆笑着说。

"那是不是意味着你们的人会和我说话？"

"这可能有点太过分了。"他又哈哈地笑了起来。他的妻子也笑了。他讲着多么不羁的笑话！一个乱世中的乐天派。他说："泰·戴恩，你随他去吧。必要的时候，你可以说话，但是只能传达我的意思。骷髅战士，这是我的孙子。他会理解你的。如果你需要交流，就把他送到我这儿来。不要太莽撞了。"

"我明白了。"我试着站起来，腿却缠在了一起，十分尴尬。其中一个孩子笑了起来，我壮起胆子环顾四周，想看那个端水的女子有没有反应，我并没有愚弄肯·戴姆。一个婴孩睡在她的膝盖上，一个蹒跚学步的孩子正在她的左臂下打瞌睡。她很清醒，观察着一切，她看上去疲倦、害怕、困惑又坚决，就像我们其他人一样。每当呻吟声从黑暗中响起时，她都会畏缩一下，看向那边，仿佛痛在她自己身上一样。

我鞠躬道别。尼扬·博奥人泰·戴恩将我护送回自己的地盘。

26 •○——

"我不知道，"当地精问起尼扬·博奥人的态度时我如此回答他，"他没有透露什么。"他并没有给我什么承诺。他能仿佛不走心似的说着和稀泥的话。无论如何，这次的拜访并不重要。尼扬·博奥人对这场将至的大难比我们了解得更多，肯·戴姆承认这是他们的不对，还说我们已经摆脱麻烦了。

地精假装朝着自己的肩膀看，其实他在查看自己的背后。

"是的，"我同意了，"发生了什么事？"我不知道大桶和闪闪去了哪。

"现在一切还算正常。旋影和他的党羽们刚抵达了山区。"

那里发生的事让人兴奋无比,那片强烈的粉红色光亮再次布满了夜空。地精说:"他们像极了碎嘴和夫人的索命人与寡妇愁。嘿!你怎么看上去像被死人揍了一样。"

"因为看起来这事像是我干的,他们看起来的确和你说的完全一样。不过你应该记得碎嘴中箭倒地之后我扒下了他的战甲,自己套上假装是他以稳固军心,然而一切都为时已晚。"

"那么?"

"所以上周就在我就寝的地方,有人把寡妇愁偷走了。我把战甲藏到了只有我能找到的地方,但是有人闯了进来,跨过我,把它挖出来,然后抬着那重物溜走了,然而无论是我还是其他人都没发现。"真的是细思恐极。

"这就是为什么你前几天问那些奇怪的问题的原因吗?"地精的声音尖利了起来,当他难过的时候,说话声音就好像一只跺着脚的耗子。

"是的。"

"那你怎么什么都不说?"

"因为无论小偷是谁都肯定要用巫术才能绕过我。我想他是一个巫师,你们的一员,我想暗中查明他的身份,然后一刀砍断他的脚腕子。"

独眼攀上台阶,对一个二百岁的人来说已经很矫健了。"怎么了?你们都一副臭脸?"

地精把他灌醉了。

这个黑人小个子巫师抱怨道:"你应该告诉我们,摩根。我们现在往黄泉路上走了。"

不太可能。我目前唯一掌握的证据就是一片白色的羽毛和一团鸟屎。"现在没关系,我已经知道盔甲在哪里了。就在那里。"我指着那边好似有粉红色的太阳正在冉冉升起的山丘。"你做了什么？"

"我们杀了一群该死的南方佬，这就是我们所做的。莫盖巴一定是在从中作梗，这个小人比虱子还卑鄙。不管怎样，我们用完运气之前就出去了。他们真的疯了。"他对着泰·戴恩翻了一个白眼。"看起来他们在试图让暗影大陆人从后方走。"好好招待招待那个浑蛋，让他吃点苦头。"外面到底发生了什么？"他指的是粉红色的山丘。

地精回答说："那是我们不想找的东西。"

黑暗中泛着一股粉红色的光，里面人影翻飞。它们闪耀着，像耀眼的流星一样燃烧着。片刻之后，大地开始震颤，我快站不住了。

独眼仔细地观察，"这次你是对的，小矮子，看来这里有不速之客。"

几码远开外的一对乌鸦突然失了智一般，扑棱到黑暗之中，仿佛在哈哈大笑。

"真是出乎意料，"我喃喃自语，"那些山峦中此消彼长的东西到底是什么呢？来吧，伙计们！查明是谁在捣鬼，就算是傻子都知道这里发生了什么，但是我要知道背后的人是何方神圣。"

"我们会尽最大的努力，"独眼许诺道，"如果你现在走开，让我们自己待着，说不定我们已经开工了，走吧，矮子。"

他和他的蛤蟆脸兄弟开工了，我则把注意力转移到了城内的喧嚣之中。

现在可能有成千上万的暗影大陆人突破了城墙，到处都是火光。我问肯·戴姆的孙子："光会给你们的人民带来麻烦吗？"

他耸耸肩。

这个家伙不爱八卦。

27 •○──

是夜，已经如白昼一样，到处都是火光。莫盖巴的炮兵轰得暗影大陆人的营地里燃起了熊熊大火。而暗影长老的党羽们把城市点着了，大火在山丘上熊熊燃烧，这场景自从佣兵团对抗夫人的帝国中的黑暗领主之后就没有出现过来。火光照亮了夜空，"还有多久？有人知道吗？"

"还有很久，"大桶咕哝着，"你觉得现在还有人关心几点吗？"

回想过去，仿佛是几世纪之前的一个晚上，独眼和地精说天亮就是希望，看来我们的乐天情绪并没有进步多少。

战报接踵而至，个个都是坏消息。无数的南方佬杀进了城内，他们接到命令，朝我们进军，把我们消灭，然后继续在城墙内与城墙上战斗，他们出发的地方离这里还很远。但是尼扬·博奥人并没有合作，我的人也不会屈服，现在入侵者们到处乱窜，在遇到抵抗之前烧杀抢掠。

贾库里人躲在自己的家里，他们与暗影长老打过交道，希望自己不会引起注意，那些南方佬们已经取得了一些战果。

你不能因为没有出头而责怪他们，谁都不想白白送命。而当这些浑蛋调头攻击他的时候，莫盖巴似乎不应惊讶。

我的人马都进入了各自的阵地。我们布下的幻象和假人让那些南方佬们发了狂，他们不知道孰真孰假。但我们必须严防死守，因为现在我们毫无退路了。

旋影并未选择助自己的士兵们一臂之力，他准备亲自到山丘山去查明那个神秘的现象。显然，他后悔自己的选择了。

一批斥候又飞奔了回来，被粉红色的光照耀着。看来暗影长老并没有随军出征。"地精！独眼！你们到底在哪里，两个浑蛋？旋影怎么了？"

地精出现了，满嘴的啤酒味。他和独眼在附近藏了几加仑美酒，他们让我白高兴一场，"暗影长老还活着，摩根，但他可能把自己的窝弄得乱七八糟了。"他咯咯地笑起来。

"哦，见鬼！"我喃喃自语道。这个小蛤蟆去买醉了，看起来独眼也跟着去了，今晚真是有趣。他们两个会放下眼前的事，然后翻起一百年前的旧账互相怼起来。上次他们喝醉了，你追我赶，大打出手，差一点儿毁了塔格洛斯的整个城区。

泰·戴恩一直站在阴影中，盯着那些该死的乌鸦。乌鸦越来越多。

老喘喘着气从街上走过来，他走一步歇一步才能爬上来，咳嗽着还吐了一口痰。他和独眼一样都是怪人，但除了爱喝啤酒之外，他们并没有什么共同之处。老喘去过几次前线了，我站在制高点审视着目前的战况，他爬了上来，心里盘算着事情到底有多糟。那时的局势还没有多紧张。

老喘还咳嗽着，不时往地下吐着痰。突然山脚下爆发了新一股粉红色的光。在空中映出两个影子，毫无疑问，那是寡妇愁和索命人的影子，是夫人为了自己和碎嘴打造的恐怖形象，想不战而屈人之兵。

"这是不可能的。"我对我的麾下的巫师说。独眼回来了，他用一只手撑住老喘，他被哮喘和痨病折磨得不行。独眼的另一只手上抓着一件用破布包裹着的东西。我继续说："那不可能是碎嘴和夫人，我亲眼看见他们倒下了。"

小股的骑兵朝城市的方向奔袭而来，裹挟着一团黑乎乎的东西，那就是旋影，他现在焦头烂额，粉红色的光点围着他飞来飞去，他很难摆脱它们。

南方佬们意识到自己的主子回来了，气还不顺，不由得加快了进攻的节奏。

"我说不好，"地精沉思着，听起来就像是被吓坏了，"我无法感知索命人铠甲里的那个人的气息，那人必然法力高强。"

"夫人已经没有法力了。"我提醒他。

"另一个像碎嘴。"

不可能。

老喘终于从嘴里蹦出来一个词："莫盖巴……"

几个人一提到这个名字就嫌弃地往地上吐了口水，我们无畏的"老大"有很多副面孔，按这几个人的说法，莫盖巴就是全城最贪得无厌的小人。

一个粉红色的光带伸向了旋影和他的随扈。暗影长老一下子把绳子打偏了，他一半的随扈却遭了殃，残肢断臂翻飞。

"看啊！"有人说，一下子把大家都吸引了过去。

老喘大声地说："莫盖巴想知道我们是否可以派出几百个人来反击在城内的敌人。"

"那个浑蛋认为我们有多蠢？"闪闪说。

地精问："那头蠢骆驼的老婆以为我们挺他吗？"

"他为什么认为我们会怀疑他呢？他对自己的脑子那么自信……"

"这可太有意思了，"大桶叫道，"他本来想把我们钉死，结果自己也被拖下水了，更妙的是，咱们是他唯一的救命稻草了。"

我问地精："独眼在干什么？""独眼看起来正在为洛夫特斯的一门火炮祈祷，破布就散落在他们的脚下。一支可怖的黑矛躺在发动机的槽里。

"我不知道。"

我看了看最近城门的情况，纳尔人能看到我吗？莫盖巴不会信咱们正在力战而无法支援的借口。我问："你们觉得我们有帮他的理由吗？"

我现在的麾下除了老一辈佣兵之外，还有六百个夫人旧部幸存的塔格洛斯人和数目不明的前奴隶，归顺的战俘和决心保家卫国的贾库里人。

每个人给我的回答都是否定的。没有人愿意帮助莫盖巴，我边往机器那走边问："如果我们只是为了自救呢？要是莫盖巴垮了，我们就真的是孤军奋战了。"我看了看城门的方向，那边的人可以观察到我们的一举一动。地精也盯着我，摇着头以缓解醉意："我们必须考虑这个问题。"

"你在干吗？独眼。"我现在就站在他身边。

独眼骄傲地指了指那支矛，"这就是我闲暇时间一直在做的小事情。"

"这太难看了。"我其实很高兴他偷偷做了件有用的事。

他花了几个小时加工一根黑色的木棍，上面覆满了丑陋的图案和意义不明的字母。矛头和它的矛身一样黑，黑色的铁皮上精心地刻上了银色的符咒，矛身上其实也有一些颜色，还挺漂亮的，就是几乎看不清。

"非常好。"

"好吗？"他叹了口气，"你这个异教徒！"他指点着一些问题，洛夫特斯仔细看着，我只好也仔细看着。

旋影的随扈一个接着一个死去，他们被无数粉红色的火花和大声鼓噪的乌鸦围在中间，越来越近。

独眼窃笑着："这是我送暗影大师上天堂的力气！"他咆哮着，他肯定已经喝了不少啤酒了。"放松的午后就要放松，但现在不是放松的时候，对吧？"洛夫特斯也开了腔，这根棍子滞空时间也就五秒钟，他要花大把的时间弄清楚发射之后会有什么效果，要怎么发射才能让这些他看不懂的符咒起作用。现在这个浑蛋已经准备好了，洛夫特斯，我的好弟兄，准备用这个大家伙打开胜利的闸门。

和任何正常人一样，洛夫特斯没有管独眼，而是像艺术家一样小心看护着他的武器。

而此时独眼正在喋喋不休："大部分咒语都是为了穿透他的个人保护，让他没时间做出反应，因此我找到了一个突破口。"

我打断了他。"地精，这可行吗？那个小矮子的目标并不大。"

"战术上是可行的，独眼与旋影之间有数量级的差距，但是只要他倾注的心血多十倍也是可以弥补回来的。"

"不是一个数量级？"这就成了独眼的问题。

"其实不止一个数量级。"

我走开了，没时间听他继续解释了。

洛夫特斯则很满意，他有一切，完美的目标和射程。"什么时候发射。"他问。

28 ●○──

"发射！"我下达命令，弩炮发出独特的砰砰声。城墙一下子变得安静，黑色的矛穿过黑夜，零零星星的火光跟在它屁股后边。独眼说滞空时间大约是五秒，但实际看来大约只有四秒，但感觉像是过了一辈子。

黑夜亮得可以看清暗影长老的位置，他很快会消失在那座塔楼后面，他骑着马回头望着群山。那两个奇怪的骑手在平原上屹立着，他们敢于挑战任何人，任何回应他们挑战的人。

我喘着粗气。

寡妇愁里面的人拿着长矛。那旗杆本身并不起眼，但那是黑色佣兵团离开卡塔瓦的那一天就使用的旗杆。历任史官都无比关注它，只不过它为什么如此重要已经不得而知。我看着独眼的大杀器朝着旋影飞去。

后来地精告诉我，当长矛飞到最高点的时候，旋影嗅到了威胁。不管他当时做了什么，他做了正确的反应，要么是他单纯的幸运罢了，或者，是有高人认为他命不该绝。

矛的轨迹偏了不到几英寸，毫不费力地刺向了旋影的坐骑而不是他的肩膀。马伤口泛红，血流不止。那畜生受惊了，旋影嘴里怒吼着，在坐骑倒下之前跳了下来，接着重重地摔在了地上，躺在那里颤抖着，独眼叫洛夫特斯随便射点什么结果了他，而旋影像螃蟹一样踉踉跄跄地逃走了，躲开了那畜生的蹄子。

我认出了那畜生，那是夫人从她的旧日帝国带来的兵团的神马良驹，也在那场大战中不知所终。

马不断地嘶鸣。

换成普通的马，决计撑不了这么久。

我盯着那两个骑手，他们慢慢地向城市走去，似乎发起了挑战。现在我能看到他们也骑在夫人的马身上。我告诉地精，"但我看到他们被杀了。"

独眼咕哝着："我们必须检查这个男孩的眼睛。"

地精说："我以前就说过，那不是夫人。你离得已经很近了，你也能看见铠甲是不一样的。"

军人们也发现了异样，塔格洛斯人纷纷骚动了起来。

"你不知道另一个吗？他们在谈论什么？"

"不，可能是那个老人。"

闪闪去问那些塔格洛斯人为什么突然如此兴奋。

旋影的马已经倒地了，但还在地上扑棱着，嘴里嘶鸣着。一缕绿色的气体从马的伤口中升起。情况逐渐恶化，不过想置那畜生于死地可能还要一会儿。

要是独眼的长矛正中目标，这个巫师的死相还要比这更难看。

地精回来汇报："他们都很兴奋，因为那铠甲上的图案正是一个名为基纳的女神的化身，而那也正是神话中她战斗的方式。"

我不知道他在说些什么，只知道基纳是某种意义上的死神。

我不知道旋影什么时候会对独眼进行反扑。

"他不会，"地精向我保证，"只要他不傻就不会出头，外面那两个人能把他的腿掰折。"

旋影一瘸一拐地消失在我们的视野中。

看到老大受辱，小弟纷纷加了把劲儿。又有人要为他们的苦痛付出应有的代价，但是不幸的是，他们觉得那些人是我们。

他们中的一些人似乎也认出了索命人的铠甲，城下有几次传来了呼唤基纳的声音。

"泰·戴恩，是时候给你爷爷捎个口信了。我想把我的一部分兵力布置在他的地盘上，这样我能把南方佬们赶出去了。"

尼扬·博奥人终于从暗处走了出来，他听清了我在说什么。他目不转睛地看着那些骑手，心里盘算着什么，接着他哼了一声，走到街上，一路小跑消失在深夜中。

"听着，弟兄们。我们要去拯救我们无畏的浑蛋领袖了，大桶……"

29 ●○——

我走进一个黑暗的小巷，打算在一队南方佬的后方用地精的巫术伏击他们。突然，我像是从世界的边缘跌入了一个没有底的深渊，一把无形的蝇拍把我拍进了虚空之中。地精在一开始就大声嚷嚷着，我却听不懂他在说什么。

好像晕船啊，真的想不通，到底是谁用巫术伏击，把我像拧抹布一样拧。

难道莫盖巴的背叛如此彻底吗？

30 •○——

•—•—•—•

有东西抓住了我。拉扯的力量十分凶猛，我无法反抗，我也忘记了我是谁，在何处。我只知道我睡着了，不想醒来。

"摩根！"一个遥远的声音在呼唤，拉扯我的力道越来越大。"摩根，快点！回来吧！战斗吧，孩子！战斗吧！"我要战斗。

但我认定了敌人是那个声音。它要我去一个我不想去的地方，那里只有无边的痛苦罢了。

那不可抵挡的力量，越来越大。

"成了！"有人喊道，"他清醒了。"

我认出了那个声音……

我会记得那个声音，就像每一次从昏迷中醒来，我记得每一个德加戈的细节，记得每处痛苦与恐惧，但回忆的边角已经不再锋利刺痛，连结正在解开，我逐渐恢复了意识。

我在这里？我什么时候，又是怎么来到这里的？我试着睁开眼睛，但我的眼皮仿佛灌了铅。我试着动一动，四肢也不愿意挪窝。

"他彻底清醒了。"

"拉上窗帘。"我听到了沉重的布料抖动的声音，"真的会越来越难熬吗？我还以为我们应该挺过了最糟糕的日子。要是他这会儿还没法清醒过来，我们现在可很难把他带回去。"

哦！那是碎嘴的声音——老大——不过老大已经死了，我亲眼看见他被杀了。难道死的人是我吗？我不是脱下那身铠甲之后又活了很久吗？

"好吧，他现在听不见。我们只能加把劲儿，就差最后一股劲儿了，除非他不想醒过来。"

我终于睁开了眼睛。

我在一片漆黑之中。我无法确定具体位置，但一定在特洛戈－塔格洛斯的宫殿里。这是我的家。且，我还从来没有在其他地方看到过这种石头。我认不出宫殿的某些地方也不奇怪，塔格洛斯的王子在他们统治期间对宫殿加了些改动。据说只有老巫师暗烟才对整座宫殿了如指掌。然而暗烟已经不在我们身边。我不知道后来他发生了什么，但是几年前，他与一头超自然生物发生争斗，然后被它撕碎了。这倒是给我们行了个方便，因为那时我们发现他已经被长影引诱到暗影长老那里去了。

我对我现在的情况感到惊讶。我的头疼得像是宿醉的老妈子，但我的意识清醒了起来。

"他有只眼睛睁开了，长官。"

"能听到我说话吗，摩根？"我试着动了动嘴皮子，胡言乱语脱口而出。"还有一个咒语可能有用，我们这两天一直想叫醒你。"碎嘴的声音涌入我的耳中，就好像我是故意要这样的！"好吧，看来你知道要干什么了。我们扶他起来走走吧。"

我记得以前经历过这件事。我现在也不那么迷糊了，能领会过去和现在的区别。

他们把我的脚放在身下。地精从我的右腋下钻了出来，碎嘴从左边抱起我的手臂，举起了来。我说："我记得该做什么。"

他们听不懂我含混的话语。地精问道："摩根，你现在知道你在什么时候吧？不会又被拽回到过去吧？"

我点点头，我现在只能这样交流，也许我可以试试手语。

"又是德加戈？"碎嘴问。

我脑海里涌起无数回忆，尽管有很多是我不愿想起的。我又试着说话了，"又是。同一个晚上，更晚些。"

"放下他，他现在彻底恢复了。"碎嘴说。"摩根，这次你有什么线索吗？有什么可以让你摆脱这个循环的吗？我需要你留在这里，每时每刻。"

"该死的，没那么简单。"我停下来喘口气，这次我适应得更快了，"我甚至不知道它什么时候击中的我，我就在那儿好好待着，突然，像小鬼在恶作剧一样，根本没有想过什么未来的事。过了一会儿，我只是没有意识，不像现在这么反常。"

"反常现象？"

我被吓了一跳，转过身，原来是独眼。我看见窗帘还被风吹动了，遮住了一半的房间。

"嗯？"

"你说的反常是什么意思？"

等我仔细琢磨自己说的话，还真的搞不清我在说什么，我摇摇头："我不知道，我现在感觉不到了。现在是什么时候？"

碎嘴和巫师们互相交换了眼神，意味深长。碎嘴问："你还记得末日之林吗？"

"当然记得，冻得我不行。"一阵寒意刺痛了我，接着我就回忆起了关键的部分。我不记得以前来过这个房间，但我本应该记得的。我还在自己的过去，只不过没有德加戈那么遥远，也就是几年之前。

然后我试着回忆未来。

我记得太多了，我呜咽着。

"我们需要再把他弄起来吗？"地精问道。

我摇摇头："我能挺住。让我们想想，这次的咒语和上次间隔有多长？我们从末日之林回来多久了？"

碎嘴说："你三天前回来了，我告诉过你把战俘带到宫殿里去。你去了，然后让那些织影者们都跑了，所以我颁布了命令，全团戒备。"

"他老了，受不起惊吓了，"独眼说，"没什么好奇怪的。"

我头痛得厉害，我对这些事有着模模糊糊的回忆，却不像我以前发作之前经历的事那样清晰，"我不记得多少了。"

"红手的欺诈徒已经到了。"我们本打算当晚就审问他。"但是你回到了住处，大概是从门口走了进去然后就倒了。你的岳母、叔叔、妻子和姐夫都见证了此事。可能是第一次，最后一次，也是唯一一次。"

"大概吧。那老太太就像独眼一样，什么都不服。"

"嘿！小子……"

"安静！"碎嘴告诉他，"你就是那么摔了一跤，昏迷了。你的妻子现在歇斯底里，你的姐夫来找我，让我们把你带出去以缓解你家庭的压力。"

缓解压力？那些人从来没有听说过这个词。此外，莎莉是我心中唯一的家人。

地精说："张嘴，摩根。"他把我的脸转向光的方向，检查着我的喉咙，"这儿没受伤。"

我知道他们在想什么，癫痫，我自己也考虑过这种可能，跟每个愿意听我啰唆的人都讲过。但是我从来没有听说过癫痫发病时会回到过去，而且还是我根本没经历过的过去。

"我告诉过你，这不是病，"碎嘴大吼，"答案就在你的幻觉里，等你发现的时候就会发现一切都为时已晚了。"

"如果有什么线索，我们会发现的。"独眼应付着。这让我不禁开始寻思他们在打着什么主意，现在我已经知道了，我知道他们很快就会告诉我的。但我无法清楚地回忆起未来。

有时我就像个幽魂。

"那个笨蛋又来了吗？"碎嘴问。

明白了他的意思后，我说："是的。但是他没有脸，老大，不是无头，他有一个脑袋。"

"这可能是问题的根源。"独眼正色道，"如果你记得任何细节，任何事情，赶紧告诉别人或者马上把它写下来。"

碎嘴跟我说："我不希望这种事发生在别人身上。身边的弟兄没事就断片儿可没法打仗。"

我深信这不会发生。但我没有这么说，因为他们会对我施压，我不喜欢被戳穿的感觉。"给我点儿治头疼的。拜托，就像那种宿醉的头痛。"

"你以前头痛过吗？"碎嘴问我，"你从来没提起过。"

"会疼，但没有那么严重，只是轻微的不适。这次就像喝了四轮斯旺和科尔迪自酿啤酒的那种头疼，你知道那是什么意思吧？"

碎嘴笑了，那是世上两种最烂的啤酒。"我和地精从末日之林回来之后就时刻在观察你，如果这种情况还会发生的话，我们不想错过任何的细节。"

这是一个严肃的问题。在这个时候，我可以记得未来要发生的事，却对回到过去的经历毫无印象。

他们是如何密切关注我的呢？我从来没有注意到他们。我时刻保持警觉，欺诈徒们随时都会把他们杀人用的小绳子缠在你的脖子上。

"所以你们知道了什么？"

"什么有用的都没有。"

"我现在还在继续观察着呢。"独眼说。

"真是暖心。"

"每个人都要聪明点儿，"独眼抱怨着，"我还记得后辈尊敬长辈的时候。"

"那阵他们还不知道长辈的真面目呢。"

"我还有工作要做。"碎嘴说，"独眼，只要有时间你就和摩根一起待着，继续聊德加戈发生的事，线索就藏在那里，只是我们还没有发现，不过只要我们坚持下去总会有转机的。"还没等我说话，他就转头走了。

在碎嘴、独眼和我之间，有什么东西在涌动。也许我们都有理由担心，这次我记不清我在哪里了。第一次，一切都是新奇的！但是夜半无人时刻，记忆深处的一缕暗念仿佛一只战战兢兢、惊恐万状的小动物不断提醒着我昨日之事，也暗示着最坏的情况还没有到来。

独眼说："我带你回家吧，小子，你老婆会医好你的。"

她可能会的。她是个奇迹，即便像碎嘴这种对谁都嘻嘻哈哈的人，也会规规矩矩地跟她说话，就像她是个贵妇。

当然，虽然她本来就是，但听到其他人这么认可她也是件好事。

"接下来是你要听到的第一件事，兄弟，我不知道怎么走。"

我往后瞥了一眼，是暗烟和被蒙着头的欺诈徒们。什么情况？

31 ●○——

　　我的姻亲们几乎没有努力去改变任何人对尼扬·博奥人的看法，尤其是我岳母戈泰，她是最碍事的。这个老不死的几乎无法容忍我，可能她觉得我拐走了她的宝贝女儿，也对我们的老大特别讨厌。

　　尽管如此，碎嘴坚持要在她家亲戚过来的时候跟她们换住处，让她们从贫民窟换到正经的城里。但是如果戈泰老妈不把嘴闭上的话，换到天堂都没有用。

　　老大从不理会老妇的抱怨。他告诉我："我和地精、独眼两位打了三十年的交道，一个患痛风和关节炎的老妇还算什么呢？何况她还只待几个星期，对吧？"

　　对的，我就是这么说的。也许把这些话混上酱油和咖喱都没法中和它背后的苦涩。

　　夫人大部分时间都在南边待着，把自己的一腔怒火都发泄到暗影大陆上，碎嘴一个人不需要那么空旷的公寓。夫人来访的时候带来了一个摇篮，那是一个叫拉姆的人送给她的，拉姆为了保护她和她的孩子不受纳拉扬的侵害而丧了命。拉姆亲手做了那个摇篮，这也可能是他最终丧命的原因——他把感情都倾注到了夫人的身上，每个人都这样，爱慕了一个不该爱的女人。

　　碎嘴让我住在他的住处，但是这一处住所也有自己的限制，我不能把这儿当成尼扬·博奥人的新家。莎拉和泰·戴恩，戈泰老妈和都加大叔还算是受欢迎的尼扬·博奥人，但是如果加上一大堆侄子和外甥可就不一样了。

　　那些指责团长利用高位住豪宅的人应该睁开他们的眼睛好好看看。解放者，统御所有塔格洛斯军事力量的霸主，征战四方，手下败将无数，却还是住在以前他当医官和史官那阵住的地方。

此外，我很感谢他给了我足够大的场地来修史。他非常珍视这些编年史。

我修订的史书并不好，我的文笔没有那么出色。而碎嘴无疑是当时最成功的史官，我常常情不自禁地把我写出的编年史与他的作品相比较。不过在他同时担任团长与史官的时候，他修史的水准多少受了一点影响。夫人所修的编年史给我的印象就是过于直率和草率，有时又糅杂了太多的私货。既不尊重史实，也不考虑与前人，甚至是同时代的前辈们保持一致。如果你仔细阅读他们修成的编年史，你会发现一些他们俩谁也不会去承认的错误。比如碎嘴说风暴塔离塔格洛斯八百英里，而夫人称四百英里，那两个人到底谁说得对呢？他们说都对。夫人说，这种差异是因为他们成长的时代和地域各不相同，度量衡也大相径庭。

而对人物的描写呢？每个人看人的视角都是不一样的。在碎嘴的描写中，威洛·斯旺成天怨天尤人，而夫人说他充满活力，成熟稳重又口若悬河。而这种差异的原因莫过于碎嘴和夫人心里都清楚斯旺对夫人的感情并不单纯。

想一想他们是怎么看待暗烟的，你不会认为他们描写的是同一个畜生，他们用不同的眼光审视那个叛徒。然后是莫盖巴和尖刀，他们俩也成了黑心的叛徒。在碎嘴的记录中你不会看到任何的蛛丝马迹，因为当尖刀自甘堕落的时候他已经不再修史了，但在现实中，他会喋喋不休地告诉你他有多么讨厌尖刀，而我认为这种心理并不理性。而同时他似乎愿意原谅莫盖巴。夫人的看法恰恰相反，她会把莫盖巴和纳拉扬划归一类，对尖刀笔下留情。尖刀就像拉姆和斯旺一样，是另一种情况。我猜即使是恋人也不必什么事都保持一致，他们写作的方式也不同。碎嘴倾向于走到哪儿写到哪儿，等回来之后会根据别人的见闻加以补充，他的史书中会杂糅很多二道贩子的观点，因此严格来说那并非真正的历史。

而夫人则凭记忆一气写完整本，而那时她还成天躺在床上待产。她的观点主要是来源于间接的道听途说。我用我认为更准确的材料代替她可疑的论调，并且统一乱七八糟的格式。

夫人对我的这些工作并不满意，但她也表示理解。

我的主要缺点是总是莫名其妙地跑题。这对我来说很是棘手，我花了不少工夫与塔格洛斯皇家图书馆的历史学家们待在一起，这些人告诉我，历史的真正关键是细节。如同整个历史进程可以因一次小小的摩擦或一个人中箭身亡而急剧转向。

我的书房约十五至二十英尺见方，我能把所有的参考文献都搁在里面，这些文献大多为古籍的抄本。我在一张大桌子上同时做几个活儿，而屋子里还留出了给泰·戴恩和都加大叔的地方。

在我写作、研习或是订正的时候，他和泰·戴恩会舞着木剑，大声嚷嚷着对着墙踢来踢去。他们俩任何一个打扰到我都会被我赶出去。他们都武艺高强，但我认为他们和诸如我们老一辈团员的这些高手们不同，他们很有可能会伤到自己。

我喜欢这份工作，这比我长期担任的掌旗官强多了。掌旗官总是第一个受伤的人，一只手还必须时刻把住一杆大旗杆，要不然就会摔倒。

我为自己并不能像碎嘴那样对诸多细节信手拈来而担忧，也嫉妒他那润物细无声的讽刺笔法。不过他总是说他只不过是慢工出细活罢了。在那个时候，黑色佣兵团只是个粗鄙的团体，鬼鬼祟祟地游离在主流的边缘不思进取。不过现在我们已经堕入深渊，我不喜欢这样，团长他也不喜欢。

我难以想象一个男人竟然会对天上掉下来的权力不满。他现在还不放权就是因为他不相信别人会把佣兵团带到他认为必须要到达的目的地。

我成功地几个小时都没有坠入过去。莎拉的心情不错，但她的母亲每天都会扫人兴致。而我沉迷于工作，怡然自得。

有人到了门口。

莎拉把碎嘴带进了屋子。都加大叔和泰·戴恩两人还在比武，碎嘴看了一会儿，说道："不寻常。"不过听语气似乎并没放在心上。

"这不是操练，"我告诉他，"这是独行侠的试炼，尼扬·博奥人个个都是孤单独狼。"碎嘴对此难以苟同，他笃信弟兄就是要在战场上互相掩护。

尼扬·博奥人的剑术博大精深，他们能猛然攻或守，适时地拉开距离或是扭曲着肢体一动不动入定。他们的小动作颇多，都想预测对方下一步的动作。

都加大叔是个杰出的剑客。

"信我的没错，摩根，剑客如舞者一般优雅。"

娶了莎拉之后，我就融入了尼扬·博奥人的战斗风格。我真的没有选择。都加大叔坚称，虽然我并没有很感兴趣。不过我还是亦步亦趋，这种操练的方式很好。"这些都是有套路的，老大，每一个姿势和招式都有自己的名字。"不过我认为这是其弱点所在，任何战士都应如革命者一般开创独属于自己的战斗风格。

而另一方面，我在德加戈见过都加大叔面对真正的敌人时是什么样的。

我说着另一种语言："叔叔，请让我的老大看一看灰杖，可以吗？"

灰杖是都加大叔的佩剑。他称之为他的灵魂，比老婆都要金贵。

都加大叔不再同泰·戴恩缠斗，微微鞠了一躬，走了。过了一会儿，他回来了，拿着一把巨剑，剑足足有三英尺长。他小心翼翼地拿着剑，把它放在碎嘴伸出的左边小臂上，那里不会有皮肤上的油脂或是汗水侵蚀钢铁。他轻轻地鞠了一躬。

他希望我们相信他不会说塔格洛斯语，这只是故作玄虚罢了，我认识他那阵他就操着一口流利的塔格洛斯语。

碎嘴通晓尼扬·博奥人的风俗，他似乎充满敬畏与感激地接过了灰杖。

都加大叔看在眼里。

碎嘴笨拙地用双手握住剑柄，我怀疑他是有意为之。都加大叔开始喋喋不休起来这剑有多么好，我都听过很多遍了。这个老小孩很是机敏，虽然年事已高，不过行动起来还是比我迅捷。

"平衡性很好，"碎嘴这句话是用塔格洛斯语说的，不过要是他突然冒出一句尼扬·博奥人的土话，也不足为奇了，他极具语言天赋。"不过这钢应该也是好钢吧。"剑刃又薄又窄。

我告诉他，"此剑的历史已经四百年有余了，不过还是削铁如泥，我亲眼看到他拿着此剑大杀四方。"

"围攻期间，"碎嘴端详着剑刃，"是的。"

"蒂尼·卢克·多可的标志。"

他的眼睛惊讶地眯成了一条缝。碎嘴了解尼扬·博奥人的剑客，他可不是什么乡巴佬。

都加大叔采了一缕头发，放在灰杖的刃上，结果立竿见影，碎嘴边看边说："这剑锋利到人被砍了自己还浑然不觉。"

"是这样的。"我告诉他。"你想喝什么？"沙莉端来了茶。老大虽然不喜欢喝茶，也拿了一杯。他看着我盯着她，很是玩味。每次莎拉一出现，我的眼睛就挪不开了。每次见到她，她都变得更加美丽。我不敢相信我的运气，我害怕这不过是黄粱一梦，会突然醒来，在寒夜中孤独地发抖。

"你应得奖赏，摩根。"碎嘴以前告诉过我，他很欣赏莎拉，却受不了她的家庭。"你好像把一个家族都娶了！"他说着只有我俩能听懂的北方话。

"你必须在那里。"这是对德加戈情况的唯一评价了。尼扬·博奥人和老一辈们还在梦魇中挣扎。

戈泰老妈出现了。她怒视着碎嘴"啊哈！伟人本人！"她的塔格洛斯话听起来让人生恶，但她不信，那些不解内情的人会为此而嘲笑她。

她围着碎嘴歪歪斜斜地兜了一圈。她身材高大，不算太胖，却是真的丑陋，行动起来步履蹒跚，看上去像一个微型巨魔。而她的同族也在背后叫她巨魔。她很有个性，可以考验一块石头的耐性。

泰·戴恩和莎拉都是晚育子，我祈祷我的妻子以后不再像她的母亲那样，无论是性格上还是身体上。不过，如果像她祖母一样我则没什么意见。

这里很冷。

"你为什么如此刁难我的莎拉的男人，嗬，如此伟岸而强大的解放者先生？"她一边兜着嘴一边吐着唾沫，尼扬·博奥人也用这个动作来表达厌恶。她喋喋不休，走得越来越快，也越蹒跚。"你认为他是奴隶吗？不是武士吗？没时间照顾祖母，却总是要照顾你？"她一次又一次地吐着口水。

她说的祖母是个老奶奶。但并非我的祖母，她已经死了。我没有插话，我不需要引起戈泰老妈的注意。

一个小时前，她把我骂得狗血淋头，就因为我是个笨拙的蠢货，把所有的时间都浪费在读书和写作上。她觉得一个成年人怎么还能做这些事。

没有什么能满足戈泰老妈，碎嘴说这是因为她一直忍受着痛苦。他假装听不懂她含糊不清地塔格洛斯话。"是的，天气真好，每年的这个时候都是好日子。农学专家告诉我今年我们能收获两种作物。你觉得你的稻米能有两倍的收成吗？"

鹰和唾沫，凶猛的尼扬·博奥人，这些充满想象力的绰号对她这个母语并非塔格洛斯语的人有些许绕口。戈泰老妈讨厌被冷落或忽视，而不是憎恨一切。

有人砰砰地敲我的门，而莎拉则尴尬地在她母亲身边忙活着。我去开门，看见独眼站在走廊里，臭气熏天。小个子巫师边问"你好吗，小子？"边把一摞臭烘烘、脏兮兮的纸塞到我手里。"老大在这里？"

"如果你不知道答案的话，你还算什么巫师？"

"一个懒巫师。"

我走到一旁："这乱七八糟的是什么？"我举起了那捆废纸一样的东西。

"那些你一直在找我要的东西，我的笔记和编年史。"他慢慢地向团长走去。

我盯着手里的破烂，有些纸发了霉，有些泡了水。这就是独眼，整整晚了四年。我希望这只小耗子不要到处乱逛，以免带满了虱子和跳蚤，他只有喝醉后掉进运河才洗澡。还有那顶该死的帽子……我总有一天要把它烧掉的。

独眼向碎嘴低语，碎嘴也低声回答。戈泰老妈还想偷听，他们说着一种她并不通晓的语言，她深吸了一口气，去忙别的事了。

独眼不再说话，盯着她看。这是他们第一次邂逅，就如此亲近。

他咧嘴笑了笑。

她没有打扰他，他已经二百岁了。在戈泰老妈出生之前，他也曾风流绝伦。他向她竖了一个大拇指，侧着身子像个搞了恶作剧的小孩子一样对我笑。他用塔格洛斯语对我说："小子，你想正式介绍一下她吗？我爱她！她太棒了！惊为天人，她很完美。给我一个吻，爱人。"

也许只是因为戈泰老妈是塔格洛斯唯一一个比他矮的女人。

那是我唯一一次看到我岳母什么都说不出来。

泰·戴恩和都加大叔也吓了一跳。独眼盯着戈泰老妈一直看，竟把她看得逃了。

"太棒了！"独眼叫着，"她绝对完美！我的梦中情人。长官，准备好了吗？"

他嗑药嗑多了吗？

"是的。"碎嘴放下茶杯，"摩根，我想让你和我们一起去。是时候教你一些新把戏了。"

我开始摇头。我不知道为什么，莎拉悄悄地搂着我。她现在回来了，没跟自己的母亲待在一起。她感受到了我的不情愿，她压住了我的手臂，用那双美丽的杏仁眼睛看着我，问我为什么烦恼。

"我不知道。"也许是要审问那个红手的欺诈徒，我并不喜欢。

都加大叔突然问我："我可以陪你吗，我侄女的丈夫？"

"为什么？"我脱口而出。

"我很好奇你们用了什么伎俩。"他慢慢地对我说，好像是个白痴似的。在他的眼里，我确实生来而不完美，我并非天生的尼扬·博奥人。

至少他不再叫我骨头战士和石头士兵了。

我从来没弄明白他想干什么。

我为碎嘴翻译，他连眼睛都没眨一下。"当然可以，摩根。为什么不？我们再不走就老朽了。"

什么情况？这是从一个认为尼扬·博奥人生性本恶的人嘴里说出来

的话吗？

我看了看独眼给我的资料，闻起来一股霉味。我以后会设法做点什么，如果还能补救的话。就连独眼自己也有可能根本看不懂自己写的到底是什么。

32 ●○———

独眼的编年史和我预料的一样糟糕。那些纸张不是有水渍、发霉就是被虫啃食或是被人弄烂。不过，最近的一篇记录有一页幸存了下来。我将把它的内容誊在下面以展示独眼心中的编年史是什么样的。

里面的大部分地名都是他胡编乱造的，我拿着地图一个一个对着地名纠正了过来。

我们在塔格洛斯的第三个秋天，碎嘴决定派库萨维尔兵团去普雷贝尔伯德，普拉布林德拉·德哈在那里与一小股暗影大陆上层作战。我和几个同袍作为新军团的中坚援军一同前往。那时叛徒尖刀就在那里。

该团通过了蓝吉和戈加，贾库里和坎特雷，接着是巴克尔，丹吉尔和其他最近光复的城镇，直到两个月后，我们在普林-普哈伯德见到了德哈王子的踪影。我们分出了一半的兵力把战俘和战利品押送回北方，其余的人向西行进到阿什哈那，就在那里，尖刀突袭了我们，我们不得不紧锁城门，把有间谍嫌疑的当地土人从城墙上扔下去。由于我战力高强，即使这些菜鸟们已经吓破了胆，也能坚持下去。

在阿什哈那，我们发现了一大堆葡萄酒，聊以渡过围城的时光。

几个星期后，尖刀的人因为寒冷和饥饿而开始减员，于是他决定撤军。

那是一个非常寒冷的冬天，我们遭受了巨大的损失，只能靠威胁当地人得到足够的食物和柴火。德哈王子命令我们向战事没有那么紧张的地方行军，因为我们这个兵团并没有作战的经验。在梅德米哈，我和三个弟兄喝得大醉，被撤退的军团落下了。我们只得自己走了足足一百英里才赶上大部队。有一次，我们在一个庄园里住了一夜，从当地的领主那里拿走了四匹马，还喝了他的白兰地。不料那个贵族向德哈王子告状，我们只好把马送回去。

我们在福尔格驻扎了一个星期，然后德哈王子命令我们南下至高南格尔，我们应该在那里和正在把尖刀的人马赶到鲁德尔峡谷的第四骑兵团汇合，但是当我们到达那里时，整个地方只有一个老妪还在喘气，食物也只剩下了腐烂的卷心菜，这还要多亏那些农民逃跑的时候把它们埋在了地里。

然后，我们在去拜耳科的路上路过希鲁尔，在森林里，我们找到了一个跟北方差不多的酒馆。我们喝醉后，一个敌方的女巫用毒蟾蜍攻击我们。

第二天，我们不得不在沼泽中走几英里路，把积雪和冰冷的泥浆引到一个洼地融化，温水从地下涌出，要不然什么都会冻上。几经辗转，我们来到了特西烈堡垒，驻守着一个被暗影大陆军围攻后组建起来的特西烈军团。他们已经在那驻守了很长时间，附近都找不到补给了，我们连花钱都买不到。

我在那里的野战医院待了三天，严寒中，冻伤的人一大把。严寒比敌军杀的人还多。

从特西烈出发，我们带着德哈王子自己的卫队向梅尔洛菲进发，并围攻了当地国王的堡垒，它坐落在湖中的一个岛上，天寒地冻，湖面上结了很厚的冰，每次我们试图向敌人进攻时，他们的火器就在冰面上噼里啪啦地跳。

暗影大陆人和我们的人在城墙上火器的攻击下一片片地死去，里面的守军把大门关上才停止射击。接着，狼嚎乘着他的飞毯加入战斗，那个巫师在雷雨中就像闪电一样飞来飞去，我们只得逃走，但许多人还是被敌人俘虏了。

两周后，我们接到命令开始行军，参加对拉尼－奥拉尔的围攻中。途中我们又发现了一些酒，结果一场大醉酿成了大祸，当地人趁我们睡觉的时候偷走了我们的行囊。

部队从四面八方聚集在一起，我很怕真的会打一场大战。拉尼－奥拉尔的守军在这种情况下会做困兽之斗。

城市被包围后，敌人对我们的掩体和战壕发动了几次攻击，结果却是他们死伤惨重。两个星期后，春意盎然，我们趁夜突袭。我们的士兵杀死了所有的人，他们十分愤怒，也十分恐惧摸黑打仗。等他们攻上城墙之后，他们把所有人都扔了下来，连女人和孩子都没放过。

狼嚎又带着一小撮暗影赶到，我们只得放弃战果仓皇撤退。

太阳升起的时候，狼嚎和暗影都回去了，德哈王子亲自来到前线给我们下达了进攻的命令，声称不要有一丝怜悯，但是最终却没有成行，因为敌方的国王决定向塔格洛斯投降。城门大开，士兵们有一晚的时间进去修整，但是只能带匕首，别的武器一样也不能带。

那里土壤很贫瘠，庄稼品相也很差。卷心菜的叶子和根是主要的菜，主食只有黑麦。

在打了一个月的仗之后，我与房东的儿子，一个大约十一岁的男孩成了朋友，我发现他很聪明，但对宗教和读写都一无所知。他的父亲说，暗影长老在他们的国土上取缔了一切宗教活动和教育。上交书籍，尤其是上交古籍可以得到奖赏，但这些书一转眼都被烧成了灰；那些教士们也都为了奖赏争相为他们献殷勤，但他们一转眼也都被烧死了。尖刀一定无比开心。

驻军一个月后，我们接到命令返回德加戈，夫人在那里组织了一支军队参加东边的夏季战役。在德加戈，我北上去塔格洛斯，我的黑色佣兵团老伙计们热情地欢迎了我。

独眼的记录十分细致，但是似乎毫无连贯性。

33 ●○——

被俘的红手扼喉者被关在一个施了法阵的房间等候我们的审讯。独眼赌咒发誓说他的咒术完美无缺，即使是鼎盛时期的夫人也没法窃听。

碎嘴咕哝着："夫人连我都不在乎了，她还能干什么呢？我现在最担心的是暗影长老和搜魂。她现在躲在暗处，但她注视着一切，想知道所有的事。我还担心狼嚎，他想让兵团大吃苦头。"

"放松，"独眼坚定地说，"就连帝王本人在这里都只能乖乖就范。"

"你敢打赌暗烟对他的防窃听屋的真实想法是什么吗？"

我打了一个激灵，独眼也是。我没有目睹过某个怪物把他的咒术结界钻了一个洞，侵入了他的密室，但是我有所耳闻。"暗烟怎么样了？"我问："那怪物没有杀了他。"

碎嘴把一只手指举到嘴边："隔墙有耳。"是时候回去了，地精、独眼和老大把我从上次发作中唤醒。我以为他们把红手扼喉者关在了这儿，藏在了帘子的后面。事实却不是如此——我们来到了一个完全陌生的地方。

那扼喉者也并非孤身一人。

拉蒂莎·德哈公主，执政官普拉布林德拉·德哈王子的妹妹，她靠在墙上，紧紧盯着犯人，她相信解放者在坏人面前太软了。她身材矮小，脸色苍白，和大多数三十多岁的妇女无异，但她也是个坚强的女人，而且十分聪明。他们说，她唯一一次失去理智是因为夫人屠杀了塔格洛斯各个教派的上层教士，让她没法从宗教层面起到干涉战争的关键作用。

自那次威慑之后，她的花花肠子已经少了很多了，我们的盟友兼雇主现在似乎倾向让我们自我毁灭。

如果你走访塔格洛斯的贵族和教士，你会发现大多数上层阶级都相信拉蒂莎是那个运筹帷幄的王者人物。这种看法和事实差不多，她哥哥比一般人想象的强大，却对舞刀弄枪不感冒。

拉蒂莎身后摆着一张桌子，上面躺着一个人。"暗烟？"我问。

我的问题有了答案。暗烟的确还活着，还在昏迷着，身上的肌肉像灌满了猪油一样耷拉了下来。

他身后另一边的帘子与我醒来时看到的那一张完全一样，这是同一个房间，只不过入口不是同一个。

奇怪。

"暗烟。"碎嘴附和着我，而我意识到我正陷入在一个巨大的密谋之中。

"但是……"

"这个家伙说了什么有用的没？"碎嘴问拉蒂莎，打断了我的话头。她肯定好好地料理了这俘虏一番，而碎嘴是刻意不让她太过于注意暗烟的。

"不，但他会的。"

扼喉者挤出了一丝嘲笑的表情，真是勇敢，也真是愚蠢。他，在所有人中，是最知道酷刑的威力的。

我从脊柱开始又哆嗦了一下。

"我知道，开始吧，暗烟。摩根已经耽误太多时间了。"

要不是他不再修史了，我们就能在编年史中看到这一段了。

他不必费心了，我并不热衷于行刑。

独眼哼了哼，拍了拍囚犯的脸颊："亲爱的，你得帮帮我。我会像你让我一样善良，你们这些扼喉者在塔格洛斯做了什么？"独眼看着碎嘴问道，"地精什么时候回来，长官？"

"继续。"

不知独眼做了什么，这扼喉者紧紧绷着他的镣铐，连惨叫都发不出来，只能发出喘不过气来的嘶嘶声。独眼说："但是我发现他是个完美的娘们儿，老大。对不对，小子？"他恶狠狠地斜倚在欺诈徒身上，就像一个棕色的小葡萄干，他除了一条肮脏的兜裆布之外什么也没穿。

这就是为什么独眼对戈泰老妈如此感兴趣，他想拿她来嘲弄地精。我本该生气，也许是为了莎拉，但我可以不生气。那女人就是自讨苦吃。

独眼低吟道："亲爱的，你明白你的地位吗？我们抓到你的时候你和纳拉扬·辛格在一起。你还有红色的手，这些都表明你是我们伽玛德哈最想抓到的欺诈徒之一。"他用伽玛德哈指代碎嘴，这个词对欺诈徒有强烈的宗教意味。

夫人被他们耍得团团转，但她让他们的头面人物都变成了红色的手，让他们能一下子被认出来。

独眼咽着唾沫，不认识他的人可能会觉得他在思考。他说："但是我是个讨厌的家伙，我讨厌看到别人受伤，所以我给你一个机会，以免落得和这个臭虫一个下场。"他朝着暗烟打了一个响指，火在他另一只手的手指间噼啪作响。这扼喉者尖利地惨叫着，仿佛能把你的大脑抽出来蹂躏。"你可以永远拖下去，当然你也可以速战速决，一切都取决于你。跟我说说塔格洛斯的欺诈徒都在干什么。"他靠得更近了，低声说，"我甚至可以睁一只眼闭一只眼让你逃走。"

我们的俘虏呆若木鸡。汗水涌上眼睛，刺痛了他，他试着把汗抹掉。

"我敢打赌，她会觉得地精和臭虫一样可爱。"独眼说，"你觉得呢，小子？"

"你最好继续。"碎嘴厉声说道。他不喜欢酷刑，也没有耐心和独眼还有地精周旋。

"哦，把你那该死的裤子穿上，老大。这家伙反正哪也去不了。"

"但是他的同党们在行动了。"

我瞥了瞥都加大叔，想猜猜他在想什么。他的脸像石头一样平静，仿佛一句塔格洛斯话也听不懂。

独眼叫道："你不喜欢的话就让我滚蛋，自己动手。"他对我们的俘虏步步紧逼，扼喉者紧张地等待着，"你们在塔格洛斯到底在密谋着什么？纳拉扬和夜之女在哪里？帮帮我。"

我紧张起来，又打了一个寒战，那是什么？

扼喉者喘着气，汗水打湿了独眼的全身。他赢不了，如果他知道了什么，一定不会像这样仁慈了。

碎嘴对他说："今天咱们已经做了太多恶事了。"

我同情这位扼喉者。即使他真的找回了女儿，他也不会如愿。从她出生那天起，她就是个欺徒，被当作能招来基纳杀戮之年的夜之女养育。该死的，当她还在子宫里的时候，他们就把她献祭给基纳。她会成为他们希望的样子，这是个让她双亲心碎的残酷事实。

"跟我说话，甜心，回到我的问题。"独眼现在的眼里只有他的扼喉者猎物。他给扼喉者一分钟来思考，我们其余的人则毫无表情地注视着这一切，也许心中还有一丝怜悯。这是一个黑带侍者。按照扼喉者的规矩，一般来说，这意味着他已经犯下了三十多起谋杀，心中却没有悔恨，除非他勒死了另一个黑带侍者才能让我们为她鼓掌。

基纳是最大的扼喉者，甚至会乐于出卖自己。

独眼没想到我们的囊中之物扼喉者竟敢顶嘴。

扼喉者再次尖叫起来，试图说出什么。

"你得大声说。"独眼告诉他。

"我不能告诉你。我不知道他们在哪儿。"

我相信他。纳拉扬·辛格能活到现在可不是靠到处吆喝自己的藏身之地。

"可惜。所以，那告诉我们为什么扼喉者们一直都在塔格洛斯活动。"

我不知道他为什么要继续这样做，扼喉者多年来不敢在城里出现。

独眼和碎嘴一定知道一些东西。但是又如何呢？

扼喉者又尖叫起来。

拉蒂莎边看边说："我们捉到的总是什么也不知道的。"

"没关系。"碎嘴说，"我知道辛格在哪里，或者至少知道他会在哪歇脚。只要他没有意识到，我知道他会出现在我想让他出现的地方。"

都加大叔的眉毛抽搐了一下，这一定让他兴奋不已。

拉蒂莎怒目圆睁，皱着眉头。她认定自己是宫中的唯一智囊，我们黑色佣兵团仅仅是被雇用的打手罢了。你几乎可以听到她胸中一阵涌动时发出的咯吱和呻吟，碎嘴怎么会知道那样的事？"他在哪儿？"

"现在，他正在试图与莫盖巴结盟。因为我们不能阻止他，他跑得和我们传信的速度一样快，让我们忘掉他吧。"

我想提议让乌鸦帮忙。碎嘴可以与乌鸦对话，乌鸦飞得比扼喉者们跑得快。不过我的职责并非军师，这里也不是我说话的地方。

"忘了他吧？"拉蒂莎看起来很吃惊。

"就目前而言。让我们来看看他的密友在这里干什么。"

独眼又投入到审讯中。我瞥了一眼都加大叔，他远远地避开了我的视线，比我想象得还要平静。他注意到我的目光，便问："我可以审问这个人吗？"

"为什么？"

"我要考验他的信念。"

"你的塔格洛斯话不够好。"

"有翻译就好了。"

也许是为了好玩，也许是为了对都加大叔示好，碎嘴说："我不介意他这样做，摩根。"他的话清楚地表明了他对尼扬·博奥人的方言无比熟悉。这一点在他之前端详灰杖的时候也体现了出来。

什么情况？我很困惑，我自己也变得越来越偏执。在我最近一次发作之后，我是否回到了自己的世界？

在塔格洛斯，如果我没记错的话，都加大叔很快地对扼喉者提了一连串人畜无害的问题，是大多数人不经思考就可以回答出来的问题。我们知道了这个人曾有美满家庭，但他的妻子最终死于难产。扼喉者意识到了自己在被带着走，于是管好了自己的嘴。

都加大叔像一个快乐的巨魔那样跺着脚，喋喋不休地说着话，他眨眨眼就套出了扼喉者的过去，但每一次都没有离扼喉者在塔格洛斯的秘密更近一步。我注意到，碎嘴对都加大叔的关注比对那扼喉者还多。毕竟，他是团长，生而偏执。

碎嘴靠近我，对我耳语，他说："别人走的时候你留下来。"却没有告诉我为什么。他继续和独眼说着话，把我搞懵了。

他至少能说二十种语言，这得益于他多年来和佣兵团一起征战四方。独眼可能比他会得还多一点儿，但是那些语言除了地精之外，也没人能听懂了。

过了一会儿，独眼就把都加大叔和拉蒂莎送到门口，十分自然，他一句怨言也没说。都加大叔是客人，拉蒂莎还有要事要处理，独眼一改以往的懒散，巧妙地把他们送走了，还让他们觉得是自己想要离开的。

碎嘴跟了过去，帮了独眼很大忙，但他在五分钟后回来了，我对他说："现在我看到了一切，奇迹没有发生，我要离开这个鸡笼，出去继续我的计划，出去种萝卜。"佣兵团现在陷入停滞状态，于是我们纷纷开始制定计划。这恐怕是人的本性。

这里没有萝卜，但是我发现了大片适合种植萝卜和甜菜的土地。奥托和哈葛普离得不远，他们能送过来种子，还有可能带来一些土豆。

碎嘴笑了，对独眼说："黄鼠狼不会告诉我们什么有用。"

"你知道这是怎么回事吗，老大？我敢打赌。他在拖延时间，他每次都想着再坚持一会儿。每次我伤害他的时候，他的脑袋都是这样想的。他认为他只用再忍受一次了，然后循环往复。"

"让他渴着吧。"碎嘴把绑着欺诈徒的椅子往墙边一推，捡起一块破布扔到他身上，好像他是废弃的家具一样。"摩根，听着。时间越来越紧了。有大事就要发生了，我需要你在第一线，无论痊愈了没有。"

"我不喜欢那声音。"

他不想开玩笑。"我们发现了有关暗烟的一些很有意思的事。"突然，他转换成了珍宝诸城的方言，在这里恐怕只有兵团内部会说，除非莫盖巴就潜伏在周围窃听。"我们因为你的失误而停滞不前，这可能意味着什么，但我们必须继续前进。是时候冒险了。老伙计，你需要学一些新把戏。"

"你想吓唬我吗？"

"不，这很重要。注意，我没有时间去料理暗烟了，独眼也没有。那东西正在侵蚀他，我除了你之外不信任任何人。"

"嗯？这对我来说太快了。"

"注意，我的意思是多听多看少废话，我们时间不多，拉蒂莎随时会回来折磨那个扼喉者，她热衷于这档子事。"他对独眼说，"提醒我看看能不能把科尔迪·马瑟派过来常驻。"要是有他在身边她也不会乱逛了。"

"他现在不在，应该很快就会回来。"

"那是我的情报官，"碎嘴对着我说，抬手指着独眼，一边摇着头，"一只眼睛瞎，看不到另一只眼睛。"

我瞥了一眼这个穿着破布的浑蛋。他打着鼾，一个好士兵能抓住空闲就养精蓄锐。

34 ●──

几个小时过去了。碎嘴走了又回来了，他拍了拍我的背："看看它有多容易，摩根？见过这么简单的把戏吗？"

"的确没什么。"我附和着，"就像从木头上掉下来。"或者像落入一个无底的坑里，也许，我已经在无意识地开始练习了。

有人指导让什么事情都变得很简单，我自己也不例外，令人惊讶。"至少现在我明白了，你怎么会这样的把戏，知道你不应该知道的事情。"

碎嘴笑了，"来吧。"炫耀他的惊天发现让他心情愉快，"试试看。"

我看了他一眼，他好像觉得我没有真正理解他的，开始对我解释。没什么。就像从木头上掉下来一样。也许吧，只不过独眼不是一个好老师。

"独眼怎么教的你就怎么做，想一下你到底要看什么。告诉暗烟，但谨记不要透露你是如何做到的，必须精确。精确就是一切，一丁点儿歧义都是致命的。"

"每个故事里魔法就是这么起作用的，老大。这种暧昧每次都会影响你。"

"你这样认为吗？你可能是对的吧。"我一定触到了他的内心，他突然开始沉思，"去吧。"

我内心有些抗拒，"这件事太像我跌回到德加戈的回忆中了，难道暗烟是一切的始作俑者？"

碎嘴摇摇头，"不可能，两者之间很不同。去吧，我一定要你这么做。你不要浪费时间了，去看一些你一直想知道的关于编年史的事情。我们就在这里掩护你。"

"我去找奥托和哈葛普怎么样？"

"我知道他们在哪儿。他们刚穿过第一道阵地，过几天就到了，试试别的。"哈葛普和奥托在过去的三年中带着一个塔格洛斯代表团和夫人的手信向北去寻找被她留在那里的人马。他们的任务是去了解暗影长老长影的一切。一位已经死去的暗影长老，风影是夫人旧日帝国的难民，能呼风唤雨，一直被公认早已死去。另外两个大坏蛋法师，本该死于我们之手的狼嚎和夫人的疯狂姊妹搜魂也还活在世上。还有化身，但我们已经搞定他了。

奥托和哈葛普在这段藏龙卧虎的旅程中全身而退，对我来说，这无疑是奇迹中的奇迹。哈葛普和奥托是被神庇佑的。

"他们身上估计多了不少新添的伤疤，背后的故事都可以大书特书一番。"

碎嘴点了点头，他现在看起来有点儿冷酷而焦虑。看来是时候继续我的训练了。

我想到了一个过去还未查明真相的悲剧。在一个叫邦德的村镇里，发生了一起又一起怪诞、可怕又毫无意义的杀戮，而其中的任何人与任何事都似乎和我毫无联系。但我的确信这件事十分重要，我却说不清原因，甚至直到今天，屠杀的真相还是个谜团。

我紧握着暗烟的手，放空我的脑子，低声喃喃。我离开了我的身体，突然间，我几乎惊慌失措。我想我记得以前做过这些，但我想不起来会发生什么。

碎嘴是对的。这和我之前回到过去并不一样，在这个梦魇中，我能控制自己的意识。我是一个虚幻的旁观者，向着邦德进发，我清晰地记得自己的使命，这是很不一样的。我在德加戈漂泊的时候，我不知道自己的身份，也没法控制自己，只能等着与过去的自己融合，最终忘掉了未来。

邦德是美因河南岸的屏障，面对着维纳-博达宫。几个世纪以来，美因河是塔格洛斯中心地带的传统边界。生活在河下游的人和塔格洛斯人说着一样的话，拜着一样的神。但塔格洛斯人一直不把他们当成同胞。

邦德非农业的经济中心围绕着一个起着军事和邮政作用的交通站而建立起来。一小股沙达尔骑兵管理着这个交通站，他们同时负责监视通往关口的交通要道。驻扎邦德是军人们的梦想，这里没有军官管理，也没有什么工作。由于河流水位这里一年只能运转三个月，但士兵们可以拿到全年的报酬。

暗烟的灵魂又回到了那很久以前的灾难。我和他待在一起，尽管碎嘴对我有所保证，我还是无比害怕。

那天晚上漆黑无比，恐惧在黑暗中蔓延，而人们在掠食者面前除了祈祷别无他法，噩梦中的男人比掠食者更容易被猎食。一个怪物慢慢穿过了村镇，朝着驻军的方向走了过去。我只能看着，却没法向他们报警。

一个士兵孤零零地在瞭望。他打着瞌睡，头一点一点的，但是无论他还是战马都没有察觉到危险的来临，马厩入口的门闸打开，畜生的脑袋太笨，没法发出警报。站岗的士兵惊醒了，只看到了一个黑乎乎的影子瞪着血红的双眼，朝他扑了过来。

怪物吃饱了，慢慢地向黑夜深处走去。尖叫声惊醒了驻军，士兵们抓抄起他们的武器。只见那怪物就像一只超大的黑豹，向河边游去，游到了北岸。

我现在知道了。凶手是一个化身，法师化身的随从，我们抓住了她，并在德加戈把她处决了。其实她逃走了，遁入了动物的形体。

不过四年来为什么只发生了这一起？

我想跟着豹过去看看它变成了什么，但是暗烟并不会过去的，昏迷的巫师没有意志或自我，我可以探寻，但显然，限制也是存在的。

有趣的是，直到我回到皇宫，从现实中醒来，真情实感朝我涌来，像波浪一样冲击着我，使我喘不过气来。我问："我看到的一切都是真的吗？"

"我们还没有看到任何证据。"碎嘴总是多疑，"你脸上看着不太好，看到什么了？"

"何止是不好。"独眼不知道去了哪里。那扼喉者拉到了自己裤子里，我皱起了鼻子，"我能用暗烟去看任何地方吗？"

"大部分。不过在他昏迷之前有些地方他不能或不会去。你现在可以开始追溯历史了。但要记住，一定要小心指引他。"

"哇！"这已经不是暗示了，"这比一个身经百战的军团还宝贵。"现在我知道我们是如何摆脱了一些令人震惊的政变。充分了解你的敌人，你才能百战百胜。

"比那个宝贵得多。这就是为什么你要闭上你的嘴，跟最亲的人也不能说。"

"拉蒂莎知道吗？"

"不，只有你、我还有独眼，不过独眼有可能告诉地精了，充其量也就是咱们四个了。独眼是在他试着唤醒暗烟的时候偶然发现的。暗烟被无视了，但他曾见过长影本人，还在里面走过，我们想审问他。我们决定先不告诉他们。你不告诉任何人。明白了吗？"

"你又在怀疑我的姻亲了。"

"我会割了你的喉的。"

"我明白了，老大。不要去和我们醉醺醺的欺诈徒哥们儿吹嘘。见鬼，这可能是我们制胜的关键。"

"不会有什么问题的，只要能守住这个秘密就好。我和拉蒂莎还有事情要谈。你可以再练习练习，不要担心他太辛苦，但你可千万不能过度，绝对不允许。"他捏着我的肩膀，迈着坚定的步伐离开了房间。也许又要开会去商量预算了。不管你是解放者的人还是拉蒂莎的人，两边都没拿到过足够的钱。

所以，只凭我，一个半死的巫师和一个脏兮兮的扼喉者。我决定利用暗烟来查明他们在塔格洛斯到底在谋划着什么，但如果碎嘴认为暗烟知道答案的话，肯定已经审问过他了。也许不用那么精确地去墨守成规，如果没有线索的话，你要自己去寻找方向。

重点是什么？暗烟是个绝佳的武器，但他有很大的限制。而且大部分是我们脑子里发生的，可能会把自己凭空代入到受害者或加害者的角度中去。

那么我该去看什么呢？

我现在很兴奋，仿佛正在探险一样。那么，到底是什么？为什么不直接去找那个大人物呢？直接去看看长影本人，黑色佣兵团恶棍名单上的头牌？

35 ●○——

长影可以从我的幻想中跳出来。他是个致命的怪物，他身材高大而瘦削，浑身肌肉打着摆子，可能是长期的剧烈奔袭或是什么疟疾咒的后遗症。他穿着一件宽松的黑色长袍，下摆拖到地板上，真是件死气沉沉的衣服。他吃的不多，挑挑拣拣地，真怕他饿死。

他的长袍上绣着很多金色和银色的线，黑色的丝绒闪耀着光芒，那是保护他的魔咒。乍一看，他比碎嘴还多疑一百倍。但他有这样做的理由，有一大群人想要他的小命，他最亲密的朋友也只有莫盖巴和尖刀之流了。

狼嚎是他的盟友而非朋友。

长影对黑色佣兵团很是痴迷。我不理解，我们并非重量级的敌人，也并非大杀四方的杀手。

他的脸，除了独处时，一直戴着面具，就像骷髅一样。他的蜡质苍白的容颜凝固成了永久不变的惊惧表情。没有人猜得出他的种族，他的眼睛灰白，四周满是粉红色的斑点，但我不认为他得了白化病。我利用烟雾的能力，加速时间，想迅速地找到有用的东西，那个人永远穿着衣服，从不沐浴更衣，手套也永远不摘下来。

他是仅存的四个暗影长老其中的一员，他是暗影长老，也是君临暗影塔的暴虐领主和半神。他一时的心血来潮可能让百人惊惧不已，让万人争先恐后地安慰他。不过，他也是一个没有假释希望的囚犯。

瞭望塔是已知最靠南的人造建筑，我试着探寻那座堡垒的过去。透过塔外薄薄的雾霭，可以一瞥我们多年来的目的地，充满了神秘的卡塔瓦。

暗烟不会朝南再进一步。

在他还健康的时候，就对卡塔瓦非常迷恋。而卡塔瓦也正是他多年前背弃德哈兄妹的原因。而对卡塔瓦的恐惧一定给他留下了深刻的印象。

长影的堡垒无比宏伟，就连夫人旧日的宫殿在它面前也是小巫见大巫。在这座建筑光修建就花了二十年，瞭望塔的建造成了卡鲁尼的主要产业——这是风暴关在暗影长老到来前的原名，卡鲁尼在当地土语里的意思为暗影之门。

工匠日夜劳作，从不休假。长影决心在敌人追上他之前造完他的堡垒。如果他赢了那场比赛，他相信他会成为世界的主人。一旦瞭望塔完工，无论是天地人三界都没有什么力量可以伤到他。甚至令他每夜都无比恐惧的黑暗都无法侵入。

瞭望塔的外墙高达一百英尺以上，哪里都没有这么高的攻城梯。

黄铜、银色和金色的文字在钢板上闪闪发光，覆盖在粗糙的石头墙面上。一大群工人除了把这些符咒擦得闪闪发光之外，什么也没做。

我看不懂它们，但我知道它们是强大的防御魔咒。长影的咒语覆盖着瞭望塔的每一个部分，每一层。如果时间允许，堡垒的每面都会笼罩不可逾越的魔法。

太阳落山之后，瞭望塔便成了光组成的火炬。明亮的水晶室耸立在每一座塔的顶上，就像一片有灯塔的森林。只有在水晶屋里长影才能感到绝对安全，那里黑暗无处遁形。

他最恐惧的正是他所操控的东西。即使是黑色佣兵团，对他来说，也是一群讨厌的嗡嗡叫的蚊子。

即使是未完工的瞭望塔，也使我瞠目结舌，什么样的疯子会想着突破这样一个堡垒。

但长影的敌人并不像我那么容易被吓倒。他的死敌们很多也不拥有如此巍峨的堡垒，甚至自己就命不久矣，但是只要抓住他防守松懈的机会就会生吞活剥了他。

他选择了孤注一掷，在这场竞赛中，风险和受益一样大——要么君临天下，要么万劫不复。

长影居住在瞭望塔制高点中心塔楼楼顶的水晶寝宫中，他惧怕黑夜，因而很少睡觉。他常常花好几个小时凝视远方的辉石平原。

一声尖叫划破了这个庄严之城的空气，瞭望塔的守卫们并不在意。如果他们一想到他们主人奇怪的盟友，他们可能会寄希望于他能与长影反目。卡鲁尼的居民们早已成了没有希望、灵魂破碎的行尸走肉，比德加戈围城中的贾库里人还要低落。

他们大都是年轻人，无法回忆起暗影长老踏平他们旧日神灵前的那段时光。

连长影也被谣言所累，即使在他的帝国中心也有谣言在传播，总有人要去外地，从外地回来的人会带来或真或假的故事，有些甚至是真实的。那里的人知道北边的天谴就要来临了。

每个谣言都和黑色佣兵团有关，每个人都开心不起来。长影是个魔鬼，但他的党羽担心他的陨落或是另一个更加飘零时代的开启。

男人、女人和孩子，和所有在这里的人都知道一个秘密：在任何人你能看见的人面下，都有暗影徘徊。

长影伸出手，造成无数痛苦和恐惧，而他自己也是一千倍恐惧的受害者。

太丑陋了。如此丑陋，我想回到温暖的地方，希望有人抱住我，告诉我恐怖之处并非暗影徘徊。我想要我的莎拉，我的光辉统御了这个夜晚。"暗烟，带我回家。"

36 •○——

碎嘴确实警告过我。确切地说，事实上，他警告过我好几次。

我一会儿被拖到这边，一会儿被拖到那边，穿过血池和火海，纸张慢慢地变褐，接着发黑，最后开始卷曲，整个过程无比地缓慢。血液在我体内堆到了一起，就要一下子从嗓子眼涌出来了，那脚步声听着就像巨人的大脚重重地砸到了地上。

尖叫声不绝于耳。

碎嘴警告过我，而我却没有在意。他没有告诉我，也许他也不明白，在一个人的脑子里"家"这个概念也可能代表着痛苦的情感。

被撕裂，被切碎。暗烟把我带到了塔格洛斯，在现实似乎只停留了一瞬间，接着就堕入了时间的尽头。我弓起身子，从那里飞奔而去，把我自己、那些恼人的碎屑和迷迷糊糊的暗烟一路拖进地狱。

他没有意志，没有自我，我漂浮在痛苦之湖中，他连笑也没笑一下。

地狱有名字，它的名字叫德加戈，不过这里只是地狱的最表层。

我从更大的地狱逃走了。再来一次。

没有意志也没有自我。

风在呼啸，但辉石平原上一切如常。夜幕降临，风熄了，暗影醒了，平原热起来了。月光笼罩寂静的辉石。

平原一望无垠，向东西南北四周延伸。它的边界无从知晓，但是它的中心却如此明显，就是那一座史诗般的建筑，它的材质和平原上的辉石、石柱一样。

万物俱寂，只有微弱的光从梦之门中渗出来，模糊的薄雾闪闪发光。暗影在角落里徘徊，在这个地方的核心深处，在黑暗之心最微弱的悸动中，仿佛有灵。

37 ●○─

没有意志，没有自我，现在连暗烟都没有了。

只有无尽的痛苦，暗烟已经随风凋零，只留下被奴役的记忆。

到家了，痛苦之家。

●—●—●—

38 ●——○

你在那儿！我们又来了。你错过了……没有脸的东西，然而，似乎在微笑，对自己感到满意。

这是一个充满冒险的夜晚，不是吗？乐趣还在继续。看，那里，黑色佣兵团和他们的党羽们过得可难受了，因为他们胆子太大了，竟敢在德加戈的城墙后面栖身。

看看他们是如何利用幽灵与幻影诱使南方佬们进入致命陷阱，挑起他们的内讧的。

哦，然后回到城墙上。这是一件小事，但是却值得被史诗所记叙。

战斗已全部转移到城东，现在那里几乎都没人了。城墙上几个人在瞭望，城下有几个并不积极的暗影大陆尖兵，并没有全神贯注。否则，他们怎么会看不到这个挂在墙上的像蜘蛛一样的小人物呢？

为什么一个二百岁的四级巫师想顺着绳子爬下去，底下都是些想在他脑袋上跳舞的、敌意满满的褐色小个子。

神秘巫师的坐骑，那匹良驹已经不再嘶鸣。终于，它已经死了。绿色的雾还在从致命的伤口中升起，而伤口的边缘闪烁着。

在哪儿？对，看看他们，他们是两个魔鬼，笼罩着粉色的雾霭？他们似乎不是来吞噬这座城市的，是吧？

那是什么？外面的暗影大陆人被冲散了，就像被狐狸掏了窝的鸡。他们的哭泣中只有恐惧，在黑暗中，什么在迅速地移动着。看，它把一个人拖走了，不是吗？

光线太弱，战争的焦点已经转移了。那老人自己的心脏就像黑夜那般黑。凡人的眼睛看不到在死人堆里鬼鬼祟祟摸索的他？他要去哪里？旋影坐骑的尸体吗？

谁会料到呢？真是疯子才做得出来。

这个小黑人朝着马的尸体匍匐而去。城中燃起了熊熊大火，映红了他的眸子。看那个傻瓜，并没有逃跑，反而是朝着那火跑去了。他有胆量也蠢到会让自己送了命。

小黑人消失了，他停止了移动。他在那儿，听到了什么。他朝着那里，向死马跑去。他想拿回他的矛，这确实太疯狂了，不过那根矛是他呕心沥血才造出来的。

他又停了下来，眼睛睁得大大的，鼻孔也努力地嗅着，捕捉到一种几乎被遗忘的气味。与此同时，一团致命的黑暗乘着风朝他奔袭而来。

胜利的咆哮回荡在平原上，在每个人的心中激荡。那团黑暗越来越快。

小黑人抓起他的矛向城墙跑去，他能成功吗？两条粗壮的腿让他奔跑的速度很快，但他能逃过死亡吗？这是件大事，也充满着快乐。小人够到了绳子，但他还要爬八十英尺才能彻底安全。他已经老了，风来了，他打着旋子，一下子抓住了时机。那畜生刚跳起来，就迎面撞上了伸出来的矛头，野兽在空中扭着身子，想要躲避这致命的一击，但它的鼻子到左耳中间被划出了一道可怖的伤口。它嚎叫着，绿色的雾气从它炽热的伤口中沸腾出来。那畜生不再打老人的主意了，老人朝着城墙上爬，纹满了奇特图腾的矛就挂在他的背上，只有一根普通的棉花绳支撑着。

没人注意，没人在乎。战斗已经转到别处去了。

那时他们在逃命，在被索命之前还挣扎着从暗影里穿了出来。

看那儿，那是旋影，头号敌人，他好像瘸了，但是什么也不在意。但那两个泛着粉红光芒的人物就要从山中杀出来把他千刀万剐。

莫盖巴在干什么？看啊，他是大师级的战术高手。看啊，他是能洞悉敌人弱点的终极战士，没有任何人能在今晚战胜这个恶魔般的对手。看到了吗？无论他的名声如何，任何南方佬都不敢接近莫盖巴。在他前进的时候，再传奇的英雄也成了黄毛小儿。

莫盖巴，比生者更强大。

在他的幻想中，他是取胜的关键，他是传奇。

这些南方佬们有点不对劲。

他们要占领，他们必须占领，因为他们的主人旋影不会容忍任何事情。他不能理解失败。他的追随者把自己牢牢地钉在城里，这温和的固执会让他们走向成功。

但此刻他们却在逃跑。

有些东西逮到了他们，让他们确信，在德加戈城中，他们做鬼都活不成。

39 ●○——

南方佬们似乎只是闭上眼睛，把头伸进蜂箱里去，不是吗？什么？为什么这么不情愿？来看看，这很有趣，无论在哪里，南方佬都在后撤。有些——

40 ●○——

"你没事吧，摩根？"我摇摇头，我感觉自己像个孩子，绕了二十圈，故意想让自己晕眩，然后进行一些愚蠢的比试。

我在巷子里，脏兮兮的矮个子地精站在我旁边，一脸的关切。"我很好。"我告诉他。

然后我跪下来，伸出手去抓住巷子的墙壁，这样我的头就不再晕乎乎的了。我坚持着说："我没事。"

"你当然没事。蜡烛，看好这个笨蛋。他试着掌控大局，听不进劝，他还是太嫩了点儿。"

我努力让自己不那么铁石心肠。也许我太温柔了，太笨了，世界对幻想靠体贴和温情来过活的人是残酷的。

脑子转得越来越慢，我一下子支持不住了。接着是一场混战，骂得鼻涕乱飞、唾沫四溅。有个人咆哮道："这个浑蛋太快了！"

"哇！哇！"我喊道，"让他一个人待着吧！让他到这儿来。"

蜡烛没有把我打晕，也没有折腾我。蜡烛，就是这个敦实的尼扬·博奥人带我去了肯·戴姆住的地方，他向我走来，用右手的手指摩擦着自己的右脸颊。他似乎非常吃惊有人会在他身上动手脚，在他用尼扬·博奥人土语和我说话，我回应了之后，他的自尊心似乎又受到了伤害，我说："对不起，老伙计，别说了。我只会塔格洛斯语和高加耳语。"高加耳语，还是因为我的外婆曾用高加耳语对我讲我的爷爷是怎么把她从那帮人里抢来的，我问，"发生了什么事？"我只会二十个高加耳语单词，但方圆七千英里之内没有第二个人比我会得更多了。

"议事者让我带你到侵略者们最脆弱的地方。我们曾在很近的地方观察，发现了很多东西。"

"谢谢，我们很感激，带路吧。"我注意到，他转换了语言，"这些人在他们想要什么东西时突然说了一句话。"蜡烛笑着。

地精偷偷地溜到前面去探查情况，回来时正好向我提供了和尼扬·博奥人对于敌军弱点相同的情报。那些斥候有些惊讶，他们发现了我们自己也能发现这个消息，甚至有点儿生气了。

"你有名字吗，兄弟？"我问，"如果没有的话，我保证这些家伙会拿你开涮，你不会太高兴的。"

"附议。"地精笑着附和。

"我是都加。所有的尼扬·博奥人都叫我都加大叔。"

"好吧，大叔。你和我们一起上去吗？或者你是来指挥交通的？"地精已经跟后面那些匍匐前进的家伙悄悄说好了注意事项。毫无疑问，当他在侦察时，他向南方佬们施了一些让他们迷糊和犯困的咒语。

并不需要太多的言语，我们会把刀插进他们的软肋中，杀死任何喘气的，把他们劈成两截，捅死那些来不及逃跑的，然后在莫盖巴又过于自满之前退出战斗。

"我会陪着你，虽然这会让议事者的指示看起来很极端。你们骨头战士不断地给我们惊喜。我希望看到你们干活的时候。"

我从不认为杀人是我的职业，但此时我不愿意争论，"你的塔格洛斯语说得很好，大叔。"

他笑了："我是个健忘的人，石头士兵，今晚我可能一个字都记不住了。"除非议事者逼他记住，我想。

都加大叔没有仅仅看着我们屠杀南方佬，他俨然是一股带着利刃的旋风，像闪电一样出其不意，却也像舞蹈家一样优雅。一步杀一人，所到之处必有横尸。

"该死！"后来我对地精说，"你应该提醒我别和那个人顶嘴。"

"我会提醒你带一个弩，当他在你身后三十英尺的时候把弩给他，当然我会对他施耳聋和愚笨咒，看看事情会有多糟。"

"要是独眼哪天溜过来给你一管仙人掌毒剂的话别感到太奇怪。"

"说到矮子。告诉我，谁最近没有经常性地消失？"

我给各个单位发了消息，暗示我们已经尽了我们的力量来解救莫盖巴的军队。我们都应该回到镇上，稍做休整，小睡片刻。我告诉这位尼扬·博奥人前辈，"都加大叔，请转告议事者，黑色佣兵团更加地感激与友善了，告诉他我们随时准备着与他沟通。我们将尽可能扩充自己的实力。"

这个敦实的男人远远地对我鞠了一躬，这一定隐含着某种意味。我退后向他鞠躬还礼，弯腰的幅度和他一样深。看来我的回应没错，他微微一笑，低头致意了一下，匆匆离去了。

"跑起来像只鸭子。"蜡烛观察得很仔细。

"很高兴这只鸭子是我们一边的。"

"你可以再说一遍。"

"我很高兴那只鸭子……啊！"蜡烛掐住了我的喉咙。

"谁来帮我把他的嘴堵上。"

这只是一个各种情绪爆发的混乱之夜的开端。我没有机会亲眼去见证。

.

41 ●○—

"你到底到哪儿去了？"我对独眼咆哮着，"你知道佣兵团刚刚挺过了最糟的几天吗，哦，虽然只是几天，但你个混账却一直都不知道跑到哪去了。"要是他在，可能会改写战争的走向。

独眼却咧开嘴笑了。看来我的恼怒一点儿也没影响他的好心情，他和我一样，就像鼻涕虫，怎么都能过活。"该死，小子，我得把我杀暗影长老的武器取回来，不是吗？我可是费了不少功夫……出什么事了？"

"嗯？"就那么一眼，我仿佛看见了一只黑色的虱子消失在灰蒙蒙的景致中，那里比德加戈中的任何地方都要高，甚至已经不欢迎老一辈团员的塔楼顶层也没那高。"没关系，矮子，我想揍你一顿，但现在不是时候。所以你当时在那里，寡妇愁和索命人怎么样了？"等我们还在殊死搏斗的时候，我们这两位长官已经消失得无影无踪了。

我不禁思考如果是莫盖巴负责修史的话他会以什么样的笔触记述这件事。

"独眼？"

"怎么了？"他好像被惹恼了。

"你想告诉我吗？索命人和寡妇愁到底怎么了？"

"你知道吗，小子？我不会想出什么绝妙的点子，我什么都不在乎。我心里只有一件事，那就是把我的矛拿回来，所以我担心的只有那些想跳起来擒住我的暗影大陆人们，那群狗腿子。他们俩走了，去了某个地方，满意吗？"

我们谁也猜不透，为什么暗影大陆人声势最弱的时候他们也失去了踪影。旋影夹着尾巴溜之大吉，他的随扈们都粉身碎骨了。

我抱怨着："如果那是老大和夫人，他们绝对不会走，不把事情闹得越大越不罢休，不是吗？"

我怒视着一只离得二十英尺远的白化乌鸦，它高高扬起脑袋，盯着我，邪恶而狡黠。

今晚有不少乌鸦。

其他的计划还在稳步推进，而我只是被卷入阴谋浪潮中的一枚小小卒子。但如果我们小心谨慎，还是可以让兵团得以保全。

莫盖巴带着纳尔人和塔格洛斯军团忙活了好几天，也许暗影长老会让莫盖巴当那个坏了他如意算盘的替罪羊。

这只是这里和黑色佣兵团打过交道的人又一个晦气的例子。

如果想到方圆一千英里内的人都希望这个人从未出生，他们会体会到真正的恐惧。

我的人喜欢看莫盖巴吃瘪。他没法对我们指手画脚，我们听了他的话，伸出援手救了他的小命，他只要把暗影大陆的散兵游勇赶出去就好了。

每次的例会上我都要和他见面，在士兵们面前和他肩并着肩，展示着虚伪的联手抗敌的兄弟情义。

可是每次除了莫盖巴之外，大家谁都不信。

我从不认为这是私人恩怨，而是以大局为重所展示出的一种态度，我相信先辈的史官们会赞赏我的这种态度，假装莫盖巴还是我们的一员。

我们是黑色佣兵团，我们没有朋友，所有外人都是敌人，或者充其量是不可信任的人。我们并非以仇恨或其他复杂的情感来处事，我们只是笃信谨慎为上。

也许我们听不进告诫，甚至默许莫盖巴的背叛，这可能是压垮我们的最后一根稻草，或者他或者纳尔人们后知后觉地意识到了真正的团长可能还活着。不管怎样，自诩完美的战士逾越了无法挽回的一步，我们要付出痛苦的代价之后，才会明白真相是什么。

德加戈用了整整十天恢复到了大战之前还算正常的状态。双方都吃尽了苦头，旋影现在肯定正在疗伤，能让我们休整一段时间。

"小子，有件事要告诉你，我要醒了"。

"什么……"发生了什么事？我不会被带着跑的。

独眼像吃了屎一样哈哈大笑，等他把脸凑近我的时候，突然一下像蒸发了一般消失了。他又冲了进来，抓住我的下巴把我的头左右摇摆。"你只会这一个咒语吗？"

"咒语？"

"你知道我的意思。"

是的，我只是抓住了他们的话头，有时候我有些太狡猾了。

"你好像有特异功能，我只是刚好在你有感应的时候撞上了。"

他和地精就一直在讨论试验到底发现了什么，但是似乎从来没有时间实际做任何事情。"你们发现了什么？"

"今天早上苦工们闯入了旧墓。"

"隆戈告诉我的。"

"每个人都在那里到处挖宝，十分兴奋。"

"我可以想象，他们找到宝藏了吗？"

独眼朝上边看了看。这个黑心眼的小癞蛤蟆总能自以为做出了十分有影响的伤害。

"我觉得没有。"

"我们找到了一些书，一整堆，都干干净净的，连个角也没缺，可能暗影长老第一次光临的时候就在那儿了。"

"有道理，他们不是烧书就是烧死教士？你看见有教士躲在那儿吗？"

"那倒没有，听着，我得回去了。"毫无疑问，以防万一有人趁他不在挖到了什么财宝。"我叫几个人过去帮你把书运出来。"

"上帝保佑你应该能自己把东西弄出来。"

"小子，你的态度很有问题，我可是个老人家。"独眼消失了。他发现自己不占理的时候，总是能溜之大吉。

这座城被围得水泄不通，外面什么消息也传不进来。不过出于某种神秘的渠道，这个说法还是散播了进来。德加戈盛传的谣言中没几个是莫盖巴乐意听的。

我研究着那些被发现的书，好奇心战胜了责任感。这些书是用贾库里语写的，但是它的书面形式几乎和塔格洛斯语没什么差别。

地精走了进来，"你还好吧？不再头晕了吗？"

"不，你们过虑了。"

"不，我们才没有。你看，最新的传言说，一支援军正在朝我们赶来，领头的是尖刀。"

"尖刀？在我们被困在这之前，这个人只指挥过小股的佣兵团作战，还是跟散兵游勇打游击。"

"我不编故事，只传话。他做得不错。"

"威洛·斯旺和科尔迪·马瑟也是这样。但是他们走了狗屎运，暗影大陆人比他们三个还要蠢。不过为什么是他在指挥？"

"他大概是夫人的副手指挥官。毫无疑问，她活了下来，而且很生气，还拉起来一支新队伍。"

"我敢打赌莫盖巴肯定高兴得跳了起来，四处奔跑着，大喊'我们得救了！我们得救了！'"

"可能吧，他没准真的跳起来了。"

接下来的几天里，我们听到了一千个十分荒诞的故事。如果其中十分之一是真的，那这个世界可就变得太奇怪了。

"你听到最新消息了吗？"有一天晚上，地精问我，我艰难地从书堆里抬起头，站在墙头上向外眺望。"夫人终究不是淑女，她是基纳的化身，真正的坏蛋。"

"是的，泰·戴恩。你知道基纳，是吗？给我们讲讲她。"泰·戴恩没法进入我们的库房，但是我需要他的时候，他总是不知道从哪就冒出来了。

他一下子忘了自己仅会的几个塔格洛斯单词，看来女神已经先把他们的脑子给净化了。

我说："你对谁提起基纳，就会这样。我根本就不能让战俘们提起她。你能想象她是黑色佣兵团的一员吗？"

"肯定是个尤物。"大桶说。

"哦，她是，她是。有一个。"我指的是那点点星火，我们一直在查着数，那是敌人的篝火。南方佬们在平原上小股分散开驻扎，他们可能怕我们偷偷溜走。

"那么，你了解了一些什么情况吗？"地精问道。

"你们发现的那些书。"这些人很可怜，这些书和一些装满粮食的密封罐子是他们所有的积蓄了。古尼是贾库里人的主流宗教，但是他们崇尚火葬而非土葬。而少数的维纳人土葬，却不用他们的财产来陪葬。他们什么也不需要带到身后，天堂里应有尽有，就连在地狱里也是一样。"这是一个古尼教的神话传说，各地流传的版本略有不同。一位宗教学者在书中记录了这些说法，但是他却没打算向我们这些一脸懵的平常人阐释。

"我太晕了，像天书一样，"大桶说。

"那勺子是什么，摩根？他们为什么不告诉我们这个婊子是谁？哇！你看到那个了吗？爆炸了。"

"好吧，"我跟他们说，"古尼是这里最常见的教派。"

"我想我们知道，摩根。"地精说。

"就这么说吧。这里的大多数人都相信基纳，即使非古尼也相信。故事来了，古尼人称有光之主和暗之主共同统御着他们。"

"听起来挺俗套的。"

"是的。这里的价值体系和咱们老家的不一样。黑暗与光明之间的平衡在这里更为活跃，在我们的善与恶之间的斗争中，我们的情绪并没有受到同样的影响。怎么说，基纳是一个能自己增长力量的腐朽的恶棍，她同时与光明和黑暗两方为敌，但她本是光之主创造出来帮忙对抗恶魔的，她能吞噬恶魔，不过后来她应该是发胖了，还想吃点儿甜点，于是就要把其他人也吃了。"

"她比创造她的神更强大？"

"伙计们，我也不懂，别让我解释。地精，你走得多见得也多，你曾经见过一个让所有有脑子的异教徒都不齿的教派吗？"

地精耸耸肩，"你和碎嘴一样愤世嫉俗。"

"是吗？谢谢夸奖。不管怎么说，典型的神话中，父系母系也好，善恶也好，甚至众神乱伦也好，都没影响基纳变得越来越强大，她一直鬼鬼祟祟的，这是她的特性之一。善于欺骗。但是她的主要创造者，或者父亲，欺骗了她，施了催眠咒。她仍在某处呼呼大睡，但是可以通过托梦来与外界联系。

"她有崇拜者，所有的古尼神灵都是一样。无论大、小、好、坏，都无所谓，他们都有自己的寺庙和祭司。我对基纳的追随者一无所知，他们被称为欺诈徒。士兵们和对基纳一样也拒绝谈起他们，他们也许会唤醒她，我觉得这是她的崇拜者的神圣使命。"

"我太晕了。"大桶咕哝着。地精说："这就解释了为什么每当她穿上战袍的时候，每个人都会吓得要死，他们真的认为她变成了这个女神。"

"我想我们要找到手头所有的基纳资料。"

"那就只能高压政策了，摩根，怎样？如果没人说的话？"是的，即使是最大胆的塔格洛斯人在我施压下也会松口。很显然，他们不只是害怕这个女神，他们也害怕我。

独眼带来了令人振奋的消息，"确实有援军朝这边赶，摩根，旋影觉得黑到咱们看不见他的时候，他就偷偷从山里溜出来。"

"他能放弃围攻吗？"

"他们都朝北方去了，他们可不是北方人。"

当下我们只有一种选择，独眼没有万全把握也不会擅自行动。

当然，独眼有了万全把握也不意味着他是对的，他可是独眼。

我谢过了他，派他去做一件小事，让他把地精叫来，小个子巫师似乎很惊讶我会这么烦恼。"独眼又胡诌什么了吗？"

"不，但他是独眼啊。"

地精止不住地咧开蛤蟆一样的嘴哈哈大笑，他觉得这完全正确。

没人把这个消息转告给莫盖巴，其实如果他不知道的话还是好事，但可惜的是，他也听到了谣言。

德加戈真是个噩梦般的城市，三教九流割据一方，他们只是出于对攻城者的蔑视组建起来的松散联盟。莫盖巴最强，贾库里人最多，我们的老一辈和自己人，没有那么多也没有那么强，但是，我们是掌握了正义的一方。

还有尼扬·博奥人，他们还是谜一样的族群。

43 ◦○——

　　肯·戴姆的家也曾在那样阴暗又肮脏，充满烟雾和臭气的洞穴，发了洪水之后他们才搬出来。议事者对权力和特权没有兴趣，他只要有个躲雨的地方就够了。

　　也许这对他原住的沼泽地来说也是太过豪华了。

　　他和一群子孙住在一起，只有外人来访的时候，他们才不再吵吵嚷嚷的，小孩子们也能暂时地安静一下。

　　连续几个下午，他都叫我去讨论一些琐事。他美丽的孙女照例给我们上茶，而孩子们很快就不把我当客人那么敬畏了，吵嚷了起来。我们交流着敌友间的情报，那人还在暗处呻吟。

　　我不太舒服，他已经濒死了，但是死得并不干脆。每次他大声叫起来，那漂亮的孙女都会去安抚他。我很同情她，她太憔悴了。

　　第二次去的时候，我说了一些不用过脑子表示同情的套话。肯·戴姆的妻子，我现在知道她叫洪·泰瑞了，边喝茶边抬眼瞥着我，把我吓了一跳。她温柔地跟肯·戴姆说了三个词。

　　肯·戴姆点点头，"谢谢你的关心，石头士兵，但是他不值得被关心。戴恩让魔鬼进入了他的灵魂，现在是他还债的时候了。"

　　突然一个尼扬·博奥人从阴影中走了出来，那个矮胖的老妇人摇摇晃晃地走到来灯光下，她弓形腿，丑陋得像疣猪，看起来恶毒得有些幽默。她对我嚷嚷着，她是奇·戈泰，肯·戴姆的女儿，我的保镖泰·戴恩的母亲。她在自己的人民中是一个黑暗的传说。我不知道她在说些什么，但我感觉到她把世界的一切黑暗都安到了我的头上。

　　肯·戴姆轻轻地说了几句什么，但好像没有什么作用。他轻轻地悄声重复这几句话，一下子安静了下来，奇·戈泰回到了暗处。

肯·戴姆说："我们的一生有功绩也有败笔，然而却一直为我的女儿戈泰而悲哀。她内心有种无法忍受的痛苦，坚持要和我们一起分享。"他轻轻地笑了一下，这是一种自嘲式的幽默。"她的巨大失败，是我们所有人心碎的源泉，那就是要急切地选择山姆·达悍·区作为她的女婿。"他指着那花一样美丽的可人儿。当她跪下来为我们的斟茶的时候，这美人的脸颊上泛起了红晕。毫无疑问，他们都很熟悉塔格洛斯语。

他补充道，"这是戈泰的巨大错误。她是个寡妇，她包办了这段婚姻，山姆年富力强又多金。"他又微微笑了一下，也许感觉到了我的怀疑。尼扬·博奥人与财富几乎是反义词。他继续说，"山姆很聪明，他隐瞒了他因残忍、邪恶和背信弃义而被剥夺继承权的事实。戈泰认为这一切不过是谣言，而山姆残暴的性格在婚礼之后日渐暴露出来，但这对我和我女儿来说已经足够了。我在这里问你，因为我希望能了解骷髅勇士的性格。"

我只得发问："你为什么这么称呼我们？有什么深意吗？"

肯·戴姆和他的妻子交换了眼神。我叹了口气："我明白了。这就是每个人眼中的黑色佣兵团的骗局，你认为我们随着四百年前的前辈们入土之后就终结了，而你们听过最假的就是那些可笑夸张的口述历史。议事者，你看，黑色佣兵团就是一群边缘人物，我们只是一群陷入我们不理解也不喜欢的境况中的老雇佣兵。我们仅仅是路过，现在我们在这是因为团长对兵团的历史有着错误的认识，然而我们大多数人也不知道还能去干吗。"我跟他讲诸如宝贝和沉默那些与兄弟们分开的人，而非来南方长途跋涉。"我向你保证，那些让别人都恐惧的事——如果有人告诉我们是什么的话，我绝对会投入精力处理，而非任它们流传。"

肯·戴姆注视着我，又瞥了他妻子一眼，然而她什么也没说，什么也没做，但他们之间肯定交流着什么——肯·戴姆点了点头。

都加大叔走了过来。肯·戴姆对我说，"也许我们误判了你，我有时让偏见指引了我，咱们下一次谈话的时候我还能更好地了解你。"

都加大叔微微做了一个手势。我该走了。

44 ●○——

地精在我研究贾库里人典籍的时候拍了我一下，"摩根！"我抬起头。"嗯？"

"该死的时间。"

"什么？你在说什么？"

"我一直站在这里看着你十分钟，你一页都没翻，眼睛也没眨，我都不知道你在不在呼吸。"

我开始解释。

"我不信。我喊了四回，最后只能拍你的后脑勺。"

"我在思考。"只是我根本不记得自己在想什么。

"是的，没错。莫盖巴叫你这个小瘦子赶快过去。"

"很多南方佬都溜回他们的大后方了。"我跟莫盖巴说，"起初我以为他们只是佯装撤退，等我们集中兵力反扑的时候再出其不意地击败我们。但地精和独眼说他们不过是落荒而逃罢了。但是，不可能有援军的，哪来的兵？又哪有人领导他们。"莫盖巴相信我没听说更有趣的流言吗，他听说的比我听的还多，而碎嘴还活着显然就是其中之一。

如果老大复活了，他会怎么办？

我很确信莫盖巴考虑了很多。

他感谢了我，就让我回去了，别的什么也没说。我不知道他为什么叫我过来。

莫盖巴做了让我害怕的事，他发起了一场武装侦察，试图寻找新的突破口，只动用了自己最信任的亲信。我则舒服地坐在城墙上看着这出好戏，盘算着莫盖巴为什么如此清楚一旦把我们派出去就一去不回了。

我经常选择忽视莫盖巴，但是他其实在我的生活中占有比我表现出的更高的分量。他活着这件事让我无比痛苦，对他的厌恶让我无法理智地去记叙他的事迹，所以只有必要的时候，我才会提到他。

那时所有的纳尔人中只有辛达维称得上是文明人。

不管怎么说，莫盖巴认为他有机会痛击暗影长老，但是敌军的军师已经吃透了他的想法。从不会因失败而气馁，他可是莫盖巴，他从不灰心，没有挫折可以动摇他认为自己不可战胜的信念。一旦他的计划失败了，他也会选择从头再来。

没有逃出城的机会，莫盖巴麾下的士兵们纷纷从他那儿逃出来，躲在我们这边的塔格洛斯人那里，他们纷纷抱怨莫盖巴对士兵的生活太严苛了。

莫盖巴则通过给自己最忠诚的属下最好的口粮和最好的妓女来回应。

我们发现了旋影在第一次围城的时候留下的密封罐子，大家因为是否要告诉莫盖巴而争论不休。独眼坚持认为莫盖巴贪心不足，他要是知道了我们的发现，肯定会要亲眼过来看看，那不就是任由他在我们身边晃悠了吗。

不！

那个小浑蛋会做什么？他转身就把现烤的面包以涨二十倍的价格来卖，围城前可以卖整整一堆。

在慵懒的下午我找到了一块僻静的地方，只有我和独眼两人。我们并没有谈论关于北方战况的最新谣言。我问："你为什么不让我们和莫盖巴分享咱们找到的储备？"

"嗯？"他没想到等着他的会是这句。

"你非常有说服力。不要让那个人进入我们的藏身之处。"

他咧嘴笑了，为自己感到骄傲。"那么，你对你说的话负责吗？"

"当然。"

"那么，当我们不需要粮食碾碎面粉的时候，你为什么向他的人卖面包呢？"

他皱起眉头，想转移话题："赢利吗？"

"你真的觉得莫盖巴蠢到连那些面包都不会注意到吗？你以为他不会自己问吗？"

"你看事情的角度太僵化了，小子。"

"你继续胡闹的话才是僵化的表现。你要是把我害死了我也要拖你垫背。"

"你可能会，有时候我觉得你已经开始准备了。"

"那是什么意思？"

"你会那些咒语，当你掌握这些咒语的时候，就好像有人透过你的眼睛向外看，就好比其他人的灵魂在你身边打着转。"

"我从来没注意到。"我该注意到吗？

"如果这有个通灵者或者灵媒的话，我们可能会惊异于我们的发现，你不是双胞胎，对吧？"他的目光十分凶狠。

一阵寒意掠过我的后背，脖子上汗毛耸立。我有时候确实感觉自己怪怪的，但是他已经改变了话题。

地精不请自来加入我们："摩根，有暗影大陆人的情况。"

附近的一只乌鸦发出了嘲笑般的笑声。我问他们："他们应该不会再发动一次大规模的进攻了吗？莫盖巴把他们进攻的坡道捣毁了。"

"我没法靠近到发现所有细节。莫盖巴就在大家视线之内，但我认为可能会有场战斗。旋影可能已经吓破了胆，我们的好朋友可能也已经做好了准备要把我们赶出去。"

"先冷静下来，别急着收拾行李。"独眼揶揄着，"那个小矮子在还没把鸡蛋偷来的时候就开始数着自己的鸡了。"

我抱怨道："你还记得我们刚才在讨论什么吗？愚蠢的举动？你还敢压地精一头？"他当然会了，那是他的伟大使命。"发生了什么？"地精话音刚落，都加大叔就出现了。看到他来了我们都闭上了嘴，他可能比所有暗影大陆人都笨，但是他来无响去无声。"议事者告诉你，南方人携带工具而不是武器正在城南聚集。"

"那边是什么？"城墙的弧线挡住了我们的视线，但隐约看起来就像一场大工程就要破土了，"你看到那里有囚犯或奴隶……嗯？"

"那是什么？"

那是阳光照射在山间的金属上，闪闪发光。光辉四溢，人们朝那边移动，真是一点儿都不小心。

旋影的人不需要偷袭，我告诉地精："传令下去，日落的时候最高戒备。"

都加大叔打量着群山："你的视力很好，骨头战士。"

"你知道吗，大个子，我宁愿被叫作摩根。"

他微微地笑着："只要你愿意，摩根。我代表议事者，他告诉你艰难时期即将来临，做好心理准备。"

"艰难时期？"

独眼笑了。"派对结束了，小子。我们现在要为四处乱晃满脑肠肥付出代价了，时间的车轮把我们都碾过去了。"

"下次你再投机倒把的时候，也想想这些话。"

"嗯？"

"独眼，你又不能把钱吃了。"

"扫兴。"

"我就是这样。叫老喘去塔楼，让他通知辛达维南方佬的行动。"辛达维没有问题，我不用刻意忍着反感就能和他正常交流。我通过这样间接让莫盖巴不至于两眼一抹黑。

如果暗影长老突然一走了之，我们自己会怎么应付这个烂摊子呢？

听着对他来说还算是妙棋。

45 ●○───

老喘终于爬上了顶楼，接着缓了整整五分钟才能开口说话，这期间他的耳朵也没闲着。这个老人已经是抱孙子的年龄了，没有什么战斗任务，但是和我们其他人一样，他除了佣兵团之外没有个人生活。按今天的情况看，他死定了。

很可怜，甚至，很悲剧。

老喘是个很反常的例子，通常雇佣兵的生活是残酷又短暂的，偶尔会有些许的欢乐。在佣兵团中，唯一使你清醒的只有兄弟情义罢了。

在小一点儿的团体……但他们不是黑色佣兵团。

我和碎嘴都为维持兄弟情谊付出了很大的努力。事实上，似乎是时候把碎嘴读史的习惯捡起来了，这些人会名留青史，比大多数王国的寿命还长。

我告诉老喘："你最好休息几个小时。"

他摇了摇头，他会一直尽全心全力，直到他站不起来那一天。"纳尔人副团长，辛达维，致以问候。他说我们今晚最好小心。"

"他说为什么了吗？"

"他暗示了我……莫盖巴可能会……一些大的噱头……黑暗。"

莫盖巴总是在搞这些乱七八糟的事，旋影应该让他给自己打扮起来。这次突袭太过了，时机也不成熟，旋影会让莫盖巴领教自己为什么被称作暗影大师。

老喘用自己的母语说了些什么，只有独眼听得懂，听起来像个问题。独眼喃喃地回答了几声轻巧的音节。我想这个老人想知道在尼扬·博奥人面前说话是否合适，独眼打消了他的疑虑。

老喘说："辛达维告诉你们，关于一场大战役的谣言可能是真的。"

"我们欠辛达维一个人情，伙计们，"我说，"这简直就像他直接告诉我们他不是百分百支持莫盖巴了一样。"

泰·戴恩和都加大叔就像海绵一样把我们的谈话全都吸了进去。

紧张局势持续了好几个小时。现在没有真正的证据，但我们已经开始感到这个夜晚是至关重要的。我们大多担心的是莫盖巴，没人预料到麻烦会来自旋影。

我注视着群山。

独眼突然说："就在那儿！他和我期待的东西一样。粉红色的光在闪耀着，闪电在怪异的骑手周围噼啪作响。"

"索命人回来了，"有人说。"另一个寡妇愁在哪里？"

我没看见寡妇愁。

恐慌笼罩着平原。暗影大陆人的营地里乱成了一锅粥，军官大声呼号着口令，传令兵匆匆而过，士兵们不知所措。

"他在那儿！"大桶喊道。

"到底是谁？"

"寡妇愁。"他用手指着，"老大。"寡妇愁闪耀在山间，比一般的人要高大一些。

地精抓住了我的手臂，我不知道他是从哪里冒出来的。"看那边。"他指着暗影大陆军的主营。我们看不见营地本身，但一个苍白如坏疽的光芒从它的应在位置升起，光芒越来越强。

"旋影要耍把戏。"我边看边说。

"是的，他要玩大的。"

"大什么？我们要找掩护吗？"

"等着瞧吧。"

我等待着，我看见了，一团肮脏的绿色火焰向山丘蔓延，击中了索命人最开始所在的位置，然而火烧过的只是山石罢了，索命人早没了踪影。

"他错过了。"

"多么漂亮的眼睛啊！"

"索命人没在玩公平的游戏，她根本就没有站定。"

"真是个蠢决定。"独眼冷笑道，"你不能指望着敌人逛来逛去等着你来打。"

"对他来说也许是最好的选择了，他还没有痊愈。"

我走开了，几分钟后独眼和地精就会开始争吵。

平原上越来越慌乱。南方佬们的慌乱很不正常。他们互相喋喋不休说着自己十分害怕，而他们的混乱使他们几乎无法自卫。我稀稀疏疏地听到了他们说了基纳的名字。

与那恶灵般的女神一样的索命人消失了，也许她玩够了，再也没有出现。旋影朝山坡上丢出一个又一个的魔法，但是除了引起了几丛小规模的山火之外没有任何的影响。

狐狸进来鸡笼，它们的恐慌滋生让别人也开始害怕。当一个人靠近城墙，我的人就轮流狙击他。地精说："他们一直在抱怨自己的脚湿了。"我也听到了。这毫无意义。

"他妈的！"

我不知道是谁说的，我觉得很有道理。

数十个明亮的白色火球漂浮在暗影大陆军主军营的上方。它们彻底扫平了黑暗，这对暗影长老敌人的帮助似乎比对她们自己更大。

紧接着是一阵巨大的骚动。

都加大叔不见了。就在刚才，他还在我旁边，接着就只见一道影子从下面的街道闪过，然后消失了。

独眼告诉我："这次我肯定是夫人。"

他的语气使我警觉起来，"但是？"

"但另一个不是团长。"

不到一分钟内，寡妇愁也映入了眼帘。"告诉我不是这样的。"我喃喃自语。

"什么？"

"有两套战甲，每一套只有一半是真的。"

一只乌鸦在附近咯咯叫着。

我问："什么样的巫术能做到呢？把它们分成两半？"

"我希望我能告诉你一些你想听的话，小子。但我觉得很糟糕，我们都不知道这些事情。"

46 ●○────

独眼曾是个先知，当然了，我确实想知道是怎么一回事。托尼扬·博奥人的福，我听说了一个故事。

穿过城镇的灯光逐渐消失，喧嚣声也渐渐平息下来。底下的人一部分退回到群山之中，一部分回到城中莫盖巴的控制区。

小股巫术发出的噼啪声在平原上作响，而原野整片闪着银色的光。"真奇怪，独眼，如果我们在塔楼上再建一个瞭望塔怎么样？这样我们就可以看到莫盖巴和旋影在做什么了。"

"你想让尼扬·博奥人在那替你监视吗？"

"如果我不让你自己做任何事呢？"

"这个主意已经好多了，不过我还是认为尼扬·博奥人就是你的耳目，你的思路是对的，就是不要和碎嘴一样偏执。看看他们给你带来什么，你就知道它的目的是什么。想一下如果这样的话会错过什么。"

"有时我和你一样懒惰。"我告诉独眼，"只有我才是精神上的。听起来还算经了一番深思熟虑，不过我还是会自己当自己的耳目。"

"就像老大一样。"他嘟囔着，"你要一直读他们的编年史，要不读一读除了碎嘴之外别的史官写的吧？希望你能从他的正义感里面抽出身来。"

那还是说一说在黑市卖面包的事吧。

地精说话了："那里发生了很多令人兴奋的事情。"

"是吗？比如？"

"我站在那边的城墙上，有一段时间。莫盖巴的弟兄不怕被抓，领着我偷看。他亲自带领了这次袭击。"

"直接讲就好了。"独眼嘟囔着，"你一直就说些没用的……哇！"

一只巨大的虫子落到了独眼的嘴巴里。地精傻笑着，可能就是他指引着虫子错误地飞了进去。

"那个都加知道得更多。他的一些弟兄偷偷溜到莫盖巴人马后面去了。"

"为什么？"

"我想莫盖巴是想伏击旋影，不料夫人突然出现。"

"别唬我了。"

"那串闪光球什么时候升起的？她就在那儿，和另外十五个人一起。他们就在营地门外，几乎就在莫盖巴麾下的莽夫们身上匍匐前行。我就听说了这些，我也没亲眼看到。"

"那，都加大叔呢？"

"可能跟议事者复命去了吧。"

可能。"是吗？看，一开始就有一堆逃兵，我们等着看还有没有偷偷溜回来的。"

"我们的胖男孩来了。"

我们在泰·戴恩面前说着话，好像他是聋子似的，又好像我们不在乎他听到什么。

都加大叔带来了另外两个尼扬·博奥人。他们围着了另一个敦实的男孩，一个又矮又胖的塔格洛斯人。虽然没有证据，但他长得就像个俘虏。

更让我惊讶的是，都加大叔不费吹灰之力就能爬过阵地，也许他用了一些野蛮的法子来让老喘停止了呼吸。

听起来像是古尼神话中的东西。"你知道了什么，大叔？"我盯着蹲着的那个塔格洛斯人，他似乎对我的凝视毫不在意。

"局外人。议事者派班尼和宾尼去监视那些想攻击暗影长老的黑皮肤的人，但是他们在外面撞到了一起，都是一样的目的。他离开了他的同伴，混进了那些举着火炬朝着城墙跑的人。这个外人所属的团体可能是故意才分散开的，以便让他趁乱混进来。"

我接着打量着这个局外人，他是一个古尼人，比他的同胞都要健壮，也许他是特意健身的，他似乎很是傲慢。

我问他："他有什么特别之处吗？"都加大叔对他似乎也很感兴趣。

"他有卡哈迪的印记。"

过了一会儿我才明白过来，哦，是啊，那些地下墓穴中发掘的书里讲，在某些地方，卡哈迪是基纳的化名。她的化名和化身还有很多。"你这么说的话，我也没看到，你来给我指出来吧。"

都加大叔的眼睛眯成了一团，他深深吸了一口气，似乎气愤不已："到现在你都不暴露自己吗，黑暗的狗腿子？"

"即使是现在，我也不知道你在想什么。我听腻了。"不过，我还是在怀疑，"你能不能说一些我能听懂的话，别总是影射或者含含糊糊地抱怨？假装我就是这个家伙，而且没法召唤闪电劈开你的头发。这家伙是谁？你以为我是谁？来吧，大叔，告诉我。"

"他是卡哈迪的奴隶。"都加大叔怒视着我，似乎在说我竟然连这都看不出。他不想说得更明确了。

那对我来说毫无意义，不过我不是迷信的人。他相信单凭一张嘴皮子就能真的养出女鬼吗？我告诉独眼："大叔被她吓得两股战战。你，你叫什么名字？"

"我是辛迪。我是你们称为夫人的女战士座下的一员，我被派来侦察这里的情况。"他盯着我的眼睛一直看，他的眼神比蜥蜴都要冷血。

"听起来很合理。"可能还要加点盐才能把这话咽下去，"夫人？那位担任黑色佣兵团二把手的夫人？"

"就是那位夫人，女神将自己的微笑赐予了她。"

我问都加大叔："那么，他是联络人？我们和夫人之间的联络人？"

"他可能会告诉你，不过他是个图格的间谍，满嘴胡话。"

"大叔，老伙计，咱们三个需要坐下来用同一种语言交流，怎么样？"

都加大叔咕哝了一声，意味深长，"如果谎言奏效，图格何必说实话。"辛迪被逗乐了。

那人把我打得妈妈都认不出来。我说："地精，给这个人安排地方睡觉。"我换了另一种语言，"别让他离开你的视线。"

"我身上的杂事还不够吗？"

"那就随便找人盯着。好吗？我一点也不喜欢他，估计明天早上我也不会喜欢他，他一看就是个麻烦。"

独眼随声附和："大麻烦。"

"为什么我们不把这个长毛小子从城墙上扔下去呢？"地精是极端的务实主义者。

"因为我想进一步了解他。我们就在这个谜团的边上，自打我们来这之后，这个谜一直困扰着我们。我们让他不受限制，咱们好记录他的一举一动。"我确信肯·戴姆会帮忙的。

我的两个巫师皱起了眉头，小声嘀咕着。你不能怪他们，他们身上的担子重于泰山。

47 ●○──

我在我们的屋子里英勇地打着鼾，我很自信现在一定会睡得很熟，明天一到谁也不敢有这种雄心壮志了。

我一直走到了那很远很远的地方，世上知道我方位的不出五个人。我现在首要的任务就是要赶快睡觉，要是真的世界末日来临了，那帮人也不会带我庆祝。

有人把我摇醒了。

我不信，肯定是噩梦。

"摩根，起来吧，你得来看这个。"

不，我不想。

"摩根！"

我眨了眨惺忪的双眼，"我想在这儿睡一会儿，大桶，走开。"

"没时间了，你一定要来看看。"

"我得来看什么？"

"到时候就懂了，来吧。"

你拗不过他，他会缠上着我，把我缠烦了，自己又觉得受了伤害。

"好吧，好吧。"我只得起了身。

他其实不是一定要拖我起来，但是我理解他的做法。情况有变，从根本上说。

我凝视着平原，张大了嘴巴。只是，什么平原？德加戈现在被一个浅水湖泊所环绕，那些旧日的群山已经成了微微露出水面的岛屿，每一座小岛上都聚集着一群鼓噪而焦虑的畜生。"水有多深？"我问。接着又说，"我们有可能抓住这些小家伙吗？"底下大水围城，南方佬们没法防住我们突围。

"现在，五英尺。"地精说，"我让人下量过了。"

"水位还在上涨吗？水又是哪儿来的？旋影在哪里？"

地精扯着嗓子："我不知道旋影在哪，但是水可进了不少。"

我的视力不错，能看到水从群山中呼啸而出，仿佛沸腾一般满是泡沫。"以前的老水渠在那边，是不是？"在战争开始之前，有两条主要的运河既灌溉了丘陵农场，又引水到城中。不过南方佬们占领城池的时候，佣兵团把水渠切断了。现在，城中的用水主要是等着下雨和几个又大又深又死气沉沉的蓄水池，我们知道这只是权宜之计。

"正是这样。柯莱特斯和他的兄弟们正在把整条河改道成运河，在城南那边。"

德加戈是这个群山环绕的国家中坐落在低矮平原上的城市，平静的河流穿过西边和南边的丘陵。

"这些小伙子们学过工程知识吗？"我问。

"他们加上整整三打塔格洛斯工匠，每个人都有手艺，肯定会派上用场的。"

"现在有什么结论吗？"

"比如？"

"水位会达到多高？我们会被淹死吗？"如果这是旋影的计划，那就说明他的思想已经发生了巨大的改变，之前，他希望德加戈能恢复原状。这似乎是他解决眼前问题的最终答案了，虽然会毁掉很多的财产——当然，在他眼里肯定比成千上万的生命更宝贝。

"我们现在正在调查。"

我嘀咕了一声："夫人走了之后，旋影变了。"

"不，"独眼回答我，"他们现在正一起戏水，他们的老家可没有什么海滩。"

"他肯定没我想象的那么蠢。"我沉思着。

"嗯？"

"他淹没平原，即使他不淹死我们，也可以用大水把我们困住，不用费一兵一卒来围城。这样他就可以分兵去对付夫人，咱们帮不了她，她帮不了我们。对他来说，长影的人马不可信任，这是比从暗影大陆等援军更高的一招。

泰·戴恩出现了，我才刚出来不久，我们被监视得真是很密切。

泰·戴恩纯粹是对人力的浪费，他又不传递什么消息，对我们讲的任何语言都不太了解，要是会的话他真是肯·戴姆的好耳目了。但他总是在几步外如影随形。

这是有原因的，肯·戴姆从不会做不过脑子的事，我只是不理解他的世界观。

我盯着洪水看得越久，就越来越快地发现问题。最关键的是，水会涨得多高？又会花多长时间？由于山坡倾倒了，水会被更多的土壤吸收，表面积也更大，因此蒸发的速度也会上升，因此涨水的速度会大大降低。

我对地精和独眼说："把城里所有受过教育的人都找出来，把他们交给兄弟们。"我盘算着造船、加高塔楼和保护我们的仓库。我想到了我们巨大又舒适的大本营，花费了那么多的工夫顷刻之间化为乌有。我盘算着，如果我们要生存下去，那要如何在心理上做好更坏的准备。我又想到了肯·戴姆，他曾告诉我，艰难时期就要到来。

没有人在附近时，泰·戴恩走了过来，"我祖父会跟你对话，如果可能的话，就是近期。"他的举止无可挑剔，甚至一次都没叫过我石头巫师。

肯·戴姆肯定很想知道什么东西。"如你所愿。"此时我注意到外来客辛达维在城垛上向西门走去，我能感觉到他在看着我。"独眼。"

"什么？"

"你别叫了，你要说真的想叫，我倒要看看要不要让暗影长老把你变成狗。"

独眼吓了一跳："嗯？"

"你们一直盯着我们的客人吗？"

奇奇和怪怪轮流值守。他做的事不多，无非是在镇上瞎逛找人闲聊，想见咱们这边和莫盖巴那边的塔格洛斯人，跟咱们都没多大关系。阿尔库尔佣兵团派剑客把他赶了出去。

"有人会谈论他吗？"

独眼摇了摇头，"老生常谈，又臭又长。你最好弄明白是你让他留下来的。"

泰·戴恩听到了，喃喃低语，听起来像是在搞什么阴谋，说完做了一个似乎是为了避开邪恶之眼侵扰的护身手势。

"嘿，"独眼说，"毕竟，有些事会困扰到他们。"

"我要去找他们老大谈话。你在这儿负责，你是我在这里最信任的人。"

"谢谢你，小子，你让一个男人觉得他是世界一流的。"

"我回来时候最好已经有成果了。"

48 ⊶——

·—·—·—·

那阵眩晕在同一个小巷子里又找上了我——难道就是昨天那个地方？我记得当黑暗将我包围的时候，那感觉比以前我经历过的都更诡秘，更轻柔，更紧密，那黑暗裹着我。

我的思维还很混乱，只记得游离之后的几个小小片段，我只记得我神魂出窍，而我回来的时候旁边又有人在说着什么。

·—·—·—·

这人更强壮一点儿，泰·戴恩的手紧紧抓着我的左肱二头肌。他在说话，但对我来说那只是没有意义的声音罢了。光线褪去，我的膝盖汗涔涔的，但当时我什么感觉都没有。

这是个比白昼更加耀眼的地方，虽然现在就是白天。巨大的镜子把光汇聚到一起，再照向那个高大、憔悴的黑人，这憔悴的男人站在一片阴暗土地高耸的风车杆上。

尖叫声在空中掠过，一个黑色的长方形物体从又高又远的塔楼中飞了出来。

憔悴的男人脸上戴着极为独特的面具。他的呼吸愈加急促，好像他需要更多的空气来面对来客。又一声尖叫撕裂了空气，憔悴的男人喃喃自语道："总有一天……"那条破旧的飞毯在离我们很近的地方降临，戴面具的人一动不动地盯着那周围的每一丝阴影，风拂过他的长袍。

三个人乘着飞毯，一个小个子在黑暗中被捆了起来，全身破破烂烂又臭烘烘地发着霉。他也戴着面具，不断地挣扎着，他无法控制自己偶尔发出的尖叫声。他是狼嚎，世界上最古老、最邪恶的巫师之一。这飞毯是他的宝器，而那憔悴的人无比憎恨他。

憔悴的男人憎恨每个人，甚至对自己也几乎没有爱。他只是暂时地控制了自己的仇恨，那完全是通过不可抗拒的意志来实现的。只要他没有受到肉体上的威胁，他就有坚强的意志。那团破烂不断地发出尖叫声。离狼嚎最近的同伴是一个矮小、瘦削又脏兮兮的男人，他衣衫褴褛，也被吓坏了。他的名字叫纳拉扬·辛格，他是扼喉者的活圣人，只因狼嚎从中斡旋才保住了小命。

长影觉得纳拉扬比一坨水牛粪强不了多少。尽管如此，他也并非一文不名，他麾下的教派遍布四海，又无比致命。

辛格对自己的新盟友也并没有多尊敬。

除了辛格之外，上面还有一个孩子，真是漂亮，她身上比伽玛德哈还脏，但她长着一对棕色的大眼睛。眼睛就像地狱的窗户，能洞悉古老的邪恶，还会和它一道搅个地覆天翻。

那眸子也让长影不太舒服。

它们是黑暗的漩涡，拉扯着、拉扯着、扭曲着、催眠着……

我左膝突然传来一阵剧痛，我呻吟着，摇着头。小巷的臭气充斥着我的脑子，我好像瞎了，但显然已经适应了如此灿烂的阳光。一双手抓住我的左臂，把我拉了起来，我渐渐恢复了视力。

我抬起头来。

一张憔悴的脸向后望来，吓了我一跳。虽然已经过去了，这还是勾起了我恐惧的回忆。我试着全神贯注起来，但是膝盖的剧痛和泰·戴恩的话让我分了神。

"我没事，"我说，"只是伤了膝盖。"我试着站起来，迈了一步，感觉膝盖似乎断了一样。"我自己能行！"我推开他的手。

幻影消失了，但是记忆还留在脑子里。

我历次的游离都是这样的吗？难道有很多幻想飞到了九霄云外，我一点儿都记不起来自己看过它们。它们会和现实有联系吗？迷迷糊糊地，我回忆起看到许多熟悉的面孔。

我会和地精、独眼讨论这个问题，他们应该知道该怎么做。他们略懂解梦。

泰·戴恩在我们进去见肯·戴姆的时候一直喋喋不休。肯·戴姆审视着我，泰·戴恩吐沫横飞，他的表情越来越奇怪。

我们走进去的时候，肯·戴姆看起来很孤独，但是等泰·戴恩说了话，他一下子又殷勤了起来，其他尼扬·博奥人也纷纷从阴影里出来，打量着我。洪·泰瑞和肯·戴姆两个人打头，老妇人坐到丈夫的身边。肯·戴姆说："我希望你不要介意，有时她能够掀开时间的面纱，探索背后的真相。"

戈泰什么也没说，我觉得这很不寻常。

美丽的女人出来了，很快就开始端茶倒水。饮茶是尼扬·博奥人的头等大事，她在家族里还担负着其他的责任吗？

暗处的那个家伙今天没有呻吟，他已经离去了吗？

"还没有。"肯·戴姆说，他从我的一瞥中看出了我的疑惑，"但也快了。"他又感到了我的疑惑。"尽管他背叛了我们，但我们没有违背婚约上的誓言，在时间的法庭上，我们并没有罪孽。"

好在我最近研习了贾库里经文才听懂了他是什么意思："你是个好人。"

肯·戴姆被逗乐了，"有些人会不同意的，我们为自己光荣的族群而奋斗。"

"我明白，我们在黑色佣兵团中奋斗。"

"好极了。"

"泰·戴恩说你想谈谈，现在我来了。"

"是的。"

我等待着，我凝视着那个正在泡茶的女人。

"掌旗官。"

我准备回答。"不。"我轻声说，却没意识到其实我声音很大。我没游离，只不过是一时慌了神，不能责怪男人因这样一个女人而分神。

我说："谢谢你，议事者，没有把那些我不喜欢的称呼安到我头上。"

我忍不住笑了笑，告诉他不论他想知道什么我都能保持慷慨的好心情。

他点了点头，明了了我的意思。

该死！我自己也变成了一个老人了。也许我们可以坐在这里咧嘴笑一笑，点一点头，就决定了世事的走向。"谢谢你！"漂亮的女人给我上茶的时候，我对她说。

她很吃惊，看了我一眼，把我也吓了一跳。她的眸子是绿色的，既没有笑也没有回应我。

"了不起，"我只是自言自语罢了，"绿色的眸子。"接着我忍住不再废话了，静静等着，议事者喝着茶，思考着他的问题。

他告诉我："绿色的眼睛是罕见的，尼扬·博奥人非常敬畏这样的人。"他仪式般地啜饮了一口茶。"洪·泰瑞偶尔也能拨开面纱，但她的所见并不总是真实的，也不一定是成形的。它们可能是尚未实现的幻象，她看不到可辨认出来的人，所以很难确定她的所见何时会发生。

"嗯？"这个谜一样的女人坐在那儿，眼睛低垂着，慢慢地转动着一只挂在左手腕上的玉镯。她的眼睛也是绿色的。

"她预见到了洪水。我们本以为这是个错误的幻象，因为我们想象不到贾库里怎么会有这么多的水。"

"但是我们现在就被围在湖中，我们有世界上最宽的护城河。暗影大陆人已经不足为虑了。"

肯·戴姆花了一分钟才明白我在打趣。"哦。"他笑着，洪·泰瑞也抬起头笑了，是她先听懂笑点在哪儿的。"我明白，对，但它对暗影大陆人有利而非我们，任何企图离开的人都要乘船或筏子，目标太大移动又不便，没法集中力量突围。"

这个老家伙也是个将军。

"你明白了。"旋影巧妙地解决了他人手不足的问题。现在他可以向夫人去挑战而不必担心我们在背后捅刀子。

"我想说的是，洪·泰瑞看到，水在城内积到了十英尺深。"

"那洪水就有七十英尺深。"我瞥了一眼老妇人。她也在审视着我，但那与好奇心无关。"那真的糟糕透顶。"

"还有一个问题。"

"什么？"

"我们试图推算出有多少建筑能免于被淹没。"

"哦，哦。我明白了。"我看到德加戈有很多垂直的建筑，和其他有城墙的城市一样，但是并没有很多依附城墙的建筑物。大多数幸存的建筑物，甚至许多被部分烧毁的建筑物，都已经被人占据了。如果洪水泛滥，住处可能会紧张。

幸运的是，我们老一辈团员鼓捣出了很多高耸的住处。

"哦，是的，在这个地区，有足够的建筑来容纳我们的少数朝圣者。但在其他地方，黑色佣兵团和本地士兵们也需要营房，贾库里人可能会很难承受。"

"毫无疑问。"我思考了一下。人们可以在墙上扎营，这不会酿成军事上的问题。

然而，无论我们做了什么，如果水真的涨到那么高，这里也会变成真正的地狱。"真是左右为难，不是吗？"

"困难可能会比你想象的更艰巨。"

"怎么说？"

"如果不立即开始准备，现在用得上的东西到时候可能会用不到。但如果你告诉了莫盖巴，肯定会出现恃强凌弱、弱者受罪的现象，现在又不会有人来攻城了，不用那么克制。"

"我明白了。"事实上，我已经预见到了各方肯定会争夺仓库和高地。但我忽视了旋影让自己腾出手来的事实，同时也让莫盖巴腾出了手，他就能用自己喜欢的方式解决内部争端了。"你有什么想法吗？"

"我希望探讨一下临时结盟的可能性，直到贾库里脱困。"

"她也预见到了这个吗？"

"不。"

黑色的绝望降临到我身上，我并没有思想准备。

"她什么也没看见。"

我的心情稍微好了一点点。

"我不愿意承担这样的义务，"肯·戴姆很坦诚，"这不是我的主意，是莎拉的主意。"莎拉就是那个侍茶的美丽女子。"但她毫无理由地信任你，她会解释的，而且，她的论点是有道理的。"

洪·泰瑞表情阴沉。她看着我的时候，似乎在暗示我她预见到了很多她并没有说出来的东西。

我颤抖着。

肯·戴姆继续说："假设我们站在尼扬·博奥人传统的立场上——凡事不求人，而一旦莫盖巴觉得你的武力已经没什么用的时候，你的处境就很绝望了。"

我盯着那个美人看，虽然我自知这种行为很失礼。她的脸红了，这对我的吸引力是那么大，突然，我喘起了粗气，我觉得自己好像已经认识她好几辈子了。

怎么回事……以前我从来没有这样过，根本没有。我还不到十六岁……见鬼，我十六岁的时候从来没有这样感觉过。

我的灵魂告诉我，我认识这个女人，就像一个男人认识任何女人一样，事实上，我只是第一次听到她的名字。

还有别的，在她的身上。那不仅仅是一个可爱的白日梦，我知道另一个，和她一样，在别的地方……

黑暗降临了。

这么突然又纯粹，我没时间决定自己是跑还是认命。

49 ●○──

・一・一・一・

很久，很久，都是无梦的纯粹的黑暗。没有自我的时间，不知冷暖的时间，没有幸福，也没有恐惧和痛苦的地方，没有被折磨的灵魂想要离开。但是一根别针在信封上戳了个洞。最微小的光线冲进了一个虚幻的眼睛。

好像有什么动静。

它朝着一个亮点冲过去，慢慢膨胀，成了一个充斥着时间、物质和痛苦的世界的通道。

我知道我是谁。我在一堆堆叠着的记忆的重压下蹒跚而行。

一个声音对我说话，但我听不懂。我仿佛游丝一样漂浮在金色的洞穴里，老人们坐在路边，仿佛在时间中被冷藏，不朽但连眼睛都抬不起来。疯子，他们中的一些人身上覆盖着冰做的网，好像上千只冬蛛纺出的一缕一缕寒水寒冰。在上边，冰柱组成的森林从洞穴的顶上向下生长。

因为我记得记忆中的记忆，我清晰地记得那些文字，就像在某处的某地，我不相信它们已经被写就。

"来！"

雷霆般的召唤。

黑暗降临，我跌倒了，停了下来。然而，在我从那个洞穴里退出之前，我感知到了一个令人惊惧的存在，警醒着，竭力想吸引我的注意力。

不知怎的，我去了一个没有人愿意踏足的地方。

记忆逃离，但痛苦永存。

50 ●○────

在黑暗里终见光明。我的意识开始觉醒，仍不清楚自己姓甚名谁。我被光明惊退，对光的所在心存敬畏，那里一定有苦痛在等待。但我的内心深处渴望光明，就像溺水之人挣扎着想呼吸一口空气。

渐渐地我意识到我是个血肉之躯，我感觉到自己全身肌肉紧绷，以致有几处已经出现痉挛。我的喉咙十分干燥，令我痛苦无比。我试着讲话，"议……事……官……"我嘶哑道。

我感觉到有些许反应，但没人答应我。我整个人蜷缩在椅子上。

尼扬·博奥人的家里一般是不会有家具的，他们住的地方比动物巢穴好不了多少。他们这是把我送回来了吗？

我用尽全力张开了一只眼睛。

这他妈的是什么地方？是个地牢吗？还是间刑房？难道我被莫盖巴抓住了？旁边有一个瘦骨嶙峋的塔格洛斯人和我一样，被捆在一张椅子上，还有另一个人被绑在一张桌子上。

那是暗烟，塔格洛斯的皇室巫师！我强忍着巨大的痛楚把自己撑起来，那个被绑在椅子上的扼喉者谨慎地看着我。"我这是在哪儿？"我问道。

他更谨慎了，嗫着嘴，什么也没说。我环顾四周，这个房间除了我们空无一物，积满灰尘。但四周的石壁让我知道了问题的答案。我在塔格洛斯，这就是大皇宫。别的地方不可能有这样的石头。

为什么呢？

见过涂料从墙壁上流下来吗？这就是事实。就在我眼前的墙上，涂料一滴滴往下流，在石壁上留下一条条的纹状痕迹。椅子里的人惊声尖叫，摇晃不停。我不知道他到底看见了什么。但现实世界缓缓飘走，留下我在一个灰暗的空间里，里面是我从没见过或经历过的画面，我一片迷茫。不多时，灰暗的空间再度变幻，我又处在特洛戈－塔格洛斯的皇宫某处。暗烟一如往常，躺在桌子上轻缓地呼吸着。欺诈者坐在暗烟的座位上，因为汗流浃背，被暗烟瞪了一眼。他又有什么鬼主意了？

他眼睛突然张得大大的。他目光投向我时，看见了什么？我站了起来，意识到我应该是正从咒语的影响中恢复过来。但这可没人能帮我解咒，不是只有碎嘴或者独眼才能从黑暗深处把我拉回去吗？

记忆的碎片在我脑海深处不断涌动。我迫切地试着抓住它们，想拼凑出一段合理的记忆。大山洞里的某物、一首暗影之歌、不断地醒来又睡去……

我十分虚弱，这太费神了。身体的饥渴又使得我暴躁不安。

我得找点水喝。暗烟头边的桌子上有一个罐子，旁边放着一只金属杯子。杯子下压着一张撕下来的纸片，上面是碎嘴用他密集的字迹给我写的口信：没时间照顾你了，摩根。你要是自己醒了，把这水喝了。盒子里还有吃的。独眼或者是我会尽快回来找你。

这张碎纸可能是从采购清单上撕下来的。碎嘴一点点碎纸都不想浪费，纸张太金贵了。

我把在暗烟的头另一侧桌子上的铁皮盒子打开看，里面有些没发酵过的蛋糕，死沉死沉的，就像我岳母烤出来那种。实际上，在我自己检查了一下以后，我就知道它们绝对就是出自她的手中。要是我这次没死，我就得弄死碎嘴这家伙。

P.S. 检查一下扼喉者的镣铐，他有一回差点儿逃了。

原来在我醒来的时候，他就是在干这事！他想钻出镣铐，把我和我的好伙计暗烟都杀了，再逃之夭夭。

我抬起罐子喝了口水。扼喉者可怜兮兮地看着我，眼睛里的渴望都快凝成水滴出来了。"想来一口？"我问他，"告诉我现在什么情况就行。"

他还没到了为了一口水就出卖自己灵魂的地步。

不一会儿，我就把戈泰老妈做的那些砖块似的蛋糕都狼吞虎咽了，恢复了些力气。"让我们把你好好地捆起来。"我告诉扼喉者，"你要是跑丢了伤着自己可不好。"

他死死地盯着我，不发一语。他怕一说话，我就知道他在想些什么。我告诉他，"这就是跟坏人混的下场，知道了吗？"

他不会反驳我，但他拒绝认同我。我有些想不通。

因为我没有尽我所能把基纳带回这个世界上，所以我才是坏人。我拍了拍他的脑袋，"可能你是对的，兄弟。但我希望你不是。"我把布袋抓起来，套回他的头上。我又喝了点儿水，吃了点儿东西，等我感觉我恢复得差不多时，起身准备回到我的住所。可能是我太主观，但我觉得我快一个世纪没见到我妻子了。现实世界可能过了不到几小时而已。我走着走着就迷路了。

51 ●○———

　　我理应迷路的，这一点无可避免。我意识中那个未来的我什么也想不起来，除了知道我一定会迷路，然后胡乱游荡。在我意识到我根本就不熟悉大皇宫内部路线的时候，我才发现这一点。我停下脚步，想要理清楚现在的情况。

　　在那一刻，我想起了不同时空内的摩根们所经历的不同记忆，我也确信它们都是真的，尽管我也毫无根据。

　　这段迷路的记忆带来了对意外发现的兴奋感，也暗示着巨大的痛苦。我脑海中一个回声告诉我，最好不要找到正确的路。

　　但我仍固执地想要找到出去的路。我来到一段阴暗的走廊里，这里到处透露出古老魔法的味道。几码远处，一扇破碎的门摇摇晃晃地挂在一段铰链上。

　　好奇心驱使着我，我走上前去，毫无畏惧。

　　只往里面瞧了一眼，我就知道我发现了暗烟的秘密藏书楼——编年史的最初几篇就藏在这儿，为了不让我们黑色佣兵团的人找到，它们都被封存起来了。我实在是太想读一读它们了。但我还是没这么做。现在实在是没时间从上百本藏书中把它们整理出来好好阅读了，我得回去找我的家人。

　　我奋力挣扎，但还是没用。我的脑袋天旋地转，我试着原路折返。看起来我得和暗烟一起，等碎嘴或者独眼他们其中一个回来了。他们一定能轻轻松松带我出去，也许还能告诉我，我为什么潜意识里不想去，这一部分的记忆一直比较混乱。我很顺利地回到了暗烟那儿，一点岔路没走。我开始怀疑，一定是皇宫的那片区域被施了咒，要是没有独眼的咒语帮助，就一定会在里面迷路。可能所有的路径最终都导向同一个地点，也可能要是没有像暗烟这样的参照物，这些路径就会给你错误的导引。

我倒是没有大惊小怪，只是在想独眼到底有没有这个本事。当然了，要是他一开始就忘了他自己给这地方施了咒，所以忘了提前给我准备，我也一点儿不奇怪。

我回去的时候，扼喉者还在不停扭动，试图挣脱。我脚步很轻，所以他第一时间没感觉到我已经回来了。他发现我回来时，立马就僵住不动了。这小子还挺有毅力的。

我坐回了那张空椅子，等了很久，但没人回来。我感觉已经过了好几个钟头，但其实很可能只是几分钟而已。我站了起来，开始前后踱步。教训了一会儿扼喉者，但又觉得心里过意不去，就又把他罩住，回到椅子上坐着。

我的目光停留在暗烟身上。佣兵团和它所经历的苦难与磨砺浮现在我的脑海里。我知道暗烟有什么本事。

为什么不呢？消磨消磨时间嘛。但回想些什么呢？哪个地方？什么时候？

想想那些强大的敌人吧。

我还是有些犹豫。我的思绪最近实在是已经不太受我自己控制了。为什么还要自己胡思乱想，徒增烦恼呢？

然而弹指一挥间，我就发现我自己在瞭望塔堡垒外游荡。长影，那个疯狂的术士，正站在他的一座高塔顶上，身边光怪陆离、风云变幻。我感到一阵轻微的慌乱。他直直地盯着我。

不，他的目光透过了我的身体。

在他身后，那个恶棍纳拉扬·辛格吊儿郎当地站着。旁边是碎嘴的孩子，基纳的血肉之身、夜之女、预言中呈上扼喉者的颅骨之人。辛格一直让那孩子保持在自己的视线之内。辛格虽然是个得力的手下，但长影还是需要拉拢每一个潜在的盟友。

似乎有不少人愿意站在黑色佣兵团的对立面。

一个人从通道口现身，因为疯术士身旁的光线实在太强烈，令他的皮肤看起来格外黝黑。他又高又黑，身形矫健好似猎豹。我的心情古井无波，因为在暗烟的领域里，情绪都会被淡化，尽管我面对的是莫盖巴，暗影大陆人中最具威胁的统领。

我觉得，相对于他的可信度，长影应该更欣赏他的能力。莫盖巴已经无处可逃了，佣兵团在每处要道都有重兵把守。

我想不通为什么碎嘴不恨莫盖巴。他甚至为莫盖巴开脱，觉得莫盖巴的所作所为都情有可原。他反而对自己和尖刀的过节更加耿耿于怀。

莫盖巴说："狼嚎带来了消息，风暴系统失灵了。"

长影说道："我知道了。我的小型暗影还能用。我还记得我预测过他们会很快赶上来。对了，那个叫森加克的女人，在任何知道她真名的人都能随意摆布她的情况下，你觉得她是怎么东山再起的？"

我有一种感觉，他真的很想知道，狼嚎是怎么从恢复力量并且拥有完整的古老邪恶知识的夫人手底下逃脱的。长影看待世界的眼光十分偏执。

关于夫人的力量，我也想过这个问题。碎嘴猜测跟她穿越了赤道有关，听起来一点儿道理都没有。独眼和地精都懒得猜，夫人本人又不想谈及这个问题。我不知道她到底是怎么想的，但没人敢给她施压。如果你想和像夫人这样的人物好好相处，就别这么做。她要是不喜欢你，可是会相当不客气的。

"毫无头绪，"莫盖巴说，"我也实在搞不懂。"莫盖巴不懂的事可太多了，包括那个地区的本地语言。他和长影说话时用的都是他虽然较为流利、但还是瑕疵不少的塔格洛斯语。"可能她改名了吧。"

他们还能这么干吗？

我反应过来，莫盖巴可能只是想开个玩笑，但长影当真了，他觉得在某种主观层面上这确实可行。

过了片刻，长影转身面对辛格，说道："你为何来此？狼嚎又让你卷进了什么阴谋诡计？"

莫盖巴帮他回答了这个问题："黑色佣兵团在圣林里伏击了他们，把所有人都杀了，除了他，还有那个小姑娘。你的织影们还没来得及向狼嚎求救就死了。狼嚎在几英里外发现他们还在躲着，有惊无险地把他们救出来了。"

这么说，眼前这一幕发生在我们突袭的不久之后。但令我惊讶的是，我以为纳拉扬曾收到暗影长老的警告，但他没有。那他是怎么挣脱睡眠咒的呢？

提及织影，长影心头一震。我以为他会突然大发雷霆、破口大骂。但眼前这些人是他挥霍不了的资源。训练他们花费了他太多心血，况且这些年里已经被我们佣兵团处理了不少。

长影深吸一口气，强忍着怒火，"我的错。我本不该派他们出去。你们有谁知道敌人们为什么出现的时机这么完美吗？"

没人敢主动告诉他现在我们掌握了主动权。

长影察言观色，想到了这一点，说道："这可不妙。每一天他们都有更多资源，而我们的资源每天都在减少。"他盯住了辛格，"我们从这些欺诈者手里都能拿到什么？"

莫盖巴回答道："他们能提供情报，不久之后他们会进行暗杀，而敌人对此一无所知。如果他们暗杀成功，结果比正面战场上的胜利要来得更重要。"

莫盖巴眼神示意辛格说点什么，但辛格还是选择沉默。

莫盖巴又说："但很可惜，欺诈者们搜集的情报一次比一次不可靠。敌人在清除教会方面太过顺利了。"

还是没有其他人说话。

莫盖巴接着说："夫人和碎嘴突然对间谍抓得很严。我相信这意味着他们将有一次大动作。"

"冬天了，"长影说，"我的敌人们根本不用着急，他们的物资足够把我耗死。这个所谓的解放者，有再多的士兵和武器他都不满足。"

他这话说对了，碎嘴从没停止攫取更多资源。

狼嚎也过来加入了谈话，他声音粗哑，说道："敌方劳动营已经铺设好了从塔格洛斯到风暴关的道路，还有一条从风暴关到暗影之光的路也快修好了。"

暗影之光坐落在暗影大陆人口最为密集，经济也最为繁荣的中心地带附近。旋影曾是那里的最高领主。名义上，整座城还有郊区的市民还隶属长影的管辖。但我们的士兵却在那片区域毫无阻碍地铺设道路。

我并不清楚个中由来。碎嘴的战略计划并没有涉及围攻暗影之光，因为这样会耗费过多人力物力。

莫盖巴抱怨道："他们各处给我们施压，每过几天就有另一座城镇或村庄陷落的消息，很多地方当地人甚至根本不反抗。还有，认为碎嘴和夫人会因为天气原因就停下脚步的想法是很不明智的。"

长影把他可怕的面具转向莫盖巴，莫盖巴吓得往后一缩。长影说道："你又给他们造成了什么样的麻烦呢，将军？"

一支军队如果远离家乡出征，就必须学会就地取材。战争时间一长，所携带的粮草就远远不够了。

"十分有限。"莫盖巴没有表现出一丝愧疚，"我下什么命令，敌军都一清二楚。"

"你说什么？"长影快压抑不住自己的愤怒了。

"他们认为我会静止不动。"莫盖巴暗示了辛迪，辛迪不情愿地点点头，表示同意。"他们的战略计划认为我一定会固守一隅，因为您的命令如此。所以他们就分散兵力，四处进攻。光靠尖刀一个人是挡不住他们的攻势的。村庄里的居民不会反抗，因为他们知道我们不会派出援兵。只要我们改变既定方针，我就能立马打败那群蠢货。"

我不这么认为，我觉得有暗烟在我们这边，我们完全胜券在握。

"不！"长影的身躯因愤怒而颤抖不已，他强迫自己面朝南方。他把目光放在辉石平原之上，"军事问题我们私下讨论吧，将军。"

狼嚎发出了一声骇人的吼叫，声音中还略带嘲笑。辛迪则像跳水一样跳进了通道口里。他对暗影长老的蔑视已经不是秘密——除了长影本人。不过就算长影知道这事，他也不会在意。在他眼里，扼喉者不过是只小小的白蚁。实际上，他觉得我们所有人都不过只是些讨厌的虫子罢了。

那孩子是最后离开的。她目光冷淡地打量了一会儿长影，她的眼神和时间本身一样，苍老而又邪恶。毫无疑问，她是个可怕的小家伙。

我不禁好奇当碎嘴见到她时会怎么想。

也许他连直视她的勇气都没有。

长影说："他们觉得我不知道自己在干什么。"

"我的战士们死得毫无意义，"莫盖巴回答道，"他们都快失去耐心了。"

"你或许是对的。但无论主动进攻哪里，我都无法给你们提供帮助。我失去了太多手下了，我的控制范围没有以前那么广了。没我的帮助，你真能信任他们吗？"莫盖巴对此感到有些不满。长影还是凝视着辉石平原，"你觉得我是个懦夫，对吧，将军？"

"我只是说明情况而已。我知道没了您的保护我会很危险。但我能做的还很多。尖刀虽然一直被束手束脚，但是他还是做成了不少任务。能确定的是，他展示给我们只要打击塔格洛斯人的弱点，他们就根本不堪一击。"

"你信任他吗？"

"十分信任。他就像我一样，已经无处可逃了。但实话实说，我从不会完全相信一个人。特别是我们的盟友。不管是狼嚎还是欺诈者，选择加入我们可都不是因为相信我们的宏图大业。"

"确实。"听见这话长影心情舒畅不少，看起来放松了许多，"有些事我必须解释一下，将军。"莫盖巴惊讶的表情告诉我，这可是个非同寻常的大事。"我不是因为这片平原所以在此固守一隅。短时间里我可以离开瞭望塔，如果必要的话。暗影之门的守卫都是新人，他们都很强壮，也很可靠、很忠诚。但如果我要离开这儿，我必须得暗中离开。"莫盖巴十分泄气。

"我之所以必须留在此地，是因为这游戏暗地里还有一些别的玩家。"

莫盖巴眉头紧皱，我听着也不大可能。

"狼嚎是从那个叫十劫将的氏族里崭露头角的。"

"这我知道。"

"白幽灵也是从那所奴隶学校里出来的。还有森加克的姐姐，她被称作搜魂者。"

"我相信我和她见过面了。"

"是的。在风暴关她确实让你非常难堪。"事实上，那次是夫人，不是吗？

莫盖巴点了点头。我有些惊讶，不得不说时间已经改变了他，他至少也会控制自己的脾气了。

"几年前,我和狼嚎产生过一些分歧。我们把搜魂者关押了起来,但实际上我们想抓的是她妹妹。不过其实那时候她一直在假扮她的妹妹,所以也不能怪我们。不久后她逃走了。尽管我们对她一直不错,但她还是心怀芥蒂,一直伺机想要报仇。"

"你的意思是,如果你离开瞭望塔,她就会溜进来把大门打开?"

"正是如此。"

哈!想象一下劫持那座不可思议的堡垒是什么感觉!

莫盖巴叹气道:"所以无论如何,你都必须驻守查兰达帕什平原了?"

"没错。能赢下来吗?"

"能。"莫盖巴从不缺乏信心,"只要碎嘴还是一如既往的心软的话。"

"只要?"

"他戴了一百张面具来隐藏自己。妇人之仁也许就是其中一张。"

"所以尽管你打心眼儿里看不起他,你还是对他有所顾忌?"

"因为我们一直在让他发挥优势,而不是攻击他的弱点。我们给了他太多时间去思考、去计划、去排兵布阵,所以他不需要变得狡猾精明。他的军队四处进军,边界地区的居民畏惧佣兵团多过畏惧你。但是要比残忍歹毒他根本不是辛格这类人的对手。要是他抓住那些扼喉者,说不定还会赦免了他们。"

是这样才怪呢,我讽刺地想。然后我好好考虑了一下,觉得莫盖巴应该说得对。碎嘴从前还是非常宽容仁慈的。

"但森加克会想要杀鸡儆猴。"

"很可能,她手段是很强硬。但她的影响也解释不了碎嘴为了抓住尖刀,让七千条性命白白牺牲了。"

什么?这我可从来没听说过,"尖刀背弃了他。"

"我背弃了他，我也曾是佣兵团一员。尖刀只是个随行者，并不是兄弟中的一员。我跟他之间没有私仇，但他和尖刀之间的战争就掺杂着私人恩怨了。"

尖刀和碎嘴为什么闹翻了，还有他随后的出走和背叛的个中原因，让很多人十分困惑，特别是他的好哥们科尔迪和威洛。而我可以说是最为困惑的那个。有些谣言说是碎嘴在尖刀和夫人之间横插一脚。不过无论如何，他对尖刀很执着，就像对纳拉扬·辛格那样。

夫人没有插手干预碎嘴的恩怨，也没有帮他。

"这对你来说是个问题？"

"碎嘴这人让我捉摸不透。某种程度上他已经变得无法预知，十分危险。与此同时，他在佣兵团地位越来越高，他说在他的编年史里，不允许存在其他的神祇了。"

这可不是事实，碎嘴对编年史可越来越没兴趣了。但莫盖巴用一点儿夸张的手法也无可厚非，他有自己的论点。

莫盖巴接着说："我是怕他变得太过捉摸不透，用一些野路子来进攻我们，到那个时候再做打算就太晚了。"

"只要他敢来，就必定灰飞烟灭。"

"他会来的，只是到时候整个大局可不一定是由我们来把控。"我感觉到他们两人都心生疑虑，而且主要是对对方的怀疑。

"别跟我兜圈子了。你怕不怕他？"

"我怕他，胜过我怕夫人。夫人打起仗来直来直去，她总是倾尽全力直捣黄龙。但是碎嘴擅长声东击西，在你还没反应过来时背上就被他捅了一刀。他也会倾尽全力直捣黄龙，但什么时候、以何种方式，根本无法预判。他可不是个以荣誉为重的人。"

莫盖巴倒不是说他没有荣誉感，只是说甚至对于莫盖巴自己这种早就不再说一不二的老滑头来说，碎嘴还要更加神鬼莫测、更加捉摸不透。

莫盖巴接着说："他已经不再理智了。我都不觉得他自己知道自己在干什么。最近他要面对的事情太多了，这些事情甚至在编年史里都从没先例。"

又错了，这个家伙。经过四百多年的积累，已经没什么情况是编年史里没有先例的了。关键就在于怎么去从中寻找。

"他总有弱点吧，将军。"

"当然，他手底下的塔格洛斯人都懒懒散散、很不听话。"

"这将使他走向毁灭。出于政治原因他只能选择在查兰达帕什跟我们决战。我们将在这儿碾碎他。"

"就算赢了呢？我们还要考虑那些没被黑色佣兵团这种瘟疫染上的人。"

"哦？"

"打赢这一仗远远不够。只要他们还剩一个人，还持有热情之矛，不出多久，新的军队就会再次冒出来跟我们作对。夫人已经证明过这一点。"

"那就再碾碎他们一次。"莫盖巴想要反驳几句，但还是忍住了。

"只要瞭望塔修建完成，你想跑去哪儿继续你的冒险都行。我还会全力支持你。"

"冒险？"

"我比你想象的更了解你。你是吉－埃克斯利最伟大的战士，但你自己一直不满足。在黑色佣兵团里，你的团长没有被森加克的风头盖过。你很需要有完全的指挥权，来体现你的战略视野和军事天赋。当你终于有了机会，却被别人破坏了。你之所以来找我，是因为黑色佣兵团给不了你想要的机会。"

莫盖巴点了点头。但他看起来却不怎么高兴，这让我有些惊讶。我一直觉得他太以自我为中心，不会在乎道德问题呢。

"去吧，征服这个世界，我的将军。我会很享受帮助你的过程。但你得先打败黑色佣兵团，打败塔格洛斯人。我要是败了，你就什么也没有了。扼喉者能起什么作用呢？"

"他还有点儿作用。他总是说些他的女神会出手干预之类的大话，但我不信。我还真没见过神祇实打实插手人间事务呢。"

奇怪。莫盖巴所信仰的神或多或少和纳拉扬所信仰的女神差不多。莫盖巴失去了自己的信仰吗？也许德加戈给他造成了不小的创伤吧。

"好好利用他们，但事后别留一个有可能会背叛我们的。"在我想象中，暗影长老都是恶魔的化身，北方十劫将中最邪恶的疯子。但实际上，真正的长影只是一个尖酸刻薄的老头儿，有着过多的力量。

他告诉莫盖巴："如果最后变成了颅骨之年，我希望地上都是他们的颅骨，而不是我们的。"

"明白。你对那个孩子怎么看？"

长影不满地低语了几句。

"是不是挺瘆人的？一千岁了。缩小版的她母亲，而且更加邪恶。还有一个更加黑暗的内心。"

他是对的。从我现在的鬼神之眼里看，那孩子都很奇怪、很可怕。

这个暗影长老谨慎地说："我们得快点儿把她送回女神的怀抱了。"

莫盖巴耸了耸肩。转身离去，边走边问："你还想单独见谁吗？"

"狼嚎，等等！"

"怎么了？"

"热情之矛在哪？"

"碎嘴在哪儿，矛就在哪儿吧，我想。或者在那个掌旗官手上，应该还是那个狡猾的摩根吧。"

我也爱你，莫盖巴。

"我们得抢占先机。这是不是欺诈者该干的活儿？就算长远来说，打败佣兵团还远远不够。还有另一件事，让欺诈者查查森加克要那么多竹子干什么。"

"竹子？"

是有个回声吗？

"她一直在塔格洛斯人的领土上掠夺，她的士兵走到哪儿都在抢竹子。"

"这可真令人好奇。我会查查看的。"我跟踪了一会儿莫盖巴。当他走出护墙时，他低声抱怨道："竹子……我居然得迁就一个疯子。"

我试着去瞭望塔南边看看。但暗烟只走了一会儿就不想去了，行吧。

我觉得，我会很快发现的。解决了长影和瞭望塔之后，接下来在我们去卡塔瓦的路上就是辉石平原了。

52 ●──

我和暗烟、扼喉者一起回到房间。我又饿又渴，但同时激动得发抖。我没发现什么有意义的东西。但是，天啊！我知道它们就静待我的发现。

我在大水罐那儿喝完水，清了清嗓子，掀开了遮住犯人的布角。"你在里面吗？想喝水吗？跟我说句话？"他睡着了。"行吧，你继续睡。"

所以现在怎样？增援还没到。我啃了戈泰老妈的一块"石头"，得以缓解几分饥饿。而这，正是我此刻所需要的。

现在怎么办？继续走直到某人来将我带回去吗？去拜见夫人？去找地精？追踪尖刀？还是去找搜魂在哪儿？虽然我们最近并没有动身寻找她，可她一定躲在外面某个地方。只要有佣兵团的人在，那个地方就会有乌鸦的身影。

搜魂很有耐心，这正是她的可怕之处。

我感觉自己像是孩子进了糖果店，挑花了眼。

我下定决心，去找搜魂。她现在是最古老的谜。

暗烟立马跳了出去，随后停了下来。虽然他的魂魄越来越躁动，不认可我的决定，但我却越来越镇静，坚持我的想法。"好吧好吧！她的问题总比我想处理的麻烦大。我们就去找她的傻妹妹吧。"

夫人压根没吓着暗烟。

我在德加戈的城堡里找到了她，在会议室里，一起的有四个男人，他们俯身地图上，像是在研究什么。地图上的边境标于德加戈以南很远的地方，较早的边界用日期记录和标明出来。

她需要一张新地图，她那张旧地图已经到处布满标记，她赢得了太多小战役。

夫人是个美人儿，尽管她刚从战场出来不久。对碎嘴来说，她太小了，可却比独眼大好几岁。独眼从没体验过年轻女性的魅力。

陪同夫人的两人在佣兵团待过，吉－埃克斯利纳尔人很焦虑，他想告诉世界上的人，莫盖巴和他的叛徒们都是变种人，其相貌模样不会再出现了。我不信。夫人和碎嘴也不买账。我们很确信莫盖巴丢下了某人。碎嘴有次跟我说道："当心有人开始指指点点，那指定是个叛徒。"

第三个人是普拉布林德拉·德哈，执掌塔格洛斯的王子。对于塔格洛斯人来说，他英勇无比。他在过去的四年里倾心学习战争艺术。现在他指挥一整个师的军力，即野战军的右翼军队。夫人和老者煞费苦心，使他成为他们的战争机器，这样，他就得在那儿维护他的利益。

最后那个人有点儿让人难以置信，威洛·斯旺。当我注意到他时，暗烟变得浮躁起来，这证明了暗烟的自我在某种层面上是有意识到——他和斯旺好似老鼠和猫。

这几天斯旺成了被委派给德加戈的皇家警卫队的队长。

斯旺留着一头玉米色的头发，竟比夫人及腰的黑秀发还长。他有时自己编辫子，但此刻他留着马尾辫。夫人现在也留着黑色的马尾辫。通常她让头发随意披散下来，这样她大可随时进行头发的梳理和清洁。

偶然的一次机会，斯旺成了一名士兵，可他并不想当英雄。他的警卫队是在军队以外的，其职责主要是充当宪兵队。他和他们直接效忠王子和他妹妹。

夫人说道："狼嚎已经放弃对哨点的进攻了。"

"你说过的，他不蠢。"斯旺回应。

"在我想他的时候，我变得太过封闭，这把他给吓坏了。"

一个纳尔人说："我们的突袭必须给他们点儿颜色看看。"

"他们给我带来许多麻烦，艾斯。何况那是我给他们的权力。"夫人哆嗦着。

"他们给我们留下了深刻的印象。"

"没错。"

德哈王子问："可解放者会同意吗？"

夫人微笑着，露出她那洁白的牙齿。让人不禁感叹，简直太美了。想必她早已精通化妆的魔法。"他不会同意的，绝对不会。但他没权干涉。现在站在这儿的是我，并且我相信我的经验。"

德哈王子问："长影会释放莫盖巴吗？"纳尔人的陆军将领紧张起

来，因为骄傲和虚荣，莫盖巴自己远离纳尔人古代的理想，这使他们蒙受极大的羞辱，更不用说他会把战场变成蓝色的地狱。

斯旺问道："你把那儿的囚犯带走了吗？"

"嗯。他们所知道的，会被装进顶针里，那房间原是留给鹳巢的。任何坐在营火旁的人都不会和军队交换秘密。"

斯旺看着她，可她的目光在别处。他看着这个身高五英尺半，蓝眼睛，重一百一十英磅的尤物。她真是这世上的极品。看起来她很快就要二十岁了。简直就是逆生长，这就是古老的黑魔法吧。斯旺很确定。

夫人冷酷又强硬，她很执着，有着自己的意志，甚至比剑更致命，可这些人似乎沉迷其美貌无法自拔。老者回来时，这才开始，但是游行仍在进行，一时的狂热使尖刀损失惨重。

尽管会有事发生在尖刀身上，但我坚信，夫人一定是碎嘴的女人。不论发生了什么，碎嘴是非常认真的。他把一个好人赶向敌人，自己变得和夫人一样冷酷。有那么一段时间，碎嘴就像是活生生的战神，他是如此心狠手辣，以至于他冲德哈王子和拉蒂莎咆哮，他们都吓得跳了起来。夫人大声问狼嚎进行突袭的目的。本该是大桶回答，但斯旺脱口而出："很明显，他想干掉黑色佣兵团的人。"

"艾斯？"夫人问，"还有别的原因吗？"

那个纳尔人回答："莫盖巴不会对弱者进行考验。长影可能想除掉这些人，这样他就可以更好地操控莫盖巴。或是他可能试图通过持续的刺激来引发最后的战斗。"

德哈王子点点头。现在他正看着夫人，眼睛闪闪发光。

这就是充满邪恶的致命诱惑吗？

"可能他确实想把碎嘴带到前面去。"

这么久以来，有多少次她像那样站着，想着制定计划。她说："我们确实需要把总部转移到更接近行动的地方。我们无法接受落后的通信系统。斯旺，把那边那张地图递给我。"

斯旺从一个乱七八糟的壁橱里拿出地图。他平时的谨慎告诉他那件事很棘手，最好还是保持原样。

这张地图描绘了比南部还远的地方。在地图上左边有一块大空地，标记着"辛戴·库斯"，是个沙漠。在沙漠未被遮蔽的边缘是另一块空白，标记着"海洋"。

从辛戴·库斯开始，向东向北蜿蜒的，是被称作"丹达哈·普雷士"的山脉。山脉变得越来越粗壮，延伸着，突然转到地图上所标记的一个格子里，那就是塔格洛斯人领土的东部界限。那儿经常更改当地的名字。它的范围应该没有逾越辛戴·库斯的东部，除了有些通过查兰达帕什的高道。

暗影长老长影控制的暗影之关和瞭望塔俯瞰着丹达哈·普雷士远处。莫盖巴的军队阻碍了去向南方的道路。多年来，当军官不在的时候，存在着这么一个话题：如果我们进攻莫盖巴，我们会受到多大的打击。

外面发出声响，因为斯旺从窗户跳了出去。"一个信使，"他说。我听不到屋外的声音。奇怪了，事实上我瞥了眼窗外，但除了灰灰的一片我什么也没看见。

夫人用肘把斯旺推到一边，"肯定不是什么好消息，在他把消息传达前把他抓住。"

斯旺很快就回来了，"不算太糟，看样子沙达尔和维达得那儿的狂热分子组成了一个庞大的团队去追踪尖刀，可他们运气不怎么好，只抓到他一个。"

什么？这不是新消息，我早就知道了，暗影长老也早就知道了……

当然。夫人没有暗烟，或者是消息灵通的死党。我也只是前不久才知道。也或许更久之前，因为我老早就听到这个消息。

"你在胡说些什么？"夫人问道。

"尖刀歼灭了五千个信教的高官，他们因为过于笃信宗教而被惩罚。"他一有机会就狠狠地惩治寺庙和神父。

尖刀的宗教态度也和他的逃亡有很大关系。早在他和老者闹翻之前，他就和所有塔格洛斯神父决裂，成了不共戴天的敌人。虔诚的人认为他的堕落是上天所赐予的。

我确信神父们暗暗盼着我们所有人的命运都是天使所给的馈赠。

"五千人吗？"

"也许更多，多至七千。"

"他们放纵自己？那怎么可能发生？"无论我们还是统治阶级都不喜欢有大量的武装人员不在我们控制下，犯了错却不懂得去纠正。"所有人都出去，两小时后再回来。"

夫人独自一人时，她开始喃喃自语。"该死的碎嘴，"她从餐柜里拿起什么东西，"他疯了。"

我知道你们都太过关注暗烟了。如果你学会自我反省，时间会过得很快的。

所有发生在我身上的事儿都杂乱无章，不过我快要把这些琐事整理好了。

现实，和对其产生的恐惧，尽管越显微弱，但他们将我在丧失意识时带了回去。不知不觉中好像又过了好久。

夫人仍在抱怨碎嘴，"他是有病吗？他怎么会相信这些该死的谣言？"

她气坏了。那件事发生以后，她排侦察队去了战场。那残忍的大屠杀让她无比痛苦。"白痴！"这是德加戈以来塔格洛斯人所遭受最痛苦的灾难。

她从餐具里一些隐秘的凹槽中取出一块黑布。尽管我仔细研究过她的编年史，我还是很吃惊——那是扼喉者大师的丝绸。她开始用那看着折磨人的围巾活动身子。

或许那样能帮她放松。

她很难受，因为她被抛弃了，通常她都是团长的搭档。

给你个线索吧，夫人，我这样想着。最近他把所有人都排除在外。

夫人的围巾噌地发亮了，她好起来了。我很惊奇：那和基纳有什么干系吗？

碎嘴所担心的会发生吗？

他们不再被称作扼喉者。

她让自己冷静下来，派人参加会议。人都齐了，她说："那场战争中有人幸存下来，还有人在那埋葬死人。给我抓几个回来。"

53 ●○——

碎嘴从没到隐藏的房间去。独眼也是，甚至拉蒂莎折磨囚犯的时候也没去那儿，没人来叫醒我。

我百无聊赖地躺在那，或许是我的身体不让我乱动。我已经离开很久了，比我之前所想的花的时间还长。现在我的自我反省一定比以前多得多。

我肚子饿得咕咕乱叫，可戈泰老妈烘烤的石头早就吃完了。

扼喉者又把布给揭下来了。他睁大眼睛看着我，我感觉他要让我做些我必定会后悔的事。

我发现他已经能腾出一只手来工作了。"你这调皮鬼,"我花了很多时间打开水罐,喝了些水,然后关上。然后我试着做好决定是否再次冒着层层危险,尽力去拿些戈泰老妈那糟糕的食物,还是就这样待着,等着救援,靠暗烟的消息来看这个世界。

"给我些水。"

"抱歉,哥们。我可没水了。除非你告诉我你的兄弟要干啥去。"我肚子又咕咕发叫。

扼喉者没回答。尽管他很虚弱,他仍保持镇定。即使忽略我的存在,似乎也有人该来给他点儿东西吃了。

太迟了。或许戈泰老妈已经睡着了,莎拉可能会给我准备点儿东西吃吧,可她不做饭,好像是出于报复。

我站在门口,尝试着下定决心。有没有什么方法可以在我的路径上做好标记?可能跟着脚印?可那里没有任何灯光啊。宫殿的这部分并没有正常使用。没人有蜡烛或者火把,唯一可供使用的光是我身后的房间里的那盏灯了。除非我等到天亮,太阳光通过窗户以及其他地方的裂缝进来。

我回头看了看那盏灯,它已经烧了很久了,没人过来给它加油。在我做其他事前,得去看看,并给它添满油。

远处传来敲打金属的声音,它仿佛从上百个角落以及杂乱无章的大厅传来。尽管这里有着塔格洛斯天然的高温和潮湿,可我依然在这阵阵敲击声感觉到一阵冷意。

"水。"

"闭嘴。"当我正准备做事时,却发现,就这么恰好,一个油灯烧坏了。敲打金属的声音没有再回响。

我没再用布把扼喉者遮起来，瞥了他一眼，发现他带着笑容死去了。这是死亡的笑颜。

手里的油溅了一地。

很快我又迷失了。

54 ◦○——

迷失于宫殿里并不会惊慌，起码我没有，不过我承认自己有些挫败感。

你们肯定会认为我的处境易受常识的影响，我也这样觉得。

有一个很有用的道理，就是不用进入比我之前所进还要昏暗的走廊，另一个是满怀虔诚去避开明显的捷径。他们不会让我去任何地方的。而最重要的是，不要屈服于情绪的波动和挫折。

这宫殿是世界上唯一一个你通过同一扇门后，却到了不同的一层的地方。我走了条难走的路，而且这不是什么精灵的魔法。这是来自一个时代的结合所组成的地点，而它建在非常不平坦的地面上。

当我选择了看似不对的道路，我的焦虑值达到了极点。我决定还是下到地面，找宫殿里数千扇门中可以从里面打开的那扇，这样我就可以走回到街上。在外面我才能知道我在哪儿。我会走到我经常走那条路，那样我就可以回家了。

到了半夜，里面是真的很黑。我跌跌撞撞地走下楼梯，把灯放到地上，我发现了那扇门。

很明显，它早就坏了。有那么一段时间，下面有很多光，可很快，火就全熄灭了。

哦，好吧。不过可以肯定的是下面一定还有通向街道的门。楼梯随着外墙而弯曲。在我进去前，我从一扇窗户探进去看了看确认是否安全。

在没有扶手，而且你也看不到自己在做什么的时候，爬一个老旧的楼梯是真的很不容易。尽管如此，我还是到了地面，没有摔断我的任何骨头，尽管我确实滑着摔倒几次，穿过燃烧着的灯的烟雾时，我忍受了一段长时间的眩晕。

终于，我爬完楼梯了。我四处探索，寻找一扇门。可这么做，让我充满疑惑：我在做什么啊？花了一会儿才回过神，想出了答案。

我找到了门，靠在旁边休息。我发现一个老式的木质门条锁，可这压根不是我所期望的。

我用劲一推，门就向外打开了。

你完全想错了啊，摩根。

在这牢笼内，没有东西在动，尽管有时模糊的薄雾中能看见几丝微光，从门的缝隙中透进来，阴影在角落徘徊。并且在这个地方的核心深处，在那黑暗之心最微弱的跳动中，存在着某种生命。

一个巨大的木质王座矗立在大殿的中心，只有太阳出来时才能完全照亮它。在那王座上，一具尸体被赤裸地摊开，带着一团阴影，一把把银刀刺穿其手脚。有那么一刻，那具尸体仿佛在睡梦中轻轻地叹息，苦涩的梦境催促着他在一双双苍白眼睛的注视下爬着。

这是某种形式的生存。

夜里，当风不再从那无光泽的窗户刮过，或不再沿着那沉静的大厅跳动，也不再向它蔓延的百万影子低语时，那座城堡便被石头般的寂静所笼罩。

55 ●○—————

没有希望。

没有身份。深陷痛苦之屋。

56 ●○—————

原来你在这！你去哪儿了？欢迎来到痛苦之屋。

57 ●○—————

痛苦之屋。

我在这里，却记不起从何而来。

●—●—●—●

我跪伏在凹凸不平的路面上，手掌和膝盖伤痕累累。我举起一只手，手掌血肉迷糊。血从十数道擦伤的口子中渗出来。头脑早已麻木迟缓。我又举起另一只手，抓向几块用来铺路的石砖。

五十码外，一栋房子的一侧正喷发着橄榄色的光，不停颤动着。一圈石砖炸向四周，阴影从黑暗中涌出，他们光溜溜地只拿着武器，一窝蜂冲向爆炸后的洞口。喊声和金属的铿锵声从里面传来。

我站起来，朝着那个方向走去。朦朦胧胧中对那儿感兴趣，但说不上来为什么，甚至都没有明确的想法。

"嘿！"一个影子在洞里看着我。我没出声，一定是他喊的。"是你吗，摩根？"

我继续晕头转向地前进。我的路线向右偏着，砰地撞到了一栋房子的一侧。这之后，我才有了明确的方向感。我像一个醉汉一样，一只手撑在墙上，跌跌撞撞地走着。

"他在那儿。"一个影子指向我。

"是蜡烛吗？"

"是我。你还好吧，他们对你做了什么？"

我感觉到浑身上下没有一处不疼的。我像是被扎穿了、剁碎了、烧焦了一样。"是谁？谁都没做什么……"他们没做吗？"我在哪里？这是什么时候了？"

"嗯？"

一个人穿过房子的这一侧。他戴着一条围巾，围巾遮住了他的脸，只有一双眼睛露在外边。他立刻上来仔细地了看了看我，并把我带回了里面。有人在那喊着。

人们冲上街道，他们都蒙着面具，有的还拿着血淋淋的武器。一伙人上来抓住我的胳膊，将我扶走。

夜色笼罩着城市，我们匆匆地走在昏暗的街道上。没有人能回答折磨了我很久的问题：我是谁？这是哪儿？接着，我们穿过了一片开阔的地方。在那我看到了德加戈的城堡。

这回答了我许多迫切想知道的问题。

但新的问题又涌了出来：我们为什么会在佣兵团的地盘之外？我是怎么来到这里的？我为什么一点儿印象都没有了？我只记得我坐在肯·戴姆的旁边，意淫着他的孙女……

我身边的人摘掉了围巾和面具，是佣兵团的人，还有都加大叔以及尼扬·博奥的人。我们躲进一条巷子，这通往尼扬·博奥人的地盘。"慢点儿！"我喘着气，"这是怎么回事？"

"有人把你抢走了！"蜡烛说道，"开始我们以为是莫盖巴干的。"

"嗯？"

"旋影离开了他的军队，去抓夫人。如果我们愿意，可以逃出去。我们认为他想抓一个人质。"

我并不信旋影已经走了，我对都加大叔道："我能记起的最后一件事，就是我和议事官在喝茶。"

"你越来越奇怪了，你这个石头士兵。"

我对他吼了一声，他没有道歉。

"议事官认为你在来之前就喝醉了。他很生气，让泰·戴恩带你回去。当你们被攻击时，你成了泰·戴恩的累赘，他没法保护你们周全。他挨了一顿痛打，所幸还能带口信回来。在我们通知你的朋友后，他们立刻出来找你。"他的语气表明他不知道他们为什么烦恼，"他们看起来比表面上更厉害，很快就找到了你。你并不在莫盖巴可能会关你的城堡里。"

"我是怎么穿过城镇的？"我缩了缩头，除了浑身疼痛，我的头更是阵痛欲裂——我被下了毒？

没有人回答我。

"现在还是同一晚吧，叔叔。"

"没错，但过了好几个小时。"

"可以肯定不是莫盖巴抓了我？"

"是的。这附近没有纳尔人。事实上在你被抓后，莫盖巴也被人袭击了，有人要杀他。"

"是贾库里人？"可能这些当地人想要他的项上人头。

"可能吧。"他听起来也不确定。或许他应该抓几个俘虏问问。

"独眼在哪儿呢？"只有独眼能撕开墙上的洞。

蜡烛对我说道："他在掩护我们的人撤退。"

"好。"我现在头脑差不多恢复正常了，但其实和之前一样困惑。抓我的人一定十分狡猾，他们可以穿过尼扬·博奥人的地盘而不被发现。

都加大叔猜到了我在想什么。"我们还不知道他们是怎么抓住你的，也不知道那些要杀莫盖巴的人是怎么接近他的。但那四个刺客都付出了鲜血的代价。"

"莫盖巴杀了他们？"

"听人说这可是一场史诗级的战斗，莫盖巴以一敌四。"

"真替莫盖巴高兴。就算他这样的人，也应该享受生活的快乐。"我们快到房子了，它被改造成了佣兵团的总部。我邀请大家进来。兄弟们点着了火。独眼回来时，我让他搞点儿啤酒来。听说这里有，我们理应喝一杯。

他抱怨着，走进了夜幕中。不一会儿，他和地精就扛着一桶酒回来了。"酒来了！"我对所有人道，这引来了独眼的又一阵抱怨。

火生得太旺了，我脱下衣服，找了个冰凉的桌檐一屁股坐下，"我看起来怎么样，独眼？"

他用一种回答傻子问题的语气道："一副历经折磨的样子，你不知道自己怎么出现在街头的？"

"我猜是他们听到你来了，把我扔出去。为了在他们逃跑的时候让你分心。"

"才不是呢，别扯淡了。"

我在敞开的门外面发现了一张脸，"进来吧，和我们一起喝啤酒吧。"

在外边的辛迪走了进来。他拿了杯啤酒，但看起来有点不舒服。

我注意到，都加大叔正密切地注视着他。

58 ●○────

还是那个危险重重的夜晚。我仍然晕头转向，仍然伤痕累累，而且仍然筋疲力尽。但我身上绑着一根绳子，这样我就可以沿着城墙的外侧滑下去，"你确定纳尔人从大门的哨塔看不见我们吗？"

"见鬼，孩子，你就不能直接下去？你比我岳母还要磨蹭。"

独眼可能知道，他有好几位岳母。

我滑了下去。我为什么要让地精和独眼给我来这么一出。

我来到简易的木筏前时，两个塔格洛斯士兵已经在等着了。他们扶我登上了筏子。我问道："这水有多深？"

"七英尺。"两个人中的高个子回道，"我们可以划过去。"

绳子动了，我握住。不一会儿，局外人辛迪滑了下来。我是他唯一的助力，塔格洛斯人甚至都不知道他在这里。我使劲地拽了绳子三下，好让上面的人知道我们要走了。"开始划吧。"

这两个塔格洛斯人是自愿来的，另一部分原因是他们休息得很好。他们因为可以出城而高兴，也因为无法永远离开而郁闷。

他们把这当成了一次实验。如果我们成功地从南方溜走，明天晚上回到德加戈，或许剩下的舰队也会很快渡河的。

或许等我们回来，如果旋影的人不捣乱，我们也许还能找到夫人。这部分计划是这两个士兵不知道的。

独眼和地精恐吓我，不让我去找夫人。不管他们，一帮小屁孩。但他们本意不坏。辛迪跟着我，是因为肯·戴姆认为这是他离开德加戈的好方法。没人问过辛迪的意见。塔格洛斯人是来保证我的安全的，他们是我的强大后盾。都加大叔也想一起来，但他没能说服肯·戴姆。

一路无事。我一上岸，就从口袋里掏出一个绿色的小木匣，把里面的蛾子放了出来。它会飞回地精手里，表示我已安全抵达。

我还有几个小木匣，颜色各不相同，每一个里面的蛾子，代表着不同的境况。我们要跨过一个山谷时，辛迪主动请缨打头阵，他对我说："我对这种地形很有经验。"几分钟后我就彻底相信他了，他的步伐缓慢而小心，悄无声息。

千算万算，有一点没算到，那两个塔格洛斯人走起路来像是挂了铃铛般，当当作响。

我们还没有走很远，辛迪就发出了警示。刚藏好，发着牢骚的暗影大陆人就沿着我们的路径上了二十码外的山包。他们越过山包，从他们的对话中我只能听出比起巡逻，他们更喜欢温暖的被窝。真神奇，我还以为别人的军队里就会不一样呢。

一小时后，我们又遇上了另一队巡逻兵。和上一队一样，他们也没仔细地查看。

东方即白，我们已经越过了山脊，一览无余的视野让我们不得不停下脚步。辛迪对我说道："我们必须找一个藏身之处。"

这里的地势十分复杂，找地方隐藏并不是个难事。峡谷的那侧被树木封住，一个人只要不穿上他橙色的睡衣，就可以消失在这下面。

我们藏了起来。到地方后，很快我就鼾声如雷。无论什么时候，我哪儿也不会去。

烟的味道把我惊醒了，我坐了起来，辛迪几乎在同一时坐起。我发现一只乌鸦在近处看着我，我不得不转过眼睛注视着它。那个本应该守夜的塔格洛斯人睡得正香。他们休息得也太好了！我什么也没说，辛迪也没有。

一会儿，我的担心就得到了证实。一个南方人的声音喊着什么，另一个人回答着。乌鸦们呱呱地叫着。辛迪低声对我说道："他们知道我们在这里吗？"听起来他好像不相信。

我在唇边竖起手指，让大家安静下来。我听着他们的对话，概括着大意，"他们知道有人在这里，但不知道是谁。暗影长老让他们抓活的，他们很不高兴。"

"他们不打算引诱我们出来？"

"他们不知道我们能否听懂他们的方言。"我面前的变种白色乌鸦呱呱地叫着，一下子就冲上了天，其余的二十多只和它一样。

"如果我们逃不掉，就只能投降。我们打不过他们的。"辛迪真是个不幸的年轻人。

我同意。我也是个不幸的年轻人。而那两个塔格洛斯人更是不幸的年轻人。

我们躲开了所有人，但乌鸦们使我们功亏一篑。

59 ●——

时间失去了意义。暗影长老的营地驻扎在德加戈北部的某处。我们四个和其他俘虏一起被带走，还有许多人被抓了过来，俘虏的队伍不断壮大——许多莫盖巴的手下想要离开这里。

他们试图不给留下的人制造麻烦。

看来独眼和地精使我们城镇团结起来，俘虏里没有我认识的人。

我并没有再放出蛾子，这表示我遇到的是麻烦而不是夫人。

看押我们的守卫也不知道旋影打算对我们做什么。或许无知是福。

我在痛苦中过了好多天，饲养场的猪过得都比我们好。越来越多的俘虏被抓进来，食物不够了。几顿之后，大家都没得吃了。这里没有排水的功能，甚至连个沟槽都没有。或许他们不想让我们太舒服。

事实上，旋影的私兵比我们过得还差。他们什么都没有，也什么都得不到。尽管慑于旋影的威名，他们依然保持着惊人的开小差率。他们十分不满旋影将他们安排在这么一个肮脏污秽之地，于是把火撒到我们身上。

我不知道我们在那儿待了多久，我失去了时间的概念。每天我疲于应付疟疾。有一天，我突然注意到有乌鸦不见了，我习惯了周围有乌鸦，但只有在它们不在的时候我才注意到。

我死去活来，忍受着身上一连串的诅咒，它们现在更频繁。诅咒让我情绪枯竭，而大便让我身体被掏空。

我要能睡一会儿该多好啊……

辛迪喊醒了我，我打了个激灵。他的手出奇地冷，像是爬虫似的。我是他在这里唯一认识的人，所以他想和我做朋友，而我更愿意没有朋友还困在这里。他递给我一杯水，那是一个很漂亮的锡制杯子，这是从哪儿来的？"喝吧。"他对我说道，"这都是干净的水。"我们周围的俘虏都在烂泥里，饱受折磨，昏睡着。一些人在喊叫。辛迪继续道："要出事了。"

"怎么回事？"

"我感受到了女神的气息了。"

一瞬间，我闻到了一股气味，它既不是呕吐物或是未清理尸体的臭味，也不是屎尿味。

"哈！"辛迪耳语道，"开始了！"我向他手指的方向看去。

变化开始于暗影长老的大帐篷里，不同颜色的奇异灯光不停地闪烁着。"或许他正为某人准备着什么！"可能他已经抓到了夫人。

辛迪哼了一声，他似乎对此很兴奋。

诡异的变化持续了很久，但竟然没有人注意到。我怀疑了起来，我身上被地精下了免疫催眠术的咒语。难道？……我拖着身子来到了铁笼边上。当没有人用长矛刺我时，我确信，催眠术已经覆盖了整个营地。

辛迪的水给了我力量，我的大脑开始活跃起来。我突然想到，如果没有人来阻止我的话，这可能是拒绝暗影长老"殷勤款待"的最佳时机。我开始在篱笆栏杆间爬行。

我的肚子咕咕作响地抗议着，但我置之不理。辛迪抓住了我的胳膊，他的手臂犹如铁铸。"再等等。"他说道。

我停下来。真见鬼！我很爱惜我的胳膊，我可不想被扯下来。

月亮升了起来，宛若一个早就被压扁的鸡蛋黄。辛迪仍然抓着我的胳膊，目不转睛地盯着大帐篷。

一声尖叫忽地从高处传了下来。"他妈的！"我喃喃自语，"这个蠢货！"

辛迪也咒骂了一声。他被吓了一跳，松开了我的胳膊，他愤怒地向上望去。

"那是狼嚎。"我告诉他，"真是个坏消息。暗影大陆人可以从他身上得到更残酷的教训。"

旋影的帐篷门打开了，一群人冲了出来，手里拿着人体的残肢。我认出了几个人，是他们！谁会记错有一头黄色毛发的威洛·斯旺？谁又会不认识长长的辫子上拴着几颗人头的夫人？尖刀就在她身后几步远，他乌黑的皮肤在月光下泛着光。其他人我就不认识了。

营地里的催眠术水准很差，效果已经解除了。南方人跳起来，互相问着发生了什么。他们叮叮当当地拿起了武器，穿好了盔甲。

夫人的一个伙伴，一个巨大的沙达尔人，开始咆哮着向真正的夜之女鞠躬。

辛迪笑了笑，似乎没有什么事能让他烦恼，他可以应付任何事情。

他没有再抓着我，但我已经没有力气去任何地方了。

60 ◉○——

夫人和她那些蠢货手下们居然成功了，有些胆量。他们悄悄溜进营地里，杀掉了旋影，被抓住后又成功说服那些南方人，让他们觉得这是命运使然，这事就算了。不过我实在是太饿了，没什么精力来见证这些南方人态度的转变，我简直是一团糟。

不久之后，之前的守卫们决定把我们带到夫人面前，以示讨好。

在被带出监牢的时候，尖刀认出了我们。

尖刀看起来像个纳尔人一样，身材挺拔、皮肤黝黑、浑身腱子肉，没有一丝多余的脂肪。他言语不多，但是很有气场。没人知道他的底细，只知道他在塔格洛斯以北几千里的地方被威洛·斯旺和科尔迪·马瑟从鳄鱼口中救下之后，就一直跟着他们混。不过有件事大家都知道——当然他也毫不隐瞒——就是他十分厌恶牧师，厌恶他们对自己信仰体系那种心无旁骛、虔诚无比的投入。一开始我以为他只是个不相信神学、宗教那一套的无神论者，但进一步接触后，我发现他痛恨的是那些传播宗教的牧师们。这背后有什么样的故事就不得而知了。

不过现在这都不重要。尖刀把辛迪和我带离了守卫。

"掌旗者，你可真臭。"

"把候着的姑娘们儿都叫出来，让她们给我好好洗个澡！"我已经想不起来上一次洗澡是什么时候了，在德加戈可没有一滴多余的水能浪费在这种事上。

当然，现在我们可以尽情洗澡了，就是水有些不干净。

尖刀强行让一些南方官员们"行个方便"，给我们找了些干净衣服。收拾妥当之后，他又带我们去找那些碎嘴为塔格洛斯军队培训出来的蹩脚医生们。

这些所谓的医生对医术狗屁不通，也许连我都不如。

夫人见到我时已经是白天了。她已经知道了囚犯们都是城里的逃兵。她似乎后知后觉，问我："你为什么要逃跑呢，摩根？"

"我没跑。我们觉得必须得选个人来见您，只是我输掉了选举……嗯。"听完这话，她显得苍白无力，似是有些病重。可有点儿幽默感吧，摩根。"独眼和地精觉得只有我还有点儿机会，他们觉得我是唯一值得信赖的人了。他们自己又不能走。不过我也没能完成任务。"

"你们为什么觉得需要派个人来见我？"

"莫盖巴把自己当作了神。他只是借用水势之利，阻挡了那些南方人而已。他就觉得什么都是他说了算。"

辛迪说道："夫人，黑皮肤的纳尔人们侍奉邪恶的女神。他们的异端邪说简直离经叛道，他们现在比不信教者还要危险。"

我竖起了耳朵，也许我能知道点儿关于辛迪那帮人的消息。我跟他们还有些过节。现在我也没找到证据证明他们与绑架我和尝试谋杀莫盖巴无关。

不过，我还是想不通他们为什么这么做。

辛迪和夫人继续交谈着。她问了些听起来模模糊糊似乎与教义有关的事，辛迪的回答则完全牛头不对马嘴。

说着说着，夫人突然身体不适，恶心反胃，她终止了谈话。一个骨瘦嶙峋的矮小怪人一直在周围晃来晃去，名字叫纳拉扬，看起来有些过分地高兴。我还注意到，辛迪对他表现出了十分的尊重。

　　我有些担心。我对他们这个邪教知道得越少，我就越不想让它影响我的团长们。

　　谈话结束后，尖刀的死党们把我带走了。我可以和斯旺还有马瑟待在一块儿，这意味着我终于可以和别人说点儿我听得懂的话了。可没过多久，我就觉得我好像被遗忘了。

　　"我们在干吗呢？"我问斯旺。

　　"我也不知道。我和科尔迪只是在跟踪夫人，装作没在为普拉布林德拉和拉蒂莎观察她的动向。"

　　"装作？"

　　"大家都知道你是间谍，那还做什么间谍？反正这都是科尔迪该担心的，他才是和夫人一起玩拍拍手游戏的那个。"

　　"你是说，那不是一个恶毒的谣言？他真的和拉蒂莎……"

　　"无法相信，是吧？她的脸就像……嘿！科尔迪！牌呢？这有个傻小子，他觉得他能玩儿通克！"

　　"觉得？斯旺，你要是跟我玩，你就会觉得是我发明了这游戏。"

　　马瑟这人看起来稀松平常，身材中等，发色姜黄。他之所以引人注目，只是因为在这片除了从出生就没踏出房间一步的闺秀女子，就没人有比他更白皙嫩滑的皮肤了。他问道："威洛是不是又不知道自己的嘴在哪儿了？"

　　"也许吧。我可是能光靠玩通克就能养活自己的。佣兵团里那群人可是会因为你牌打得烂就把你踢出去的。"

　　马瑟耸了耸肩，"来吧。发牌。我去看看尖刀大将军来不来一起玩。"

斯旺埋怨道："那夫人可就看不着他了。"空气中好像弥漫着一股醋意。马瑟对他不自然地笑了笑，证实了我的猜测。

"她到底有什么魔力？"我问道，"每个稍微正常点儿的男人在她旁边待个五分钟，就开始胡思乱想、想入非非。可我跟了她好些年了也不明白为什么。我也看得出来，她确实前凸后翘、身段迷人，但就算她不是夫人，也未曾嫁给碎嘴，我可能也不会那么激动吧。"其实这番话只是我说出来转移注意力的，他们果然失误了。

斯旺把牌洗了，问："切牌吗？"

我切，我当然切。这是独眼教我的。

斯旺接着问道："你真的没一点儿感觉吗？我的天，她只要一走近我，我就管不住自己的脑子了。而且她还是个寡妇……"

"不不不！"

"什么？"

"她不是寡妇，碎嘴还没死呢。"

"那也是我的运气。你想让科尔迪过一手，让他觉得胜券在握，趁他大意再让他一败涂地？"当我摇头的时候，他又问我为什么觉得碎嘴还活着。我的回答含糊不清，马瑟很快回来了。

"尖刀忙着偷看夫人呢。又被你压死了，威洛你要吗？不要？把牌拿起来，赶快重发！"

"这不就是我的人生写照吗？"我抱怨道，"看吧。"我有一对老 A，一对二还有一个三。这种牌拿到手几乎就不可能输。"我一直纯凭运气。"

斯旺窃笑道，"没事儿，反正你也没其他事可做。"

"说的也是。对了，你们不如来德加戈吧，我请你们喝独眼的家酿啤酒。"

"哈！有对手了！"斯旺和马瑟早在刚来塔格洛斯的时候就开始酿

酒了。不过他们早就不干这行了，原因之一是那些当地宗教的牧师们强烈谴责酒精的使用。

"我可不觉得。他们酿的酒唯一的好处就是劲儿大。"

"那是我们酿的老鼠尿唯一的好处，"马瑟说道，"我们每次拍一拍酒桶，我亲爱的酿酒大师父亲就会翻过身来。"

"我们可从来没搁置过任何一桶啤酒，"斯旺反驳道，"每次只要酒一酿好，我们就撇下浮渣，然后把它倒进塔格洛斯人的喉咙里。还有，别信他说他爸爸那些鬼话。马瑟老头儿是个笨到连受贿都不会的评税员！"

"闭嘴，打你的牌！"马瑟一把抓过他的牌，"他真的会自己酿酒！斯旺的老爸不过是个臭小工罢了。"

"但他是个很帅的小工，也很有魅力。我遗传了他英俊的外表。"

"不，你长得像你妈。还有，你再不弄弄你的头发，马上你就会沦落到某人的闺房里了。"

我从来没见过这些人还有这样一面，但我没浪费太多时间和他们厮混。他们并不是佣兵团的兄弟们。我保持着缄默，专心打牌，听着他们说在四处漂泊，居无定所的生活之前，他们是什么样的。"你呢，摩根？"斯旺注意到我在一直不停地赢钱后问道，"你从哪儿来？"

我告诉他们我在一个农场里长大。在我决定一辈子干农活不是我想要的日子之前，我的生活乏善可陈。然后我加入了夫人麾下的一支军队，发现我十分反感他们的处事方式，于是当了逃兵，加入了黑色佣兵团，这是我唯一能躲避军长追查的地方。

马瑟问道："有没有后悔过当初离开了家？"

"每一天都很后悔，马瑟，每一天。种马铃薯的生活虽然单调无趣，但不可能会有一颗土豆跳起来捅我一刀。我吃得饱、穿得暖，地主人也挺好。他总是保证每个佃户都拿到该有的那份，剩下的才留给自己，过得没比我们好多少。噢，还有，我们能看到唯一的魔法，就是那种流浪魔术师在小镇集市上的表演。"

"所以你为什么不回去呢？"

"回不去了。"

"如果你小心一些，别露富，也别四处招惹别人，你是可以安全地去到世界上几乎每个角落的，我们就这样干过。"

"回不了家，是因为我的家已经没了。在我走后几年，一支反叛军路过，毁掉了我的家乡。"佣兵团之后也曾路过，从一个不祥之地出发，到另一个不祥之地去。为了抵抗夫人的专政帝国，叛军以自由的名义四处发动战争，整个国家已经水深火热、饿莩遍野。

61 ●○——

六天后，夫人招我觐见。我已经充分休息，有吃有喝，在监牢里瘦下来的肉，这几天也都补回来了。可是我看起来仍像个逃出地狱的难民。我确实是，我是从地狱逃出来的。

夫人看起来情况很糟糕。筋疲力尽、面色苍白、压力缠身，显然还在同那天使得她呕吐的疾病做斗争。她开门见山，不肯浪费一点儿时间："你得回德加戈去，摩根。我们收到了一些关于莫盖巴的报告，事情不妙。"

我点了点头，对此我也有所听闻。每晚都有更多木筏穿湖而来。逃兵和难民得知旋影已经死了、夫人已经控制了他的军队总是非常惊讶，尽管这些军队也已经被抛弃，人间蒸发了。

夫人的手段十分强硬。我的猜测是她想让莫盖巴带来的麻烦自己解决自己，不管塔格洛斯和黑色佣兵团将会付出什么代价。

"为什么呢？"这可不是明智之举。德加戈那边所有塔格洛斯人在这边都有家眷。很多人在塔格洛斯都有些财产，也正是这些人才有理由自愿保卫塔格洛斯。

"我要你回到那儿去，做好你自己。做好记录，磨炼你的技能，把佣兵团团结在一起。为任何情况做好准备。"

我小声咕哝着，这可不是我想听到的话，因为我知道现在围攻可能都已经结束了。

她感觉到了我的抵触情绪，无力地一笑，对我做出了一个手势。"睡吧，摩根。"

我当场瘫倒在地。

她还是这么自私得令人讨厌。

我的思绪十分混乱。那些帮我离开德加戈的塔格洛斯人像是僵尸一样，一言不发，而且好像什么也看不见。"躲起来！"我小声道，"巡逻队来了！"他们像被麻醉了一样，僵硬地照我说的做了。

巡逻队人员白天很少，躲过他们的眼睛不是什么难事。反正其实他们的责任也不是不让人进去。我们很顺利地来到了湖边。

"原地休息，"我下令，"等待天黑。"我不知道为什么我们在白天穿山越岭来到此地，我想不起这一切是怎么开始的了。"我是不是特别奇怪？"我问道。

那个高塔格洛斯人缓慢地摇着头，他应该比我还迷糊。

我说："我感觉好像几个小时前走出了一片大雾。我记得被抓起来了，关在一个又脏又小的牢房里。我肯定我们打了一架，但我不记得我们是怎么跑出来的。"

“长官，我也不记得了。”较矮的士兵说道，“但我有种强烈的感觉，我们应该快点回去救战友们。我也不知道为什么会有这种感觉。”

“你呢？”

高个点了点头，眉头紧皱。他绞尽脑汁想要记起点儿什么。

我说：“可能是旋影在我们身上用了些手段，然后把我们放了。把这句话记好了——特别是当你有一些不同寻常的想法和冲动时。”

天黑后，我们沿着湖岸潜行，找到一只木筏，我们跳了上去，朝着德加戈划去。然后突然意识到，我们用撑杆是哪儿也去不了的，这水太深了。我们只能用撑杆和破碎的板子做了个临时船桨。花了半个晚上穿过湖面，然后，自然而然地，一切都开始向糟糕的方向发展。

当时独眼正在值岗，尽情享受着一桶啤酒。他听见拍水声，还有人叫着来搭把手。他认为这是邪恶部落来进攻了，于是他把火球扔得到处都是，以便弓箭手射杀我们。

三四支箭矢擦着我的面门射入水里后，独眼才认出我来。他大叫着让弓箭手们停火，但已经来不及了。在北门的纳尔人已经看见了我们。

我们离他们还非常远，他们应该认不出我们的身份。但仅是老团员能联系到外面的可能性，就足够引起莫盖巴的重视。

“嘿，小子，见到你真高兴！”我吃力地爬上墙后，独眼对我说道，“我们都觉得你死了。有时间我们都准备给你弄个葬礼什么的。我一直让他们把这事儿搁一搁，因为你要是真死了，我就得开始写编年史了。”他很慷慨地用他那只两星期没洗的杯子给我来了一杯啤酒。我谢绝了这份“荣誉”。“小子，你还好吧？”

“我也不知道，不过或许你能告诉我。”我把我能记起来的都告诉他了。

“你又中了一个咒语？”

"如果我中了，这些人也跟我一样。"

"有点儿意思。明天再过来见我，我们说说这事儿。"

"明天？"

"再过十分钟我就得继续值岗，然后去睡个觉。你也得好好休息休息啊。"

真是我的好哥们。要是没有独眼照顾我，我真不知道该怎么办了。

62 ●○——

大桶把我叫醒，告诉我："莫盖巴的人来了。说是陛下要见你。"

我抱怨道："外面非得弄这么亮吗？"我都没费心下去那些兔子窝里。

"他气坏了。我们一直装作你在这儿，只是没法跟他说话。地精和独眼还在城墙上做了你的替身来迷惑纳尔人。"

"现在真的摩根回来了，你们就打算把他送入虎口，是吧？"

"呃……这个嘛……他也没叫别人去见他啊。"意思就是他不想见到地精和独眼，他想和这两个家伙保持距离。

"快去把那两个家伙叫来，告诉他们我很需要他们。现在！"地精和独眼不慌不忙地现身，我告诉他们："把我放在担架上，抬去城堡。我们得告诉他，你们一直在说谎只不过是因为我一直病重。我们昨晚在木筏上干的事只是去湖里冲个凉罢了，你们只是觉得我脱了裤子的时候朝我炸几个火球还挺好玩儿的。"

独眼抱怨个不停，一副不想去的样子。我只能吼道："要是没有后援，我就不去见莫盖巴！他现在可没理由再和蔼可亲了！"

"他心情肯定不会太好，"地精猜测道，"已经开始有暴乱发生了。食物短缺问题越来越严重，他一粒米都不能浪费。甚至连他亲自挑选的塔格洛斯侍卫们都开溜了。"

"他快不行了，"我说，"他想征服世界、创造奇迹，但他的追随者们可没他那般的钢铁意志。"

"而我们是某种慈善兄弟会？"独眼喃喃道。

"我们从不杀戮无辜之人。来吧，就这么干。准备应对任何情况，你们俩都是。"

我们先上了城垛。这样我既能在白天展眼这个世界，也能让北门那边的纳尔人看见我这副病重的样子。

水位低于城墙下八英尺，高于洪·泰瑞预测的高度。"里面有漏洪吗？"

"莫盖巴设法封住了闸门，他有贾库里人那群人帮他算着会不会有泄漏。"

"他可真行。下面呢，下面怎么样？"

"地下陵寝附近有些漏洪，不过漏得不多。我们能用桶把水运上来。"

我嘟哝了一声，盯着旋影的湖，我看到了数不清的尸体。"那些不是从土堆那儿浮上来的，对吧？"

地精告诉我："莫盖巴在暴乱的时候把人往这扔下去。还有的是因为木筏翻了或者散架了，被淹死在湖里。"

我极目远眺，在湖的另一边看到了骑兵巡逻队。一只挤满了贾库里人的木筏在白天被抓住了，这些人为了逃离巡逻队，愣是用手拍着水划船。

泰·戴恩露面了，意味着他的人也在观察。他应该想让我去见见肯·戴姆。于是我告诉地精还有独眼，"带我去见莫盖巴吧。"

在路上的时候我环视整个城堡，它就像鬼故事里刻画的那样，阴云密布、乌鸦环绕、鬼气森森。德加戈简直就是乌鸦的天堂，它们肥得都快伸不开翅膀了，也许用这些乌鸦解决食物短缺的问题会是个好主意。

守在入口的纳尔人不让独眼和地精进去。

"那我们回去吧。"我跟他们说。

"等等！"

"你再坚持坚持吧，老弟。我是受不了莫盖巴的废话了。副团长还活着，团长……大概也活着。莫盖巴现在也只能骗骗自己了。"

"你至少也争取一下啊！"

独眼回过身拖着脚走下了楼梯。

欧奇巴在我们下到底之前叫住了我们。他看起来就是个典型的纳尔人模子。他面无表情，"很抱歉，掌旗官。可否再考虑一下？"

"考虑什么？我又没那么想见莫盖巴。他一直在吃魔法蘑菇、幸运草这些乱七八糟的东西。我这几天拉肚子快把肠子拉出来了，我才不想和嗜杀的神经病接触呢。"

欧奇巴的黑色眸子里闪过了些什么。也许他也同意，也许他的心里也在天人交战，到底是相信吉－埃克斯利最伟大的纳尔人，还是相信自己的人性。

我并没有得寸进尺。一些看起来无关紧要的暗示，都可能会使得摇摆不定的人朝着"嗯，就该是这样"的方向发展。

莫盖巴最得力的两个手下已经悄然对他有了质疑。如果连这两个家伙都怀疑他，事情可能比我想象的更糟。

"如你所愿，"欧奇巴告诉守门的哨兵，"让抬担架的也进去。"

给我抬担架的是谁，没人能忽视，这个命令已经很直白了。

这种反抗的感觉让我心情舒畅。

见到独眼和地精，而且还活蹦乱跳的，莫盖巴会高兴吗？最好别觉得他会。但他也没有表现得很过分，只是在暗地里又给我记了一笔账。之后，他会让我更加难受。

"还能坐起来吗？"他问道，像是他挺关心似的。"

"能。我试过了，所以才花了这么久过来。还有就是我想确保我能保持神志清醒。"

"哦？"

"我得了痢疾，发高烧已经一个多星期了。昨天晚上他们带我去湖边，把我扔进水里看看能不能降降温。还挺管用的。"

"这样啊。请过来桌子这儿吧。"

地精和独眼小心翼翼地把我扶到了椅子上，真是演得一出好戏。

会议室里总共就六个人，我们三个、莫盖巴，还有欧奇巴和辛达维。透过莫盖巴身后的窗子，湖泊和山岳映入我的眼帘，还有成群结队的乌鸦。它们在窗台上呱呱叫个不停，却没一只敢进来。一只身上生有白斑的乌鸦用它令人厌恶的粉色眼睛和我对视了一眼。

应该是觉得我们看起来有些饥肠辘辘。

有那么一瞬间，我看到另一个时间里的同一个房间。在同一张桌子上坐着的一些人也在场，陪同夫人。莫盖巴并不在此列。他们背后的窗子则是一片灰蒙蒙的。

独眼揪了下我的耳朵，"小子，现在可不是时候。"

莫盖巴专心地看着我。

"病还没好全。"我解释道。我在想刚刚的幻觉意味着什么。之所以是幻觉，是因为它完全就像想象里的画面成了真一样。

莫盖巴在我对面坐下来，他假装十分关心的样子，收起了平时的蛮横专断。

"现在有太多麻烦和问题摆在我们面前，掌旗官。无论我们自己内部有怎么样的矛盾，这些麻烦都不会因此消失。"

天！他这是要跟我讲道理吗？

"不管团长还是副团长，活着还是死了，麻烦都得解决。而且我们得认真面对，拿出态度，因为一时半会儿我们是搞不定的。"

他这话说得倒对。

"要是夫人上次没有干涉，我们会做得更好。我们现在被孤立了，陷入了困境，因为暗影长老迫于压力，必须解决两条战线上的所有问题。"

我点了点头，我们的情况确实十分糟糕。另一方面，我们也不会每隔几晚就有吼叫着的部落堆人墙来攻城。莫盖巴也不会为了杀鸡儆猴，告诉那些南方人不要干蠢事就往城下乱扔活人了。

莫盖巴瞥了一眼窗外。我们可以看到在山里有两个正在巡逻的暗影大陆人策马奔腾卷起尘土。"他们现在等我们食物耗尽就行了。"

"可能吧。"

莫盖巴面色阴沉，但克制了他的怒火，"什么？"

"我不知道他有什么理由要打垮我们。"

"我得承认我不敢苟同。虽然我知道，在士兵面前保持乐观还是非常重要的。"

我要反驳吗？不，他说得很对。

"那么，掌旗官，我们的食物库存都快耗尽了，要怎么熬过这次围攻？就算成功脱困，我们又要如何收复军旗？"

"我给不了你答案。不过我觉得我们的军旗应该在友军手里。"他干吗这么在乎？基本上每次谈话，他都要问问我军旗的事。他以为有军旗，大家就能认可他了吗？

"怎么说？"他十分惊讶。

"军旗第一次到这儿的寡妇愁手上。"

"你确定吗？"

"就是这样的。"我打了包票。

"那你对食物短缺有什么看法？"

"可以试试捕鱼。"对莫盖巴说俏皮话可不是个好主意，只会让他十分恼怒。

"我觉得可行，"地精打断我接过话头，"从寻常河流流到这儿的水里一定有鱼。"

这矮冬瓜好像没看起来那么蠢。

莫盖巴眉头紧皱，"我们这有人知道怎么捕鱼吗？"他问辛达维。

"我觉得应该没有。"当然，他说的是塔格洛斯士兵们。纳尔人自古就是天生的战士，他们才不会干这种没有荣誉情怀的事儿。

我疏忽了。我忘了说，尼扬·博奥人来自一个捕鱼是一门生计的国家。

"是个想法，"莫盖巴告诉我，"至少无论如何还有烤乌鸦肉吃。"他又往窗外瞥了一眼，"问题是大多数塔格洛斯人不吃肉。"

"是个难题。"我附和道。

"我绝不投降。"

我都不知道怎么回话。

"你也没其他什么资源了？"

"不比你知道得多。"我骗了他。我们还有些在地下墓穴发现的大米，但也不多。我们秉承编年史上记载的蛛丝马迹，想尽办法寻找资源。我们看起来没有饥民的样子，至少现在还没有。

不过看起来，我们还没有纳尔人吃得好。

"那些没什么用还浪费粮食的人，怎么处理？"

"要是我，我会让那些没战斗力的纳尔人，还有那些想做个木筏离开这的人想走就走。但不会让他们带走任何东西。"

他又克制了他的怒火。"你以为造木筏不需要用木材吗？不过这也是另一个需要讨论的问题。"

我仔细打量了辛达维和欧奇巴。他们就跟雕塑似的，看起来这两个人好像都没在呼吸，更没有发表任何意见。

莫盖巴盯着我，说道："我就怕我们会像现在这样，开了一个毫无意义的会。你甚至还没用编年史来压我。"

"编年史又不是万能的。上面说的怎么应对围攻，都是一些常识罢了。坚持到底；定量配给；不浪费口粮；控制疾病流行；要是没机会熬过你的敌人，就别试探他们的底线；要是投降无法避免，就趁还能投降的时候尽早举白旗。"

"我们的敌人可不会让我们投降。"

我也想过这个问题，不过暗影长老们确实有一种类神思考的倾向。

"多谢，掌旗官。我们会试试哪些方法可行，最后采取何种措施，会通知你。"

地精和独眼帮我从椅子上扶到担架上。莫盖巴什么也没问，因为我实在不知道怎么回答他了。其他纳尔人只能尴尬地站着，目送我们离开。

"他这是干什么？"出来以后我有些疑惑道，"我想着他会把我骂得狗血淋头，甚至给我用刑呢。"

"他就是想听听看你的意见。"地精说。

"在决定要不要杀了你的时候。"独眼补充道。

"唉，没你这么安慰人的。"

"他已经做好决定了，他也没选择你想要的结果。该都加小心了。"

无论如何，我们还是毫发无损地回家了。

64 •◦——

"在搞清楚大叔什么打算之前，别想拉着我上去。"地精和独眼在到城垛的楼梯脚下。都加在顶上，朝下面看着我们。

"老子才懒得再搬着你跑来跑去的，"独眼跟我说，"这不是为了伪装吗？"

都加大叔开始往下走。

我凝视着城墙。表面附着有一层小小的露珠，因为城墙石头比空气要凉，并不是水从外面渗进来了。

不得不说，暗影长老们确实懂得一些建筑学。

"石头兵，你还好吧？"

"对一个逃兵来说还不错吧。准备好在你坟头跳舞吧，矮子。干吗来了？"

"议事官要见你。你的小旅行不怎么顺利？"他撇了撇头，暗示指我在外面的经历。

"如果你觉得当了两星期暗影长老的客人叫作顺利的话，大叔。不然我就只是一直病入膏肓、日渐消瘦，就算塔格洛斯人来旋影营地搞骚扰袭击，我都差点儿没了逃跑的力气。不过还好，这么点儿路还是能走。"就是千万别掉进什么兔子洞里。

我当然能轻松走到肯·戴姆那儿，但为了伪装，我还是得装作十分虚弱的样子。

肯·戴姆的那帮手下都没什么变动。除了有一种气味我没闻到，我一进去就注意到了这点。只是我分辨不出谁没有在场。

肯·戴姆已经在等我，洪·泰瑞也在场，他美丽的夫人在为我们沏茶。

他笑了笑，"泰·戴恩先走了。"他从我的目光还有轻嗅的动作里看出了我的疑问。"丹恩也终于已经伏法了。这个家族的一段荒芜岁月，总算是结束了。"

我禁不住看向莎拉，我发现她也在看我。短暂相接后，她的目光很快移往别处，我很快看向肯·戴姆，带着些许惭愧，为着在这样重大的时刻，我竟然还有一些别的心思。

肯·戴姆把一切看在眼里，也没对此大做文章。他很睿智，不愧是肯·戴姆。

我不禁对这个看起来弱不禁风的老头子升起由衷敬佩。

"最艰难的日子要来了，掌旗官，以后的日子，只怕会更难啊。"他这一番话让我知道，有人一直在监视我和莫盖巴的谈话。

"为什么跟我说这个？"

"为了让你相信我。我告诉你，我们一直派人监视黑人们。你走以后，他们就一直只说本地方言，直到他们给军队的领袖还有其他一些老资历的塔格洛斯人送了信。他们要在晚饭时集会。"

"感觉是个大事。"

肯·戴姆微微俯首，"我想要你亲自去看看。你比我更了解这些人，你去看看我的假设能不能作数。"

"你是让我去监视他们的集会？"

"差不太多吧。"肯·戴姆没把全部实情告诉我，至少那时没有。他想让我悄悄混进去。"都加会给你带路。"

65 ●——

都加大叔给我带了路。通往地窖的路沟通连接得也像我们的一样十分巧妙，只是在隧道挖掘上没有花费太多心思。建造这些的人只是为了能悄悄溜走就够了，没想过还要在这里面躲藏。他们应该是白幽灵政府里的一些贾库里人卧底，为她效劳。她确实需要造一条秘密通道。

"我可没想到这个，"我告诉都加大叔，"你们生活在沼泽地的人，也会搞地下通道这一套吗？我觉得三角洲里应该没多少隧道吧？"

"确实不多。"他微笑道。

我觉得他们找到这个隧道肯定是全凭运气，也许再加上一点对白幽灵思维方式的小小预测。

我们很顺利地进到了城堡里，只是有段路需要爬着走，建筑师们造这个时可没顾及白幽灵的自尊。我爬起来有些吃力，看来还没有恢复到最佳状态。

出了隧道，我们走到一块较小的开阔空间里，有段梯子往上延伸。我借着微弱的蜡烛光往上看，什么也看不到，一片漆黑。我觉得，就连这支蜡烛也是特意为我点的。尼扬·博奥人可是摸着黑走完了这段路。

我简直无法忍受。我极其讨厌封闭的空间，就算我在里面生活过。封闭空间、黑暗、复生符咒、幻象什么的，想想就难受。

过了一会儿我情绪就平稳了许多。我把手脚放上梯子，准备往上爬。

都加大叔抓住我的手腕，摇了摇头。

"怎么了？这难道不是去会议室的路吗？"我低声细语，像老鼠一样发出窸窸窣窣的声音。

"这不是议事官要让你看的。"他低声说起话来空气仿佛都不曾振动，"跟我来。"

这会儿不用爬了，只是要在无比狭窄的石壁中间一步一步地挪动。都加大叔的肚皮和石壁不停摩擦，看着就疼。

我发现，我待在白幽灵城堡里的过去几个月只见到了它的冰山一角。在那下面，在地面的殿宇之下，还有着无数的贮藏室、牢房、军械库、营房、储水池还有铁匠铺。我低声道，"这下面的物资可够他们再撑上几个月的。"白幽灵在对抗邪恶的那些日子里，真是做了不少储备。

莫盖巴骗了我，看来他只是为了试探试探我们这些老团员的情况。

肯·戴姆这老头子，到底想让我知道些什么？

难道这就是尼扬·博奥人在大家都一片萧索的时候，看起来还那么繁盛的原因吗？他们是不是一直慢慢消耗这里所存的物资，所以大家根本没发现他们在东打一枪、西开一炮的小小掠夺？

都加大叔招了招手，"快点儿。"

不一会儿，我听到远处有吟唱的声音："我们时间不多了，白骨战士，不多了。"

我没拍他，因为我怕引起吟唱者的注意力。

还没看到他们，我就知道肯定是纳尔人。我以前听过这种节奏和韵律，只不过唱的不是这种歌词。但是以前在他们工作时或者节庆时唱得都挺欢快，现在听起来却阴冷可怕。

都加大叔放下了蜡烛，扯了扯我的胳膊。我们接着贴着墙边慢慢挪动，然后走到一个很普通的过道里，而不是墙后那种狭窄拥挤的秘密通道。秘密通道的入口竟没有一点遮挡，从外面看起来就是个谁都不会在意的阴暗角落。

外面有亮光，是间隔很宽的壁式蜡烛里的蜡烛发出的。这里管事的人应该十分俭朴。

都加大叔竖起一根手指贴住嘴唇，示意我噤声。我们现在非常危险，随时可能被发现。他半蹲下来，蹑手蹑脚地把我带进一个很大的房间里，里面有很多纳尔人聚集着。除了他们那儿，其他地方都一片漆黑。都加躲到了一根柱子后面，我就蹲在门口的一张积满灰尘的桌子底下。这个时候我多希望我有纳尔人那样的深色皮肤，我的额头肯定就跟半个月亮一样闪耀。

这种雇佣兵生活真是让你的心肠坚如磐石。你见过的大风大浪太多了，以至于再遇到一些可怕的事情，就不再会嚎叫着跑来跑去，或者像惊慌失措的小狗一样咬着尾巴瑟瑟发抖。但在真正的恐怖面前，仍还是心存敬畏。当时的情况就十分恐怖。

里面有一个圣坛，莫盖巴和欧奇巴看起来像在举行某种祭祀活动。在圣坛上有一个小型雕塑，通体漆黑，是一个四臂魔女在跳舞。我离得很远，看不太清，但我很确定她有吸血鬼一样的尖牙利齿，还有六个乳房，好像还戴着用婴儿头骨制成的项链。纳尔人也许不这么叫她，但她就是基纳。纳尔人的祷词也和贾库里人典籍里记载的大相径庭。

欺诈者们并不想见血，这也是为什么还叫他们扼喉者。

但是纳尔人不但用血祭祀女神，他们还把血喝了。看起来他们已经在这儿祭祀有一会儿了，干瘪的尸体就挂在一边。上一个祭品是个倒霉的贾库里人，我刚到不久就被挂起来了。

看起来纳尔人宗教教义提倡实用主义。残忍的仪式结束后，他们就开始分食那些尸体。

我趴下来爬了出去，都加大叔怎么想，关我屁事。

在佣兵团里我也算见过不少大风大浪了，包括无法想象的残酷极刑、超越理解的人性泯灭。但我从来也没见过这种竟然整个族群都普遍认同的食人主义。

我没有吐出来，也没有因愤怒而发作，那样就太蠢了。我只是跑到了他们肯定不会听见我说话的地方。"我看不下去了，快离开这儿吧。"

都加大叔扬起眉毛，淡淡一笑，回答道："我要留下来再看看，我得把这些事记下来。我们也许撑不过这次围攻了，但他们可以。他们的真实面目到底是什么样，必须公之于世。"他认真地看着我。他难道在想，我们这些人是不是偶尔也会享受一场人肉宴？

他应该是这么想的。

这类事情也许就能解释这些地区对我们的暧昧态度了。

莫盖巴不会明白，如果他还没认识到纳尔人的这一面将不会再是秘密，那我就可以在我的编年史里写下，他是被夫人或者是碎嘴所拯救。

"他们所有人都在这下面。"都加大叔说道，"我们回去就抄近道吧。"抄近道指的就是我们从正常的通道里大大咧咧溜达回去，就像我们属于这里一样。

"那是什么声音？"我问。

都加大叔做了个噤声的手势。我们悄悄地往前走去。

我们发现一队塔格洛斯士兵正用砖块堵上一道暗门，我们本可以从那儿逃走。他们这是干吗？这道门又不可能从外面打开，它上面还有白幽灵的咒语保护着。

都加大叔把我拉了回去，朝另一个方向走。显然他对城堡内部十分了解。不难想象他在城堡里漫无目的地逛来逛去，只是为了好玩的样子——看起来他像是会干这事的人。

"你看着怎么像一脸有人把你最爱的小狗吃了的样子？"地精跟我说。像这样的玩笑话随时都能听到，只是现在实在是连狗都找不到一只了。现在只剩下了两种肉食来源，纳尔人两种都吃，我们就只能用乌鸦肉勉强对付对付。

我跟地精还有独眼说了我看到的事。都加大叔一脸不悦地站在我后面，因为在去见肯·戴姆之前我想先见见我的同伴。话还未说到一半，独眼就打断了我，"小子，这个事你得和全佣兵团都说说。"我还是头一次见他那么严肃。

我也还是第一次见地精如此认同独眼的看法，换作平常他们俩早开始拌嘴吵架了。"你得把这事仔仔细细和大家说了。这事应该会传得很广，可别让他们出去胡乱添油加醋。"

"那把大家伙都叫来。我去找些贾库里人的书翻翻看，里面说不定有些重要的东西。"

"我能一起吗？"都加大叔问。

"不了，你去告诉老头儿我会尽快过去。这是家务事。"

"随你便吧。"他跟泰·戴恩说了些什么以后，转身就走。

我正读着书，大桶打断了我，说："把他们都叫来了，除了柯莱特斯不知道上哪儿花天酒地去了，他的兄弟们也不知道他去哪儿了。"

"行吧。"

"出什么问题了吗？你那表情可不太妙。"

"是啊。"

"事情还能更糟点儿？"

"待会儿你就知道了。"

过了大概五分钟，我在六十个人面前讲述了我所见之事，他们十分震惊，甚至有些恐惧。同时，我也很惊奇我们现在能有这么多兄弟，毕竟两年前的时候，我们还只有七个人就装作黑色佣兵团了。

"我还没说完呢，大家都安静点。"这事儿让他们十分激动，"都听好了。他们用活人祭祀，还进食尸体，但还不止这些。自从他们在吉-埃克斯利加入我们后，就一直暗示，甚至直说我们都是异端分子。这意味着，他们觉得我们整个佣兵团都应该像他们那样行事！"

说到这儿，大家都开始吵吵嚷嚷、大喊大叫。

我用石匠的锤子在木板上砸了一下，"蠢货们，闭嘴！我们佣兵团从不是这样！纳尔人从不编写编年史，他们要是写一本，就知道我们从不是这样，但他们全是文盲。"

其实我也不能完全肯定佣兵团有没有过活人祭祀的仪式。编年史里的一部分早期记录已经遗失，现在我强烈怀疑我们的先祖曾经信奉过那种黑暗而又饥饿的神祇，鼻息中都透露出肮脏与残忍，以至于口口相传的故事都使得当地人恐惧无比。

大多数人没听出我话里有话。他们只是因为痛恨纳尔人的行径而极其愤怒。

我告诉他们，"我们与他们之间的矛盾已经越积越深。我想你们心里有数，在离开这儿之前，我们和他们必有一战。"

"今晚我要重新把一些自从碎嘴当了团长就再也没遵守过的老规矩带回佣兵团里。我要你们都进行常例阅读，读读我们的编年史，你们才知道我们佣兵团到底是怎样的。这次的阅读摘自凯迪之书，这一部分是由编年史作者阿格利普所写，记录的是佣兵团信奉痛苦之神晃恩·德龙时期的事。"我们的先祖那时遭遇了一次无情围攻，还遭受了很多其他苦难。另外，我还打算让他们读读碎嘴在惶悚平原上记录的故事，那时候佣兵团在地下生活了很久。

晚饭时间，我让大家解散了。"独眼，我告诉大家要读书的时候，你可别再给我埋怨了，行不行？这些人什么都没经历过。"

"晁恩·德龙对我来说也是个遥远的传说啊。"

"所以你才需要好好读读书！"

"小子，我这话都听了两百年了！每个可恶的编年史作者都喜欢晁恩·德龙的故事。不管谁写的凯迪之书，我真想把他揍一顿。你知道凯迪根本就不是写编年史的吗？他是……"

"地精，把奥托和哈葛普叫来。我得和老弟兄们好好谈谈。"

我们五兄弟头碰头，深入地讨论了一会儿。

当我们终于议了个法子出来时，我说："我去看看议事官什么想法。"

67 •○——

肯·戴姆耐心地听着，就像大人听着聪明的孩子天马行空的想法。他跟我说："你知道这会引发战火吧？"

"当然知道，但战斗已经无法避免。都加说莫盖巴在我们的会议上已经狠下决心。地精和独眼也赞成这一点。"哈葛普和奥托也是。我们都不想再好好相处下去了。"我们的人数比纳尔人多。"可他们的塔格洛斯人数量远远多于我们，也猜不到塔格洛斯人最终会选择倒向哪一边。

这个老人转向洪·泰瑞，露出一个古怪的表情，让他眼角的皱纹堆积起来。

莎拉跪在我身旁，端着茶，这种动作比以往都更进一步。她看着我奇怪的目光，我都没发觉我在流口水。

洪·泰瑞观察到了这一幕，但没有什么反应。这使得她比我平静得多。她点点头，目光投向她的丈夫。他说："战斗要来了，很快。贾库里人会起义的。"

这并不是我想听到的话。我问："会影响到你的人吗？或是我的？"我本不该插嘴的，随即道了歉。

莎拉给我倒了些茶，甚至在倒给她的祖父母之前。

戈泰表现得十足像个妖怪，露出她那锯齿形的舌头，对着自己的女儿不停咆哮。

肯·戴姆抬起头，突然说出一个词语。洪·泰瑞帮他完整地说出了这句话，声音很小，仿佛耳语。看上去她没别的办法说出来了。

戈泰退了回去。肯家内部肯定有明确的界限和绝对的等级制度。

我瞥了一眼那个漂亮的女人。她目光再次和我相交，摇摇晃晃地站起来，脸"唰"的一下红了。

发生了什么？他们不会在试图操纵我吧？

这可行不通。对我来说没有女人能这么特别，即使她是如此美的女人。

如果他想操纵我，让我更直接地说出为何佣兵团被提及时大家都气坏了，反而可能有些机会。

肯·戴姆和老妇人絮絮叨叨，窃窃私语。突然间，他对我说："掌旗官，这次计划我们会加入你，但这是暂时的。洪相信贾库里人和黑人们的战斗很快要来临，那会很惨烈。不过我们剩下的人应该不会受牵连。那样足够分散注意力了。但我有个条件，一旦我们的人被针对，都加有权终止这种同盟关系。"

"太好了，合情合理，就这么办。就算你们不加入，我们也只能硬拼。"

肯·戴姆微微一笑，或是出于我的热情，抑或是看到了给莫盖巴的生命增加苦楚的希望。

天黑之后，一旦暴乱开始，我们就要动身去偷莫盖巴的物资了。

68 ●○——

开始了，就像一场精心排练过的戏剧一样，莫盖巴的演员们迫切地想要取悦他们的观众。说的就是这场暴乱。先下手为强，我和都加大叔迅速组建起了队伍。随后，我们顺利地进入了储藏室，一起的有十名老团员和十个尼扬·博奥人。开始行动，我们拖走了一袋袋大米和面粉，糖和豆子。这场暴乱从一开始就很激烈。他们覆盖了德加戈的整个南半部。每个莫盖巴的手下都在帮忙镇压叛乱。而每个贾库里人，不论长幼，都想去抓纳尔人，即使他们必须消灭整个第一军团才能找到他们。

我的战士们在夜幕降临之前就开始了警戒，并建立起牢固的阵地。尼扬·博奥人也一样，他们暂时没有遇到什么困难。我们伏击到了一个暴徒。而此时，从正面、侧面和上方落下的阵阵投射物迅速改变了他们的想法。

莫盖巴的人处境越发艰难。显然，他们还没做好准备。而更糟糕的是，他们的人很分散，经常是单独的工作队和巡逻队。

有那么一段时间，人人都开玩笑并自作聪明想要猜测，这场战斗结束后莫盖巴第一句话会说什么，就在此时，莫盖巴又发现他的地窖被洗劫一空。

在我第二次返回时，我遇到了大桶，"这是豆子，"我告诉他，然后把大袋子扔到地上，"改善改善伙食，对我们是件好事儿。"

"这次外头真的血流成河了，摩根。莫盖巴请求了两次支援了。我们跟他说找不到你。"

"好，再坚持坚持看看，除非我们不帮忙就没好下场。"

"这不太可能。他武器精良，配备大都齐全。他的人把人从高墙上扔出去，不管他们是叛军、男人、女人还是小孩。"

"这确实是莫盖巴的做法。那些火是怎么回事？"是有几处火情。哪里有混乱，哪里就有人开始烧东西。

"他们在用火把他们自己赶跑。"

"那并无大碍。但记住，要都加留心。"

我就像谚语中的"蛤蜊"一样，继续开心地进行我的掠夺。或许到了把莫盖巴这眼中钉除掉的时候了。

后来，都加大叔在储藏室找到了我，"有些塔格洛斯士兵已经擅离职守，放弃了对城堡的防守。如果我们继续这样抢劫，我们会被抓住的。"

"是这样没错，可如果我们不被发现，莫盖巴会把这些行动归咎于那些知道通道的当地人的。"这次掠夺会让我们失去监视更多会议的机会。

但这很值。

明天当莫盖巴看见他的贮藏室的时候，我却吃得饱饱的，我是否也会有同样的感觉？

"有个小问题，掌旗官，"过了一会儿都加大叔说。此时我们背着最后一袋大米，蹒跚而行，我们作为土匪，在掠夺最后一批财物。

"怎么？"

"我们此行获得成功的消息必定会泄露出去。"

"为何？仅有少数人知道而已。况且泄露出去对他们也没好处。"

"有人在讨论我早些时间给你看的东西。"

"嗯？"

"有人在讨论黑暗仪式。就是谣言引起了今晚的暴乱。"

"我不信。他们太有条理了，看起来不像是临时的决定。"

"当然，是有一个有组织的骨干核心，但这次暴动已经牵扯太多人了。同时，事情的走向也失去控制了。"

"行吧，随你怎么说。"他整晚和我待着，可没有机会去观察暴乱。

他还没来得及回答，泰·戴恩就从黑暗中闪了出来。他如狼似虎地四处张望，整个人显得过分活跃。如果他扑灭了我的蜡烛我会亲手掐死他。我一接近他，就问："发生什么了？"

"黑人们试图打破北门直入，淹没城市。"

"什么？"他们觉得这样就能解决暴乱了？即便是莫盖巴都不会这么过分吧？

我和都加大叔用尽力气搬运大米袋。我敢打赌我们看起来很傻。

69 ●○——

"奥托、哈葛普、独眼、地精、奇奇、怪怪、大桶和蜡烛，你们都跟我来。艾尔库尔佣兵团会帮我们一把。老喘去联系他们。我们就沿着城垛直走。听好，如果纳尔人挡住我们的去路，就无视他们，可如果他们胆敢攻击我们，别手下留情，杀了他们。懂吗？"

即使是地精或是独眼都不曾想过找借口——莫盖巴注定要淹死我们这群人。

塔格洛斯人来了。他们是信奉宗教的威赫德纳人，也是佣兵团里最优秀的塔格洛斯人，可靠，又很友好。数月前约有六百人从塔利奥斯南下而来，就只有大概六十人离去。

我解释了当下的境况，并表明我的计划以及他们该如何提供援助。

在地精和独眼的鼓动下，那些尝试打开大门的人会被他们狠狠地蹂躏。"别伤害任何人，除非你被逼无奈。"

"为什么不？"蜡烛问道，"他们可是想伤害我们。"

"这是莫盖巴的主意，这些人也只是服从命令。我向你打赌，当我们到那儿，肯定找不到纳尔人。我也敢说，如果他们打开了大门，一定会像其他人一样被制裁。因为莫盖巴不再需要他们了。"

"就这样搞吧，"地精埋怨道，"要不然就回去喝点儿啤酒算了。"

就这样，我让他们开始行动。

或许在我昏迷时获得了预言的能力，北门那儿没有任何纳尔人的踪迹。这场作战十分短暂，几乎也没有任何混乱发生。在那工作的塔格洛斯人早已逃之夭夭。莫盖巴早晚会知道是谁让他蒙受如此挫败。我转过去跟独眼说："这意味着我们不能再假装是朋友了。"

"是的。告诉我该如何潜入城堡。我给他催眠，然后把他撕成碎片，扔在他那该死的寺庙的每个角落。"

听上去也还行。

可是我们毫无机会。

有人在叫我，我朝黑暗中望去，原来是都加大叔。我之前并没有把任何尼扬·博奥人的人算进去。因为把他们推到莫盖巴的风口浪尖上，没有必要。

"咋了？"

他喊道："那只是一次转移！真正的洪水暴发于……"

"见鬼！对啊。"莫盖巴这厮很懂我，他知道我会出手干预。"快！"

我厉声呵斥。"所有人！"我匆匆忙忙走到街上。"在哪儿？"我问都加。

"东门。"

莫盖巴，他会想到我要在贾库里人暴动中穿越城镇去破坏他的计划吗？

他猜得到。他可能希望我的人会被困住，踩躏或是被严重砍伤。我猜不到他怎么想的，他是个疯子。

独眼和地精让我们轻松地通过了贾库里人和塔格洛斯人的防线。和贾库里人发生两次小规模战斗后，我们的人数及装备情况迅速被传了出去。惺忪散乱的火光映照出四处都是可怖的影子。

到了旋影把他的怪物派出去的时候了。

我们遇到了路障，它们个个竖立以保护那些尝试打开城门的士兵。这一次，我们的对手是纳尔人和塔格洛斯人。叫喊声来回地传着。他们当中，有些古尼人和塔格洛斯人想逃跑，因为莫盖巴声称要淹死所有人，这时我们这边威赫德纳－塔格洛斯人尝试着说服他们。纳尔人随即杀了几个逃兵。我跟地精和独眼说："无论他们怎么尝试着打开大门，别让他们得逞。你们中剩下的人，和我们一起赶跑他们。先搞纳尔人。"过了一会儿，一支箭射中了一个叫恩迪波的纳尔人的眼睛。另一个纳尔人用矛刺向奇奇，一个极其俊俏的小伙子，早些年当我们穿越吉－埃克斯利北部的萨凡纳时，他加入我们佣兵团。独眼给他贴上一个带有贬义的名字，而他自豪地戴着，别人叫他别的他都不答应。

历史上第一次，就我所意识到的，佣兵团里的弟兄们被刻意安排着在战斗中相互残杀。

和奇奇出生入死的兄弟怪怪把负责杀奇奇的纳尔人干掉了，可我不曾知道这个纳尔人的姓名以致我不记得他在这里。

当时大多数第一军团的塔格洛斯人都走了。许多奥－克胡士兵也不想战斗，虽然那些其他的塔格洛斯人是古尼人。然而，很快一场真正的小遭遇战让朋友对假想的朋友进行了攻击。

我碰巧回过头来，注意到全副武装的贾库里人已经开始聚集在一起观察。都加大叔独自面对他们，长剑直插地面，站姿奇怪但很放松。

"我的天！"地精猛地喊，"快看！"

"咋了？"

"太迟了，它来了。"

不清楚什么东西开始发出嘎吱嘎吱的声响，好像世界的铰链松得马上断开一样。石砖挡住了入口。

战斗很快停了下来，每个人面对着大门。

一股突如其来的水流刺穿了大门前端凸出来的那部分。

那儿的每个人都在跑，纳尔人和黑色佣兵团的人，古尼人和威赫德纳－塔格洛斯人，贾库里人以及被孤立的尼扬·博奥人并肩而行，随后分开，朝着他们觉得最安全的地方跑，但每个人都渐渐远离了大门。

随着石砖最后强有力的嘎吱声，洪水肆无忌惮、耀武扬威地呼啸而进。

70 ●○——

大水轰鸣着穿过大门，不过我所站的地方并没有水经过。我若有所思，心情还算不错。

经过城堡时，我看到纳尔人尝试着把里面洗劫一空，即使没经得任何塔格洛斯人的允许。呵呵，我笑出声。当莫盖巴发现水进到他的地窖中，他肯定会气得爆炸。

现在我终于明白为什么那些士兵总在砌砖。这个洪水必定不是一时冲动的计划。当旋影用水隔离德加戈时，莫盖巴肯定就开始酝酿这个主意。

当我们要分开时，我跟都加大叔说："有空就游过来看看我。"十五分钟后，我正讨论着如何防水。其实在战斗爆发时我们的防范措施已就位，但从没意料到会发生这种事。

"隆戈，你的人勘探好那些墓穴的每个角落了吗？墓穴那儿也没有入口吗？"风暴暗影在建造城堡时并没有想着闯入那些墓穴，这让我很吃惊。也或许有知识渊博的当地人给了她准确的位置。

"我什么鬼也没看见。它们的海拔低于平原，以致有很方便的通道能返回。但是，如果你让七十英尺的水在外面，并且有三十英尺的水在大街上，那水迟早会找到入口。我们最好就是打持久战。"

"把入口封起来如何？"

"或许值得一试。不过，除非洪水会构成威胁，否则我不会感到烦恼。一旦把入口关闭，倘若这儿有裂缝漏水了，我们将没有地方排水。"

我耸耸肩，"任何可能被破坏的东西都放置到高处了吗？"当洪水淹没到平原时，每个人都开始为最坏的结果做准备——我们没有被打垮。

"我们一切都还好，还能坚持很长时间。不过，或许我们需要稍微加固一下我们的防御工事。"

"尽你们所能。"隆戈和他的弟兄们总能想到有事要做。

71 ●○——

　　莫盖巴发动了反击，而大水虽然才刚到脚踝的深度，惶恐就开始席卷了城市。他利用队伍中的塔格洛斯人，并且鼓动采取无人道的行为。大屠杀可怕至极。

　　我或许永远也不会知道关于攻击尼扬·博奥人的真相。据说在塔格洛斯人的会议上，帕奥·苏博赫人误解了他的命令。像我这样的其他人，相信莫盖巴是负责的，或许因为他怀疑尼扬·博奥人洗劫了他的存货吧。

　　我清楚，他已经知道他的物资被掠夺了。他立马着手调查，因为他派了士兵下去查看是否有水进去。通过对少数贾库里人犯人的拷问，他发现没有当地人为抢到一吨食物而欢呼。还有，我下面的人估计又一次走漏风声。

　　不管怎样，帕奥·苏博赫人的军队，带着调动的替补军集结所有力量，攻击尼扬·博奥人。尼扬·博奥的领袖无法作证，因为他早在战斗中牺牲了。事实上，很多塔格洛斯人在袭击中丧生。可增援没有停过，这就是我相信莫盖巴一手策划了大屠杀的原因。

　　起初我什么都不懂，我在外围并没有设置监听哨点。那时我并没有办法确保我的人在那里的安全。同样，在我们与尼扬·博奥人交界的地方并没有理由去怀疑我们将会得到充分的预警。

　　泰·戴恩一如既往地在附近出现。我登上一座高耸入云的塔顶，凝视着深山和雏鸟。会有增援来吗？最近外边儿一点消息都没有。

　　许多人想走了。我能听见有些人现在已经在外面了，他们想抓住机会去和暗影长老混。呵，都是些变幻无常的人。仅因一点饥饿和紧迫，他们就把自由忘了。

"那是什么？"泰·戴恩问了我一个问题，我惊到了。我看向他所指的地方。

"看起来像是一场火灾。"

"那离我祖父房子很近，我得走了。"

我的好奇战胜了对他的怀疑，"我陪你去。"我说道。

他有些不情愿带着我，但几次争论后，无奈耸耸肩，跟我说，"别瞎找麻烦，我可照顾不了你。"

尼扬·博奥人也知道我无法预料的昏迷。

水虽然还没到我膝盖一半深，但奔跑的时候，还是能感觉那股恼人的纠缠。突然泰·戴恩急匆匆地跑了起来。他确信有哪儿不对，而他才是正确的。

我们快速地跑过那条小巷，那条我曾经几乎坠入深渊的小巷，有那么一瞬间我以为我正从德加戈跑到另一个噩梦中去。

塔格洛斯人正把帕奥·苏博赫女人、孩子和老人拽出大楼并扔给街上的士兵。或踢，或劈，或砍，那些士兵肆意滥杀。他们的脸，因诸如此类恐怖行为已经扭曲到变形，他们已经失去了控制，在纵性屠杀的路上越走越远。闪烁的火光使这一切变得更离奇可怖。

我以前见过此等场景：在返回北方的路上，我曾数次看见我的兄弟陷入滥杀的噩梦。血腥味操纵并扼杀了人的心灵，束缚了人的灵魂。

泰·戴恩痛苦地嚎叫着，快速冲进大楼。这栋大楼过去被肯家占领，对低处布兵的我们来说，就像有把剑在头上不停转动。这个地方没有明显的入侵的迹象。我跟着他，盯着自己那把光秃秃的剑刃，不知怎么我突然想起那个叫莎拉的女人。或许我的行为和那些塔格洛斯人一样轻率。

塔格洛斯人挡住了我们的去路，而泰·戴恩二话不说就和他们血拼。两名士兵倒下了，血从喉咙喷涌而出。我用剑刺另一个人，留下满身伤痕，给了这个比我高了一英尺，重了五十磅的人一个教训。

接着仿佛一下就到处可见塔格洛斯人的身影，不过大都没注意到我们。我在自卫时并没有遇到太大的困难。那些人比我更矮更弱，用剑攻击的范围也比我短。我和泰·戴恩成功地使用蛮力通过。当我们到达议事官的门口时，几乎没有人对我们感兴趣。

我之前猜错了。五六个塔格洛斯人已进去，他们仅仅打算不再离开，不走了。

泰·戴恩对尼扬·博奥人厉声呵斥了几句，有人回应。我猛地挥剑，砍向那个极其愚蠢的塔格洛斯人，我的剑刃边缘正好落在他的头盔上。然后我猛推开门，关上。四周寻找一些东西来堵上。很不幸，肯家穷得不行，他们最好的家具是用破芦苇垫做的。

一盏灯亮起，接着另一盏也亮了起来。我第一次见到肯家的整个房间，还能看到几名入侵者的尸体。在结果所有人之前，他们开始把精力放到摧残漂亮女人上。戈泰仍在鞭尸，那些塔格洛斯人。不过不是所有的尸体都是塔格洛斯人。塔格洛斯人甚至都不占多数，他们只占一小部分。

莎拉把她的孩子抱在胸前，但她再也不晓得恐惧的滋味了。她的眼睛里空无一物。

泰·戴恩发出小猫般的呜咽声，啜泣着，扑向一个女人。女人脸朝下，试图用自己的身躯保护两个小孩。她的努力没有白费，最小的那个，一岁都不到，哭了出声。

似乎没有塔格洛斯人打算破门而入了。在上次和肯·戴姆聊天的地方，我跪了下来。看来他和洪·泰瑞已经目睹了死神的到来，并且他把它列入他们的荣誉之地。他的头和肩膀都伸在洪·泰瑞的大腿上，可他的下半身几乎和他坐着的时候一样。他的妻子倒在他怀里。

外边传来骚乱声。"泰·戴恩！"我冲他大叫，"好好断后，兄弟！"

什么？这个老妇人还有呼吸，发出一种刺耳的、带泡的呼吸声，轻轻地，我扶起她。

她还活着，甚至意识到自己没死。她的眼睛无光，看到我并不吃惊。带着笑容，尽管她喉咙里流着血，她仍低声说着话："别在我身上浪费时间了。带上莎拉，带上孩子，走，走。"她身上是被剑刺的伤痕，伤口在她的右胸外侧并且直下透过她的肺。她这年纪，能活这么长时间真是个奇迹。

她又笑了，低声说："对她好点儿，掌旗官。"

"我会的！"我答应道，做出承诺，可是没明白她的意思。

洪·泰瑞眨了眨眼，随即一阵短促的喘息，又倒向肯·戴姆。

外面的骚乱声又增多了。"泰·戴恩！"我跃过尸体，甩出一只脚，向泰·戴恩身后轻轻踢了一脚。"如果你不自己站起来，穿戴好装备，我们就没法去帮别人。"我发现有几个孩子蜷缩在后边，他们中的一个人点起了灯。除了莎拉和她母亲，没有其他成年人幸存下来。"莎拉！"我厉声说道，"站起来！"我扇了她一耳光，"把那些孩子抱回这里。"他们太害怕了以至不相信我，即使他们认识我。

我还是个局外人。

泰·戴恩和他妹妹就差失声痛哭了，他们的世界重新鲜活起来。他们只是需要有人来帮助他们缓过来。

而后我们只找到另一个活着的孩子，没有更多活下来的成年人。

"泰·戴恩，你能让这些孩子一直聚拢在一起吗？如果我们要跑向那条小巷。"假如我们做到这一点，塔格洛斯人将不成问题。在那个小巷，单凭一人就能抵抗一大群人，直到增援部队到达。

他摇了摇头，"他们都吓坏了，伤得太严重了。"

如果是那样的话，我就有些担心。"那我们就扛着他们走。你能让你母亲平复下来吗？她需要帮助。莎拉，带着婴儿，我来背这女孩。你告诉她，叫她抓紧了，也别把手伸到我脸上。我一定得空出双手战斗，如果她觉得做不到，现在就跟我说。我们得把她的手腕绑起来。"

莎拉点了点头，她不再歇斯底里。她跪在洪·泰瑞身旁，抱了老妇人一会儿，取出了玉镯，然后深深叹了口气，不情愿地把手镯戴到自己的左手腕上，然后转向戈泰，试着让她平静下来。

泰·戴恩和孩子们说着话，把我的指示翻译给他们听。我才意识到莎拉从没说过一句话，就连低声耳语也没有过。

我要背的那个女孩大概六岁，她并不想走。

"把她绑起来，快点！"我呵斥道，身子开始颤抖，不晓得自己能否完全控制得好自己，"我们快没时间了。"

只有一个婴儿没受伤。这时，一个四岁的男孩看起来撑不过去了。如果不是我把他带给独眼，他肯定会死。

洪水飞溅，一名男子在外头尖叫。一具尸体随着湍急的水流撞在门上，发出吱吱嘎嘎的声响。莎拉拍了拍女孩，安慰着，将她放在我背上。我问："你母亲呢？"

随便吧！巨魔现在和我们在一起。她左胯上挂着一个不明性别的两岁孩子，右手紧紧抓着一支矛的尖端。她已经准备好面对塔格洛斯人了。

实际上做好准备的时间比当时以为的时间少。

莎拉抱着婴儿，泰·戴恩把那个受伤的男孩绑在背上，手里拿着剑。他和我走到门前。我从残破的木门的裂缝窥视，一个塔格洛斯人蹒跚而过。我随即问："你先，还是我先？一个人上，另一个断后。"

"我来。从今天起，我打先锋。"

什么？

"退后！"我叫道。此时，他瞥见了一个疾驰的身影。我走到门的左侧，他滑到了右侧。在门关上的一刹那，我们已经做好了准备，猛地向闯入者扑过去，还好及时认出了他。

"都加大叔？"

他太幸运了，身上的孩子限制了我们的速度，让我们有足够的时间看清楚来人是谁。

"走！"我跟泰·戴恩说，我们现在没有时间开会说话了。

泰·戴恩随即遇到一对塔格洛斯人。我跳了出来，赶跑一个。戈泰从我们后面摇晃着出来，她把矛头直戳进最近的那个塔格洛斯人的喉咙。而后她将孩子舒服地安置在她的背上，转向另一个士兵。

一只白乌鸦俯冲而过，笑声犹如群猴。

还活着的塔格洛斯人也不是个善茬，他朝着他最近的同胞团伙跑去。

"快！快跑！"我朝泰·戴恩叫喊，"戈泰，莎拉，你们跟着泰·戴恩。叔！你在哪？不然我们要抛下你了！"

都加大叔走到外面去了，而此时，那个塔格洛斯人向他的同胞指着我们。"把孩子带走，掌旗官。阿斯·万德会保护你们。"

接着虽然我只瞥见了几个迅猛的瞬间，但我知道，他表现得很出色。那个滑稽的小个子男人把那帮塔格洛斯暴徒狠狠地教训了一番，数秒内就杀了他们当中的六人，其余人逃走了。

随后，我们跑进小巷，这才觉得安全许多。几分钟内，独眼忙着照看受伤的孩子们，尽管并不是很愉快。而我，正和地精部署一些老船员，进行有限的反击。

那晚是最后的转折，我们再不用和莫盖巴装作是朋友。我很确信，倘若误打尼扬·博奥人成功了，他会来找我们的。

水愈发深，而恶战仍没停止。

尽管保护尼扬·博奥人并不是我们的任务，独眼和其他人仍坚守着，我营救了三分之一的朝圣者，估计有六百人。进攻莫盖巴，这代价可真够要命。第二天早晨，大部分剩下的塔格洛斯人发现自己身处不得不反抗莫盖巴的境地。起初和我们待在一块儿的塔格洛斯人不走了，紧跟着我们。同样，还有那些一开始没加入我们的人。他们大多从莫盖巴那儿过来，可人数还没到我预计的十分之一。说实话，我可失望了。

"又是那古老的诅咒！"地精对我说，"对他们来说，即使到了此刻，比起现在的惨状，他们更害怕过去。"

说话间，洪水水位不断上升。

我带着尼扬·博奥人进入我们的住所。都加大叔惊了，"我们总不起疑。"

"不错。我们的敌人也不例外，跟你们的比，他们就逊色多了。"我也把老团员带了进去，我们尽量让他们安顿下来。这些房间对六十个人来说还是够大的。六百个尼扬·博奥人的话就够呛了。

我们也必须学着相互熟悉。我的人受过训练，他们一旦在地下发现陌生面孔，就会发动迅猛的攻击。

夜幕降临后，我回到外面，泰·戴恩和都加大叔一起赶了上来。我将那些和老团员在一起的塔格洛斯军官集结到一起。我告诉他们，"我相信，在这儿我们已经尽力了，现在是时候去撤离任何想要离开这鬼地方的人了！"我不知为何，但十分确信，巧妙地躲避以及智取暗影大陆人在岸上的人，不是难题。"我会派个巫师去掩护你们。"

他们并不买账！一名团长高声呵斥，生怕我把他们变成奴隶，那样我能更容易养活我的士兵。

我并没这样想，也没预料到这种难题。我差点儿忘了，这些人和我们待着，仅仅是因为他们相信这是他们求生的最后出路了。"无所谓！如果你们这些家伙想留下，和我们战死，那样我会很高兴。我仅想把你们从作为士兵的誓言中解放，这样你们就有机会生存下去。"

天黑后，我们让这些尼扬·博奥人回去寻求救援，幸存者以及物资。不过他们并没找到多少。莫盖巴的士兵早已到处搜刮过了，洪水也早已把一切都淹没。

莫盖巴的士兵，利用临时造的船和木筏一个接一个地向贾库里人的领地发动攻击，他们所藏的物资被洪水席卷而去。

莫盖巴毁了自己的补给。

73 ●○──

我确信没人注意到我把所有弟兄们都放进去了。我们逃走了，锁上了门，留下德加戈人在那等死，我们带上了尼扬·博奥人的幸存者。这儿只能从里头往外观察，除了几个守望者，我们退到住所的最隐蔽、最深处，而前面有着重重陷阱和密门，地精和独眼也到处布置了用来迷惑的咒语，他们留下发着微光标记来指明供我们安全行走的通道。

我让八名客人进入我的房间休息。数小时后我跟都加大叔说："我们出去走走吧。"

那些尼扬·博奥人在下面，空气很快变得很沉闷，味道也逐渐浓厚起来。这里只有蜡烛能照明，我们在前往下一个地方的路上很容易走丢。

都加大叔差点儿被吓坏了，"我也很烦它。"我跟他说，"它总让我在尖叫着崩溃的边缘。可我们会挺过去的，我们已经这样坚持很久了。"

"没人能像这样生存下去，就算有，也活不长。"

"可佣兵团做到了。那地方真可怕，叫作惶悚平原，这么称呼其是有原因的。那儿到处都是怪物，而随便它们中的一个都能在眨眼间把你杀掉。我们经常被比旋影更凶恶的巫师所率领的军队追捕，不过我们终究逃了出来，并且我们挺过来了，就在这些地道里，有五名生还者可以给你细细讲述这段故事。"

即使是在光天化日下，这儿的光线也太差了，以至我看不清他的脸。我跟他说："如果你们全都和我待在一起，我会疯的。我要静静，这地方现在随便走走都能踩到人。"

"我了解，可我不晓得如何帮你。"

"我们有多余的空房间，泰·戴恩和他小孩占一间，你一间，莎拉和她母亲一间。"

他笑了笑说："你很坦率，也很坦诚，可你不怎么留意尼扬·博奥人。在你帮泰·戴恩拯救他家人的那晚发生了许多事。"

我吸了一口气，"救了一些人。"

"你让那些所有可被救的人生存下来。"

"我可真是个善良的大男孩。"

"这不是你的义务，也没有任何光荣可言。"事实上，他用光荣和义务代替了尼扬·博奥人相似的概念但不同的含义，其中涵盖了蓄谋已久的阴谋中自由的含意。

"我只是做了看上去对的事。"

"确实。并没有任何请求和责任，这造就了你现在的困境。"

"我肯定漏了些东西。"

"因为你不是尼扬·博奥人，泰·戴恩如今不会离你而去。他是这里最年长的，他欠你六条命。他的孩子离不开他，莎拉也不会走，因为在她结婚前，她仍在她哥哥的保护之下。你也看到了，她或许还得体会惶恐的滋味。在这城市之中，在她的朝圣之旅中，她从没意料到发生这种事，她已一无所有，除了母亲。"

"我仍相信上帝会保佑她的。"我说道，希望听上去不像是俏皮话。

"也许吧，掌旗官。她在那地狱里回忆起唯一美好的，是你。她会紧紧跟随你，就像激流中绝望的人紧紧抱住石头一样。"

是得多留心了，我是真心祝福她，不是说说而已。"戈泰和那些孩子怎么样了。"

"母亲们会带好那些孩子，至于戈泰，嗯，能走动了。"都加继续低声咕哝，这不像他。听上去像是想置她于千里之外。"虽然她走得不是很自在。"

"别告诉我你也不咋喜欢戈泰。"

"没人会喜欢上那样脾气暴躁的蜥蜴。"

"我还曾以为你们会结婚。"

他愣住了："你他妈有毒！"

"我现在懂了，不是吗？"

"洪·泰瑞，想我为你做什么吗？"

"啥？"

"掌旗官，我在自言自语，可在争论中我可不能输。那个女人，洪·泰瑞，我妈妈的表妹，是个巫婆。她有时能预见未来，如果她对将发生的事不满意，她会想法子改变。她确实会想出怪点子。"

"你要对你说的负责。"

他没懂。"也不完全是这样，那巫婆玩弄了我们所有人的命运，可从不解释。也可能她看不见自己的命运。"

我心烦意乱，"你的人现在要做什么？"

"我们会好好活着，掌旗官。像你们黑色佣兵团，我们就是这样做的。"

"现在你和泰·戴恩在一起，如果你真认为你欠我什么，告诉我它们的意思。黑色佣兵团，石头兵团，骨头兵团。它们到底是什么？"

"任何一个都可能镇压你的反抗。"

"这样说吧，如果我明白了你说的那些，而即使你告诉我的是我早已知晓的，你也不会有什么损失。"

在那亮度下很难讲话，不过我听到都加大叔又笑了，今天第二次了。"聪明。"他说道，可什么也没解释。

74 ●○——

正当我疲于应付之时，都加大叔把我从客人们中解救出来。我不得不和泰·戴恩、他儿子图坦，还有莎拉挤在一起。莎拉一边照顾着孩子，一边忙着做些吃的，尽管公用的厨房足够为团里的每个人提供食物了。她得让自己忙起来。我走到哪儿，泰·戴恩就跟到哪儿。他和莎拉一样，都没精打采地，两个人加在一起才能顶一个人。

我很担心。他们这些人都很顽强，忍受惯了残酷的灾难，他们本应该有一些恢复的迹象才对。

我将柯莱特斯、洛夫特斯、朗基努斯、地精、独眼、奥托和哈葛普都召集在一起，对这些团里的头领说道："我有一些疑问，兄弟们。"

"他也要在这儿？"地精说的是泰·戴恩。

"没关系，不用管他。"

"什么样的疑问？"独眼问道。

"目前看来我们团内没什么比较严重的健康问题，但已经出现霍乱、伤寒，更别提闹肚子了，大家伙都还撑得住吗？"

地精嘴里咕哝着，放了个响屁。

"野蛮人，"独眼嘲笑道，"我们平安无事，是因为我们将碎嘴的健康守则视为铁律，但守则也快遵守不下去了。我们的燃料快用完了，而这些尼扬·博奥人不喜欢烧水洗澡。从来都是随地大小便。我们只能帮他们一时，帮不了一世。"

"我看这几天阴沉沉的，我们有收集到一些雨水吗？"

"对我们自己来说够用了。"洛夫特斯对我说道，"但可不够我们加上他们的，更别提有多余的倒进储水箱了。"

"我很担心，我是指燃料。你们知道有什么办法可以直接生吃大米或是豆子，还不会闹肚子的？"

没有人吭声。朗基努斯建议道："将大米和豆子在水里泡上很长时间，或许有用。我妈妈就是这样做的。"

"真见鬼，我很希望我们能撑过这一次。但是要怎么办？"

地精隐秘地笑了笑，看起来像他有了一个主意。他和独眼交换了下目光。

"你们有主意了？"

"还没。"地精对我说道，"需要做一个实验来看看。"

"说下去。"

"开完会后，我们需要你帮忙。"

"太好了，没问题。谁能告诉我城里其他人对我们的失踪有什么看法？"

哈葛普咳嗽了一声，清了清嗓子。他平时说的不多，所以大家都停下来听。"我一直在瞭望台巡哨，有时会听见只言片语。我不认为我们的名声有多好，但同样，我们也从未要过别人。他们谈论我们的信息不多，但没人觉得我们全跑了。他们以为我们挖了个大洞，将酒、女人、食物还有自己都装进去。等到他们全死翘翘了，我们才会出来。"

"兄弟们，我可以尝试搞到酒、女人和食物，但那个大洞怎么挖？"

奥托不知道从哪冒出来，说道："水向下面流了。"

"什么？"

"没错，摩根，水位已经下降了五英尺了。"

"洪水淹了这座城市会有什么改变吗？不会？为什么？"

地精和郑重地交换了下眼神。

"又怎么了？"我问道。

"等我们实验完再告诉你。"

"好吧。其余的弟兄，你们知道麻烦在哪儿，看看有什么我们能帮上忙的。"

75 ●——

"说吧。"我对地精说道。

地精说："我们认为，你出去时身上被人做了手脚。"他的头向对岸挑了挑。

"什么？你确定？我……"

"是的。你出去了很久，你回来时我发现你变了。你现在身上有多少诅咒消失了？"

我认真地想了想："只有一个，可能吧。关于我被绑架的事，我什么都记不得了，他们肯定对我下毒了。我正和别人喝着茶，后来就到了你们发现我的那条街。我一点儿都不知道自己怎么过去的。我模糊地记得我闻到了烟味，然后我穿过门准备去街对面时，却来到了一个我不想到的地方。我依稀记得我在想在那间房子里的痛苦事情。"

"他们折磨了你？"

"是的。"我身上的伤疤还可以证明，我不知道他们问了我什么。我十分怀疑辛迪的同伙要对绑架我负责，还有试图暗杀莫盖巴也是他们干的。

果真如此，当黑色佣兵团找到他们时，他们接下来的生活将永无宁日。

"我们一直在观察你。"地精说道，"有时你的行为十分怪异。为此我们要做的就是让你入梦，看看能否借此回溯到事情开始的地方。"

"我不明白。"

"你不用明白，你要做的只是配合我们。"

"有把握吗？"

"我们有把握。"

但他听起来不是很稳妥。

我在自己的草席上醒来，浑身疲惫。有人用一条湿冷的毛巾擦着我的火烫的脸。我睁开了眼，在微弱摇曳的烛光下，莎拉看起来比以往更加可爱，她简直美得不可方物，她沉默地帮我擦拭脸颊。

又一阵剧烈的头痛，他们对我做了什么？我至少应该在痛苦前得到一些享受。

图坦开始哭闹，他睡在我书桌下一个装满恶臭破布的篮子里。

我移过去，握住了他的手。他停止了哭泣，满足地享受和人的接触。他不再为他的母亲哭泣。

我伸出另一只手握向莎拉，她轻轻地推开了。她从不说话，我也从未听过她说话，甚至是对她自己的孩子们。

我看向四周，泰·戴恩离开了。现在看起来我有一个甩掉尾巴的好机会，他就是我的尾巴。

我准备起来，莎拉用两只手指拉我起来，我现在虚弱得什么都做不了。我的头痛得仿佛胀成了两个。

莎拉递给我一个盈手可握的木杯子，里面液体的气味令人作呕。是尼扬·博奥人熬的药。我喝下去，喝起来比闻起来还恶心。

她继续帮我擦拭脸颊，我浑身颤抖，不一会儿痛苦结束了。我放松了下来，感觉身体充满了活力与能量。真是剂良药。或许他将药熬成这么难闻、这么难喝是为了不让人经常服用。

我们长久地互相望着彼此，没有说话，但同时在那一刻做出了一个潜意识还未意识到的决定。洪·泰瑞的微笑和忠告从我的脑海中闪过。

这一次我坐起来脸上堆上了笑容，坚定不移地说道："我有事情要做。"

莎拉摇了摇头。她钻入桌底去找图坦，把他从篮子里翻了出来。他必须要换身衣服了，莎拉拽了拽我的手指。

"我已经有二十年没干过这事了。"我还是孩子时，曾帮自己的弟弟妹妹，堂弟堂妹换衣服。之后就再也没有做过类似的事情了。"别挣扎了，你个小泥球。你现在应该知道规矩了。"

图坦回头，一双大眼睛瞪向我，虽然听不懂我的话但感觉到了我的说话的语气。

我们帮他清洗干净，换上用破布做的衣服，尴尬的他是看起来像个乞丐。我对莎拉说道："我要去杀个人，给他换点儿好的衣服。"

莎拉轻轻地用手按住我的手臂，拉着我，我笑道："这只是个玩笑，亲爱的。你们跟着我，总会听到一些黑话，那不是字面上的意思。我现在要去干活了。"

我慢慢走进通道，双腿软软的，莎拉跟着我，图坦挂在她的左腿上。我们撞见了大桶，他摇摇晃晃地好像顶着个大托盘。我问道："你看见地精和独眼了吗？"

"他们带着他们的魔法破烂去了大瞭望塔。"

"谢了。"

我们走出去还没有五步远，大桶问道："是隆戈告诉你水会从地下墓穴中涌上来的？"

我叹了口气，摇了摇头，听着肚子咕咕叫，我在想有没有人能把食物做熟了。我穿过蜿蜒的密道，爬上通往地精和独眼所在处的梯子。

白天的光线使我很舒服，如果我有力气爬那么远的话——我好久都没看见过太阳了。

76 ●○——

我将有一段时间看不见太阳了，莎拉抱着图坦穿过了活板门，他又睡着了。我想一个忍饥挨饿在垂死边缘的孩子的确会比较嗜睡。

尽管是白天，外边依然大雨瓢泼。哈葛普跨坐在椅子上背对着我，双臂搭在椅子上，愁眉苦脸地看着凝视着雨幕。"这雨下了有多久了？"我问道。

"三天了。"

"我们从中收集到淡水了吗？"

"尽量收集了一些，都储存起来了。"

"他们俩在干什么？"地精和独眼在房间正中的地板上，盘着腿，离内部潮湿的通风口远远的，他们俩都低着头。

"是巫师的那一套。别打扰他们，他们会把你腿都咬掉。"

独眼咕哝着，"如果某人再接着唠叨，他就会失去一对耳朵。"

哈葛普和我都对他竖起了中指，但独眼不予理睬。

瞭望台每个方向都有窗户，我走向了最大的那一扇。

不能说这场雨是场大暴雨，但它雨势仍强劲而且持久。我只能模糊地分辨出周围山脉的轮廓。在近处我看见了水面，尽管下着大雨，它依然不断下降。那是象征着疾病的灰色。

我在外面看到了一个贾库里人的筏子，因为上面挤满了人所以都快沉下水里去了。人们用短木板作桨，小心翼翼地把船驶向岸边。

我转向其他的窗户，研究着这座城。我很欣慰地看到塔格洛斯人按部就班，守在各自的位置上。

"他们进行得有条不紊。"哈葛普认可道，"但他们被孤立了。"

"被莫盖巴孤立？"

"所有人，战火几乎连绵不断。"

所有的街道民巷现在都成了河道。我看见到处都是浮尸，散发着令人难以忍受的恶臭。水位比我预想的还要低，透过东边的窗户可以看到城堡。尽管天气恶劣，仍有一些纳尔人站在顶部。他们绕着护墙侦察着我们的城镇。

哈葛普发现我正在观察他们。"他们害怕我们，他们担心我们随时会将他们杀光。"

"我们当然会害怕。"

"他们对像地精和独眼这类人很迷信。"

"这告诉你一点，无知是多么可怕。"

"我可都听见了。"独眼咕哝道。他和地精正玩着某种晦涩难懂的色子游戏。我更喜欢他们用魔法召唤出炽烈的光，它四处游荡，把所碰到的一切燃烧殆尽。破坏，我还是可以理解的。

莎拉抱着图坦看起来有些疲惫，所以我接手过来。她感激地一笑，笑容点亮了整个瞭望台。

独眼和地精停了下来，他们和彼此以及哈葛普交换了下目光。

"你们在做什么？"我问道。

"我发现我们是对的。"

"是吗，这还是头一次。你们说什么是对的？"

"你的脑袋一定被人动过手脚。"

我忽地打了个冷战，这可不是谁都受得了的："这是谁干的？怎么办到的？"

"怎么办到的我们现在还不是很确定，有好几种方法能做到。但谁和什么东西操控了你的脑袋才是更有趣的。"

"告诉我。"

"那个人就是夫人，夫人就在外面。"

"你说什么？"

"这有点儿难解释，尤其是当游客们和他们的女伴四处游荡，但看样子是夫人和塔格洛斯人在那边管事。他们的营地在山的另一边，安扎在北方大路上。我们看到的南方人都是直接向夫人汇报的扈从。"

"你再说一遍。"

地精又解释了一遍。

我说道："你们继续，我得去角落坐会儿，好好想想。"

77 ●——

都加大叔和泰·戴恩不知道从哪儿回来了。我和莎拉回来时，他们对我们怒目而视，一言不发，洪·泰瑞仍然让她忠于肯家。泰·戴恩抱走了他的儿子，小家伙一下子就高兴起来。

都加大叔对我道："我的子民不是蘑菇，掌旗官。他们不能再继续忍受下去了。你们这些石头兵犯了个大错，即使没有挑衅也终将给你们带来麻烦。受伤的野兽连它最爱的主人也会咬。"

"我们会比我计划的更早离开这里。"我的语气也不善。我真想把夫人拉过来，按在腿上使劲打。"我已经下令开始撤离了。"

"你听起来很气愤。"

"我很生气。"夫人利用我来对莫盖巴实施政治阴谋，一点儿都没有考虑过佣兵团的利益。她已经不再是我们的伙伴了。

隆戈靠在门口："你知道地下墓穴洪水泛滥么，摩根。"

"大桶和我说了！离全面爆发还有多久？"

"四五天吧，可能更久！除非泄洪更加严重。"

"我们要走了。你的兄弟和独眼都在瞭望台，去问他们吧。"

隆戈耸了耸肩走了，抱怨着还要爬梯子。

我问道："现在谁能代表尼扬·博奥人说话？"

"我们还没选定。"都加大叔回答道。

"你能不能快点儿？拉诺瑞·博博马上要来了，他的名字没什么特别，但他却正掌控着自由的奴隶、友方塔格洛斯人还有贾库里人。我们需要尼扬·博奥人的人帮我们一起制定撤离计划。"他想说些什么，但我还是接着说，"看来暗影长老不再是心腹之患了，只是没人告诉我们。我们所谓的朋友也只是因为种种利益关系为我们服务，我们随时都可以走，但是不知道要离开多久。"

我把我们一切失察的责任都推给地精和独眼。任何事情你都可以归责于巫师，人们也都会相信。

莎拉用我们所剩的食物做了一顿饭，她经过时我抓住了她的手。她笑了。我对她说道："这会是最后一次。"

我希望如此。

但我错了。

凡事都需要时间。

纳诺瑞·博纳吉跟着我进了兔子窝，这里上层很糟糕，下层更是脏乱得超出了想象。他是古尼人中的贵族，对这里惊诧不已。我们交谈了一会儿，都加大叔将代表尼扬·博奥人。谈判达成协议，协议迅速实施。准备工作正式开始。

78 ●○──

漆黑的深夜，下着大雨，黑色佣兵团悄悄前进着。我们和艾尔－库的塔格洛斯人一起，穿过摇摇欲坠的临时浮桥登上了城垛。地精带头，我们在城墙上蹑手蹑脚地前进着，夺下了由纳尔人占据的北大门和碉楼。地精的睡眠法术让一切变得很容易，所有人都毫发无伤。

在将最后一具尸体扔到城外的水中之前，地精和我就带着团里的骨干弟兄，前去攻打西大门和碉楼去了。

由于大门掌握在我们手里，我们接下来的行动莫盖巴手下的人无从察觉。

两个大门之间有三座塔，洛夫特斯和他的兄弟们去了中间那座。虽然墙本身是石头，但有瓦砾填满，塔楼并不坚固。墙体必须是中空的，以便于弩手在里面填满炸药。弟兄们开始从最接近水面的那一层向外打一个洞。

尼扬·博奥人的人把剩余的食物带了上来。女人们用塔格洛斯人最后一点儿燃料为所有人做了饭，我想让每个人都饱餐一顿，力量充沛。我们大多数人都饿得前胸贴后背了。

第二天太阳升起时，纳尔人站在城堡的顶端，发现和昨天没什么不同，只是少了些雨水。而北大门、西大门没有传来信号，看起来也没什么大不了的。

"周围的乌鸦少了很多。"地精发现日光开始变暗。

"可能都被我们吃了。"

夜幕再次降临，所有人都开始干活。锤子的敲击声、物体的撞击声、残垣的入水声响彻整个城镇，但没有人能看到我们在做什么。当太阳升起时，除了少了几座废墟外，什么也看不出来。

积水持续下降，而天气一直阴霾。

木匠们正在建造的木筏浮在外面，靠在墙上。所有能提供浮力的东西都拿来造木筏了，甚至是空的啤酒桶。

那天下午，莫盖巴派了三只木筏到北门，来看看为什么他的信号没有得到答复，给我们送了点不错的木材。

他们从城堡里一定能发现我们的伏击，莫盖巴便不再浪费人力或物力。

洛夫特斯和他的兄弟们说，最好的筏子应该造得又长又窄，相对的阻力就会比较小。在三英尺深的水里，洛夫特斯和他的兄弟三人还有一些技巧熟练的塔格洛斯人组装着一个又一个木筏，每一个木筏都能搭载十人以上。他们物尽其用，做了四十一个木筏。他们估算这些木筏一共能乘坐七百人，五百多人可以上岸，而其余的人带着筏子回来，在黎明前再来一次。

如此一来，近一千两百人可以在一夜之间撤离。这足以在尚未确定安全的岸上建立起一个坚固的堡垒。

麻烦来了。我们想悄悄转移的人数比我想象的还要多。这里有我四十个老部下，六百多尼扬·博奥人，还有远超我想象的塔格洛斯人、自由的奴隶以及贾库里勇士。

纳诺瑞·博纳吉有近一千人和补给品想要转移。所有人在一夜之间全部转移根本不可能。

"我们这么办！"独眼说道，"第一晚你只带一波装满的人的木筏。各个阵营抽签选择人数。这样既不用你推我搡的，也不会引起恐慌。按照各阵营人数占比来做签，就没有人会骂骂咧咧的。卸下这五百人，让他们安营扎寨。剩下的人再回来，绑好木筏等第二天晚上再渡河。"

"你真是个天才！"我说道，"你或是地精也要一起来，以防万一"

"有这个必要吗？"

"怎么没有？"

"现在没那么危险了。"

"那我们不用费这么大劲了。我们可以先让尼扬·博奥人和补给品先过去。"

"这肯定会遭到强烈的反对。"

"那先让妇女儿童，还有老人先过去。我这一定行得通。再加上塔格洛斯人人的补给品，还有贾库里人。但是，该死的，剩下的人还是要排队。我们先弄清楚具体有多少人，再让剩下的人抽签。"

抽签的结果是有三十个塔格洛斯人，五个黑色佣兵团的兄弟和十五个尼扬·博奥人的武士被抽中，他们将第一批渡河。这样我们就有五十个有战斗力的人在岸上。

都加大叔对这个安排十分不满，因为如此一来一个晚上就无法将他的族人聚齐。"真聪明，你们这些黑暗士兵。"他又开始翻旧账，"你把我们的武士当成了人质。"

"你要想走，走吧。你们的人更多，乘木筏走吧。"

他眉头紧皱。

"这是第一晚，大叔。将会有十五个人跟着去，抽到签的会很多，你也有可能会是其中之一。"

独眼和地精并不想走。"今晚我不会过去。"独眼和我说道。

"我也是！"地精也坚持道。

他们透着黄鼠狼般的狡诈，上次他们检查船板底部时就是这副表情。"为什么？"他们看起来一直是正直的人。

"那边并不安全。"地精开始试着用他以削减莫盖巴的罪恶，保护世界的无私愿望来说服我，但是他失败了。这时独眼才告诉我："那个婊子来自杜松城，她叫丽莎·戴尔·鲍沃克。正在那边等着我们。"

"谁？"我没听清。

"丽莎·鲍沃克，来自杜松城。这个小婊子，追随着马龙·谢德，那个亡灵法师。在佣兵团起步时，化身曾收她为学徒。在我们击伤化身时她也在。现在，她正潜伏着，找机会报复我们。她已经试过好几次了。"

"你们就没打算告诉我？"任何一个独眼很感兴趣的东西都值得被怀疑。

"现在不是还没出事吗？"

有什么好争论的？事情已经很明显了。这两个人很紧张了，并不想放松警惕。既不要，也不想和彼此分开。我对他们道："和我们剩下的人一起走吧。"

博纳吉和都加大叔，地精和独眼都齐齐望向我，我对他们道："我不用排队吧？"

独眼咯咯笑道："也许吧。但你说过我们身上都担着风险。"

我还没抽签。问题是，结果已经很明显了。罐子里只剩下一块石头了。五个黑色鹅卵石已被分配给了黑色佣兵团，还有四个已被抽走了。

我被选中第一批渡河。

为什么我的兄弟们看起来这么幸灾乐祸？"拿上你的石头，收拾好你的行李。"地精说道。他们会操纵抽签结果吗？当然不，这两个人不会。他们可是良善的化身。

"有谁想要这个吗？"我举起最后一块石头。

"把它装好了，小子，"独眼道，"没有你我们也会好好的。还是那句话，无论如何，一天之内又能出什么事呢？"

"留你们当家？"将黑色佣兵团的弟兄留在城里，而我先渡河，这看起来不太好。

"拿上你的东西走吧。"地精又厉声说道，"一小时后天就黑了。"

小雨淅淅沥沥，天黑得很早。再纠缠下去既不够完成两次运送，回来时也会漆黑一片，该死的。

莎拉背着些零七碎八的东西、六磅大米和豆子。我拿着个大包，里面装着尼扬·博奥人的帐篷、毯子、和一些在陆地上用得着的东西。此外，图坦还挂在我后背上。他是我见过最不麻烦的孩子了。

泰·戴恩没抽到黑色的石头。

我可以好好享受没他跟着的时光了。

我们爬出洞穴，走下台阶，穿过城墙，爬了上去，走上城垛，停在中间的塔里。这和我想象的一样累人。

我的筏子上除了我和红宝石，都是尼扬·博奥人的人。尼扬·博奥人的人很耐心地等待轮到他们。而塔中的人，在微弱的灯光下工作，也很有耐心，气氛融洽。

"小心点！"柯莱特斯在我登船时说道。他把孩子们递过来，我一一接下。"头儿，我给你挑了一只好的木筏。但如果保持不好平衡，也是会翻的。你好，夫人！"莎拉回应以灿烂的微笑。

"谢了，柯莱特斯，我们明晚见！"

"好的，多找些牛还有舞女吧。"

"我尽量吧。"

"你们得跪下，让自己的重心变低，这样这该死的东西才不会翻。"

我看向四周，我们准备出发了。

木筏上有六个尼扬·博奥人的人，他们会划桨。到岸后，其中五个会划回来。除了他们，我和红宝石还有一个扎辫子的五十多岁的尼扬·博奥人的人，就是木筏上仅剩的男人了。这有十五六个孩子，七八个女人。我们很挤，但尼扬·博奥人的人划得很快。我想帮他们划桨，但他们听不懂塔格洛斯人的语言。

红宝石说道："他们如果意图不轨，我们收拾他们不费吹灰之力！"

"你说得对，但声音小点儿，我们是在悄悄渡河。"

看起来尼扬·博奥人的人划船的技巧都十分精湛，考虑到他们来自哪儿，这便不足为奇。

他们像羽毛落地般安静，但木筏却快速地向前行进着。木筏突然相撞，尼扬·博奥人发出了很大的声音，他们很迟钝。几句耳语后，桨手们开始右转通过。

总的来说，这算不上是偷渡。桨激起水花飞溅。人们东倒西歪，嘟嘟囔囔，动来动去，偶尔还会撞上其他筏子。但这些声音每天水里都会出现，而且今晚雨下得很大。当然，我们径直离开了这座城市。塔内的射出的灯光成了航行的信标。

我们的桨手可能没好好看灯光，我们完全偏离了航线。

有人发出了嘶嘶声。

桨手们停了下来。母亲们用手或是奶头堵住了孩子们嘴，不让他们发出一点儿声音。

我什么都没听见。

我们继续等待。

莎拉将手轻轻地放在我的手臂上，使我们彼此安心。

然后我听到笨拙的划桨声。有人比我们偏得更离谱……只有这只木筏驶向不同的方向。

这可不妙。

声音越来越大。

另一只木筏并排划了过来，夜色黑暗、大雨瓢泼，他们似乎没看到了我们。

一个声音带着愤怒，轻轻地传了过来，他说的是吉－埃克斯利语。我只会二十多个单词，他说的我都听不懂。

但我不需要懂，我认出了这个声音。

是莫盖巴。

从北边和西边的碉楼上可以俯瞰大部分的湖面，但白天我们没有发现他离开。

这意味着他至少在前一天晚上就离开了。而这又会解释为什么我们占领碉楼时，他们没有回应。

莫盖巴来这里到底要干什么？

纳尔人继续摸索着前行，我们也开始前进。直到木筏靠岸，惯性将我甩向前方时，我才恢复思考。

莎拉和我带着图坦和我们的东西，向岸边走去。那个小家伙睡得很熟，他姨妈的胳膊像是一张皇宫里舒适的床。

不一会儿我就发现，即便完全不懂塔格洛斯人的语言，同行的人也希望我能带领他们。不用说，这肯定是都加大叔的主意，在他过来之前都听我的。

"红宝石，你一会儿负责带着他们搭好帐篷。"我们返回原来的航线，在那里登陆。人们和我们一起，享受着德加戈墙外生命的奇迹。

在暴雨中漂泊了一晚，对我没什么影响。

"我们走，兄弟们。我们不能干站着，开始安营扎寨吧。"我们有尼扬·博奥人长途跋涉时用的帐篷。我们还有毯子，一直裹在帐篷里，它们才会保持干燥。"来些人捡点干柴，把火生起来。"在这种天气里，做要比说难得多。"布巴·都，带些人四周警戒。你，霍洛？是叫这个名字吧，中士。"我对一个塔格洛斯士兵说道："带着巡逻队巡逻，快点！快点！我们还不知道外面有没有人想杀我们。"但当你饥寒交迫时，就想不了那么多了。

我快要累瘫了，但我得做出个榜样。莎拉跟着我帮忙。我对那些轮流照顾婴儿的人吼叫时，仿佛成了像科伦巴一样的历史上臭名昭著的君王，抱着一个发臭的婴儿，恶毒地命令着他的部落。

图坦是个好孩子，但他需要经常换洗。

很快，大家都开始忙碌了起来。帐篷搭建了起来，木柴砍了回来，小火苗升了起来，它愈烧愈烈直到能煮沸水做饭。我们用一些帐篷收集雨水，把雨水收集到罐子里。每个人都被淋不能再湿了。

我们在返回的木筏上也放了些木柴，这样我们在城里的兄弟也可以开个小灶了。

79 ●○——

我们这一路走来已经经历过太多的苦难，所以那一晚只是另一个糟糕的插曲罢了。到最后，我们只有简陋的敞篷、难吃的食物和零星的温暖。但不久天开始渐渐晴了，雨也只是偶尔落下几滴。莎拉和图坦还有我爬进帐篷，蜷缩起来。只有在这一刻我才是快乐的。

图坦很了不起。他大部分时候都像莎拉一样安静，虽然如果他愿意的话，他也可以大呼小叫。他十分嗜睡，这一周来还是第一次吃了顿饱饭。

我也是如此。

舒舒服服睡了四个小时，但美梦很快被灾难打断了。

是戈泰来了。自从都加大叔哄骗她离开我的住处之后，我就再也没见过莎拉的母亲了，我也从没思念过她。

由于我睡得很沉，并没有看到她从底部撕开帐篷。当我醒来时，她在用尼扬·博奥语嘶嚎呜咽着，还夹带着很粗鄙的塔格洛斯语。莎拉早已经坐了起来，她张着嘴，泪如泉涌。

图坦也哭了起来。

戈泰对小孩子的哭声没有什么抵抗力。她火暴脾气的背后是一位慈祥的老奶奶。她竟然轻柔地对这个孩子说着什么。

红宝石急匆匆地跑过来："需要我把她扔回河里吗，摩根？"

"你说什么？"

"她刚从水里爬出来，说有人要杀她。还说有人把她从木筏上推了下来。我看，就是她自己自愿的。"

"很有可能。"莎拉惊讶地望着我，她泪光盈盈。"但还是要对她好一点儿，她也算我的家人。"

"哎，兄弟！"红宝石叹道，摇着头走了。莎拉开始对她妈妈手舞足蹈地比画着。图坦看着他的奶奶，吮着大拇指，我闻到一股异味。"去找你奶奶吧！"我轻声道，"让她看看你走路走得多好"。图坦不明白我的话，但她奶奶懂了，她对图坦伸出了双手。

正如我能告诉图坦的那样，他是世界上唯一一个关心戈泰人。他蹒跚学步的样子，使他的奶奶暂时忘了全身湿漉漉的寒冷和胡思乱想。

莎拉狠狠地瞪着我。我耸耸肩，咧嘴一笑，说："他需要再换一次衣服。

红宝石发现我在眺望城市，炊烟从我们镇子袅袅升起。"布巴·都抓了一名探子，摩根。"

"趁他们还没来得及报告……"

"他说他们已经知道了。他们隐藏了起来，那个叫斯旺的也在。"

"看来独眼说的没错。有人受伤了吗？"

"还没有！"

"好，那就好。他看到我们的营地了吗？"尼扬·博奥人做的伪装真的很好，这一点毫无疑问。你知道营地在这儿，但就是不知道具体的位置。

"我想他们只是看到了炊烟。据布巴·都说，他们大吃一惊。"

"他们看见他了？"

"没错！"

"糟糕。或许他们没认出来。"我耸耸肩,"有的事控制不了,我来搞定他们。等下!"我绕过莎拉和她的妈妈。"嘘!"戈泰刚要说话,我便打断了她,"我们有麻烦了,你们谁能代表尼扬·博奥人?"我不知道还能问谁。这些怪人们照我说的做了,这或许有点用,但他们又不会说话。

戈泰把图坦放下,站了起来。她眯着眼,可能眼神不太好。"塔恩·达克!"她大声喊道。

一个苍老的身影转了过来。尽管岁数很大,他还背着一大捆木柴。戈泰向他招了招手,他便快速地冲了过来。

我走上去迎他:"你好,大爷。我正在找能代表尼扬·博奥人的人。"我大声而且缓慢地说道。

"我还没聋,孩子!"他用更流利的塔格洛斯语回道,"我知道你是谁。"

"好,那我就废话少说了。这里的士兵发现了我们。我不知道他们对你的人会是什么态度。如果情况不对,我也帮不上忙。你的士兵已经侦察过了,你们能隐蔽起来吗?"

他盯着我看了好一会儿,我回头,发现莎拉站在了我的身后。图坦和他奶奶笑闹着。他将目光转向莎拉,有一刻,也许他看见了自己过去的影子。他颤抖起来,表情变幻莫测,说道:"好。"

"那就好,去吧,我陪着他们。"我猛地竖起拇指,"我会带话给都加,他会找到你们的。"

"祝你好运!"我转向红宝石,"这么办,让尼扬·博奥人都快走。我会和斯旺回去,在他营地附近停下。你看着尼扬·博奥人搬出去,然后把这烂摊子收拾成像在为今晚渡河的人做准备。"

老人在旁边听得一字不漏。

我继续道："只要所有人一走，就当他们从未存在过。"

"但是……"

"就这么办。让他们带走大部分食物，我们可以从夫人手里抢。"我希望如此。

红宝石看向莎拉。看来所有人都认为她才是问题的关键。他耸耸肩："你是头儿，我明不明白都得听你的。你对她要如何解释？"

"我不需要。"我朝着斯旺部队集结的方向走去。

莎拉放下图坦，朝我走来。

"待在那儿！"我对她道，她茫然地看向我，仿佛听不见我在说什么。我又往前走了几步，她跟着走了几步。"你应该和你的族人在一起。"

一丝微笑在唇角绽开，她摇了摇头。

洪·泰瑞并不是这个家族唯一的巫师。

"戈泰……"

轰隆！

"你！黑暗武士！是你毁了她，现在还不满足？我妈妈是个残忍的巫师，没错，但是……"她变得癫狂起来，和之前的安静判若两人。我看了看塔恩·达克。他依然一脸高深莫测，但我敢打赌，他一定很想笑。

"红宝石，带她回帐篷里，看看她是不是被下了什么咒了。走吧，女人。"

80 ●○——

"该死的，"斯旺刚一看到我就发起了牢骚，"难怪你肯回来。"

"小伙子，把手放开吧。嘿，尼扬·博奥人！记得去见塔恩·达克，这很重要所以别忘记了。塔格洛斯，这位是从佣兵团里过来的红宝石。"我转向斯旺，"稍微提醒你一下，我们只剩下几个靠谱的射手了。"

斯旺的视线从莎拉上挪开了："抱歉，可你还真是跌昏了头是不是？"他一如在福斯伯格发表"评论"时那样彬彬有礼。

"可不是吗，你问发生了什么？巫师们拿我做了个实验之后的第二天我才醒来，然后发现脑子里有个家伙在对着我的记忆胡来。不过我明白了，当我在地狱厨房里和老鼠还有食人怪搏命的时候，我所谓的'朋友'们一直都坐在一边看戏，连暗影长老已死的消息都不告诉我。"

斯旺呆呆地看了我一眼，"可……你知道的，摩根。当我们杀死那个狗东西的时候你是在场的，那之后整整一周你都在这儿的。"

"杀掉了他？"

这时，天已经开始亮了。斯旺很不解地问道："你不是一直坚持要撤退的吗？她说你已经……"

"不，我没有。我意识到自己在回头时，我才明白我只是在逃离旋影而已。我想我真的还不了解你们。"我试着解释，结果事情反而变得更复杂了。

这时，有人用尼扬·博奥语喊话，说我的部队没有服从命令。又有另外一个人用塔格洛斯语喊道："摩根大人，您能到这边来一下吗？"

我赶快告诉斯旺："我不知道发生了什么，可你最好稳住，这些人真的敏感极了。"

"我可不想有性命之虞。"斯旺一副漫不经心的样子。

"我认真的，你要是跟他们一起待上几个月你就会明白了，他们偏执得不行。"说完我爬上了一段陡峭的斜坡，上面有一个塔格洛斯人正跪在杂草堆中间等我，他旁边跟着一个十五岁左右的尼扬·博奥少年。

那孩子指向远方，急着想要第一个把坏消息告诉我。

目力所及，硝烟正从德加戈北边的碉楼升起，看起来是有战斗正在进行着。

一道淡紫色的闪光告诉我，独眼或者地精也参与进来了。

莫盖巴必须要尽快收复碉楼。

我还瞥见有火光也同时在西门亮了起来。

"莫盖巴完蛋了，谢谢你们来通知我。不过我们也无能为力啊。"我暗暗希望独眼和地精们能把这城市翻个底朝天。"我们回营地吧？还有事情要做呢。"

夫人走了，这会儿是尖刀当家，他正忙着收容城中来的难民们，以防他们把关于暗影的新消息上报回去。他承认，这是在完成她的愿望。和营地里的其他人不同，他看起来好像对莎拉毫无兴趣。

"没在这里露面真是走了她的大运了，"我抱怨着，"不然我非得把她折了不可。"

无事可做的我和尖刀，斯旺还有马瑟坐在一起聊天直到天黑。有人还找了只小狗给图坦做玩伴。到了晚上我说："该放我们回去跟自己人待在一起了，否则他们会担心的。"

"做不到，老兄。"马瑟告诉我。

尖刀点了点头："她说过了，没有例外。"

空气中洋溢着温暖，在那个尼扬·博奥少年的注视下，我跟每个人都说了说自己的想法。斯旺和马瑟都别开了眼睛，倒是尖刀将信将疑地接受了。

莎拉一副无忧无虑的样子，我猜在德加戈的经历之后，很难想象还会有更糟的事情发生。她甚至都微微笑了出来。

"我猜这是上次我住过的那个牢笼？"上次来访的回忆这时清晰地

出现在我眼前。

"我们会让你住得舒适的。"尖刀向我保证。

马瑟主动带路:"我来带你们看看你们的铺位吧。"

等到斯旺觉得我们离得足够远不会被听到时,他问了问尖刀:"你觉得她好?那可是个叫人毛骨悚然的女人。"

我瞧了一眼莎拉,虽然她的表情没变,可我猜她听到了。

我几乎都没听见尖刀回答了什么,他说得又低又轻。

我继续揣测着莎拉,同时也好奇斯旺到底看到了些什么。

81 •◦——

我们住的帐篷很体面,一定是某个暗影大陆部队中级军官的帐篷。看样子我们并不是什么不光彩的客人。除了帐篷还有一个仆人来帮忙打点,包括给我们准备晚餐。尖刀的部队找到了不错的口粮,说实话我已经有很长时间没吃得这么好了。

"我在这世上最想做的事情,"我告诉我们那名字不得而知的仆人,"就是能洗个澡。"莎拉还给了他一个足以让盔甲融化的笑,看样子她很喜欢这个点子。"我已经脏得身上的跳蚤都生虱子了。"我说。

一定是深重的罪恶感作祟。一小时后几个士兵拖着一个抢来的石制马槽来了,后面还跟着几个人,他们手里提着装满了热水的桶。

我告诉莎拉,我们的帐篷够大,除了七七八八的杂物之外再放进一个马槽和几个水桶也没问题。

斯旺提高了声音:"你们对这些怎么看,嗯?"

"如果我没有朋友在那边战斗并死去的话,我宁可要他们判我终身监禁。"

"放松点儿，摩根，一切都会没事的。"

"我明白，斯旺，我明白的。但总有人会对事情的结果感到不满。"

"是啊，行吧，晚安。"

从洗澡的事情开始，莎拉就明确了，在她的定义中，我们的关系正是他人所怀疑、担忧着的那种关系。她那无须言语便能交流的能力让我震惊不已，更加让我感到神奇的是，在如此残酷的战场中间，竟然能开出如此的花儿来，深沉的夜色也被其美丽所点亮。

这一觉是我这几个月来睡得最好的一次，也许是因为我心中的某些部分放松下来了吧。

溅在脸上的水珠弄醒了我。

"怎么了？"我睁开眼蹦了起来，莎拉也坐了起来，"图坦？孩子你在干什么？"小家伙正倚在马槽边，用手拍着槽里的水。他看了我笑了，用尼扬·博奥人语说了些听起来像婴儿呓语的话出来："嗒嗒"。

"发生了什么？"

莎拉耸耸肩，图坦又说了一次"嗒嗒"随后转身出了帐篷。

帐篷外面正发生着些什么，我抓起衣服赶紧穿好，然后把头探出帐篷去。"天呐！你们这些家伙是从哪里来的？"泰·戴恩和都加大叔正坐在外面，幸好他们的剑还放在鞘里搭在了膝盖上。这时一伙塔格洛斯人走来过来要请他们离开。我估计他们刚到，既没有获得进入营地的许可也没有向哨兵确认。

这时斯旺和马瑟出现了。

都加大叔告诉我："昨晚又只有一组人撑了过去。黑衣人发动了进攻，很多人受了伤，大量木筏被破坏了，可是他们的士兵并不想战斗，许多人甚至主动要求加入布哈·及。"

"这些人到底是谁？"斯旺质问道，"他们是怎么到这里来的？"

"这些都是家族里剩下的人了，我要他们偷偷地潜入进来，他们也确实精于此道。很明显，你所谓的边界名不副实呀。"

远远地传来了尖刀的怒喊，"糟了"，斯旺暗暗嘟哝，"现在怎么办？"他慢慢地走向一边。

马瑟看着泰·戴恩和都加大叔想了一会儿，耸了耸肩跟着斯旺走了。都加大叔对莎拉说了些什么，她听到之后点了点头，我想他是想确认一下她是不是还好吧。

图坦在他爸身上爬来爬去。

都加大叔对我说："你做得很棒，值得更多的赞美与褒奖，你是个真正的领袖。我们的族人已经安全地离开了，而他们对此一无所知。"

"是吗？不错，可我的人怎么办？"

"他们已经逃不出来了。巫师们要寻莫盖巴的仇，他们可能今晚就到。"

82 ●○───

那晚他们并没有来，第二天的晚上也没有出现，他们派出了很多塔格洛斯人来代替战斗连队。

在玩了两个早上的神秘之后，马瑟终于同意告诉我营地里兴奋情绪的来源，可这时候尖刀进来打断了我们关于都加大叔和泰·戴恩的谈话。他告诉我："摩根，碎嘴一两个小时之内就会到，你也许能讲讲两句好话。"

"什么？"

不到一个小时，人就已经到了，碎嘴也不是一个人来的，同行的还有普拉布林德拉·德哈本人。他倒是看起来一副经历过大风大浪的模样。我从容不迫地向他走去，尽管我不知道会面结束后我们将要去向何方。

他从马车上跳了下来，说道："是我，本尊无疑。"

"可我亲眼见到你死了。"

"不。你所见到的不过是我被击中了，你撤退的时候我可是还在好好地呼吸呢。"

"真的吗？都变成那个样子了，不可能再……"

"确实不应该如此，说来话长了，也许有时间我们能边喝啤酒边好好聊聊这事儿。"他挥了挥手，士兵们跑了上来。碎嘴也抓起了他的长枪，它的确对得起"长"枪这个名字，然后推给了我。"拿着，你在跑去大开杀戒的时候忘了拿这个。"

我简直难以相信自己的眼睛，这是那杆连着战旗的长枪。

"你真的要拿着它吗？"

"这就是那把枪！我都几乎肯定拿不回它了。"忘了我对莫盖巴说的话吧。"你不知道我有多内疚，尽管我认定我的确看见那一幕了……真的是你吗？"我认真地看着他，毕竟在见过独眼和地精玩弄的幻术之后，我还不是很能接受双眼看到的这个事实。

"真的是我，活蹦乱跳的，也准备好要大干一场了。但这都不是我现在要做的事情，夫人在哪？"

可怜的人！尖刀把坏消息告诉了他。夫人在一周多之前就已经向北方去了。他们在路上与彼此失之交臂。

斯旺和马瑟被他们的顶头上司，德哈王子的出现吓了一跳。他为何要这样东奔西跑呢？碎嘴狠狠地瞪了辛迪一眼，被我注意到了，因为夫

258

人离开时他却留了下来。

碎嘴瘪了瘪嘴，"别和你那鬼东西亲热了，摩根，我还要追上大队伍的，我已经和他们失去联系了。来个人帮我把住这匹臭马吧！"

一名士兵拿过了他手里的缰绳。

"我们去个凉快点儿的地方吧。"

"我想听听你的故事，"我说，"趁着还新鲜的时候。"

"这是要编进你的编年史里去吗？你一直都带着它们吗？"

"我试过，但没办法我只能把它们留在城里。"反正我也不喜欢它们。独眼会用月亮发誓要好好保护这些书，可谁知道他会不会兑现呢？

"我会期待读到摩根之书的那一天，如果得到一份终身工作对你有好处的话。"

斯旺说夫人计划在得空时写一本她自己的书，碎嘴狠狠地把石头扔向一只乌鸦。这是我在晚上发现那只白化变种之后第一次发现这种鸟，也许是碎嘴自己带过来了的吧。之后我向他描述了一下在德加戈所发生的事情。

"我猜所有人都没吃上好果子，不过看起来莫盖巴才是真正的问题，最好马上就去追他。现在还有多少人在那里？"

"我的猜测是他和纳尔人还有一千到一千五百人。但我不知道我手里还有多少人，每晚都还不断地有人逃出来，自从我在这里成了囚犯之后就不清楚详情了。独眼和地精以及连队的绝大部分人都还在那儿。"我满心希望都加大叔和泰·戴恩能借着这个机会把图坦、莎拉还有他们自己救出去。

"为什么他们要留下来呢？"

"他们并不想离开，他们说他们打算等到夫人恢复所有力量，他们说这里有东西在等待他们。"

"恢复力量？"

"这是真的。"尖刀说道。

"唔，那他们在害怕什么呢，摩根？"

"幻形者的学徒，那个朱尼珀来的婊子，她差点儿就搞定了独眼……"为什么在这个小崽子刚告诉我的时候我没有相信他，可现在又要相信他了呢？

我看到过短暂的幻影，独眼在夜里喘着气，而长着利齿的死亡正在步步逼近。真实得宛如自己的记忆一般。

"我记得她，她可是货真价实的狠角色，本来应该抓住机会干掉她的。"

"很明显，因为易形的事情她想找我们算账，她也可能被锁定在了福瓦拉卡的形态。我猜那会让所有人都不能接受。但如果你要问我的意见的话，我猜她只是被用作借口罢了，他们想留在现在的位置，因为要不然他们可能会被迫抛弃点什么。"

"比如说？"

我耸耸肩，"他们可是地精和独眼，他们有好几个月的时间来偷盗，买卖呢。"

"把莫盖巴的事情告诉我。"

这下我们就要进入正题了。

谈话结束前，就连那肮脏的辛都都诅咒了一把纳尔人。

"我会给那件事画上句号，你想去给莫盖巴送个信吗？"

我回头看了看，背后空无一人，看样子他确实在问我。"你在开玩笑吧？除非是命令，不然莫盖巴无论如何都会要我死，他肯定乐意拿我的心肝来做早餐。疯狂如他估计现在正搜寻着我的足迹呢，就在我们面对面的这个时候。"

"那我另找别人吧。"

"好主意。"

"我去吧！"斯旺自告奋勇。随后他就和马瑟陷入了争吵。显然，斯旺想要向自己证明点什么，而科尔迪不觉得他需要冒这个险。

83 ●○——

我在营地里的地位迅速发生了变化，就好像我不曾当过囚犯一般。

眼下唯一的问题就是我的帐篷太冷了，我能留给莎拉和尼扬·博奥少年的就只有莎拉在我们带着孩子们脱离战场时，从洪·泰瑞那里夺来的玉制护身符了。

"你弄完了吗？"看到我坐在帐篷前面摆弄着战旗，碎嘴这么问我。

我给他看了看手里的家伙，"不错吧？"

"确实，准备好了吗？"

"一如既往。"我用手摸了摸玉石护身符。

"她有很特别吗？"

"那是相当特别。"

"我想听听所有关于她族人的事情。"

"也许改天吧。"

我们翻越了几个山丘之后下到了湖岸边，一艘容量相当的船已经停在那里了。在走运河送船失败后，尖刀的士兵们走陆路把船运了过来。我和碎嘴在山岗中的高点找好了位置，我把战旗立了起来，这样他们就算在城中也能看到了，不认识我和老头儿也没关系。

莫盖巴想知道战旗在哪？现在他可以亲自来瞧瞧了。

当船在两岸来回摆渡的时候，我和碎嘴看到了让莫盖巴和夫人无比着魔的原因。

"看样子斯旺已经得到回信了，你能看到发生了什么吗？"

"看样子好像有个黑衣人混到船上去了。"

那个黑衣人原来是辛达维。我告诉老头儿："这家伙只要能让莫盖巴当上头领就一直会想办法找我们的麻烦。欧奇巴等其他人还不算太棘手，至少他们不会违抗命令。"

辛达维上了岸，碎嘴向他敬了个礼，他略带迟疑地回复了，还看向我想找点儿头绪出来。我耸耸肩，他只好全靠自己了，我根本不知道接下来事态会如何发展

辛达维确认了他在和货真价实的团长说话，确认完他提议，"我们找个僻静处谈谈吧。"

碎嘴用手势告诉我给他们俩绝对的隐私，随后就走到山岗的背面找了一块石头坐了下来。他们低着声音谈了很长时间。最终，辛达维站起来朝山下的渡船走去，步子极重，仿佛背上了沉重的负担。

"都发生了些什么？"我问碎嘴，"他仿佛在围城的艰辛之外还额外多老了二十岁。"

"心灵的岁数上的确如此，摩根，要是在道德上被迫背叛你从小到大最好的朋友，就会有这种结果。"

"什么？"

他不愿再对此多说。"我们要到城里去。我要和莫盖巴见一面。"

我想了一堆反驳的点子，可我一个都没说，因为他根本不会听。"我可不去。"我打了个寒战，脊背因为一股寒意而发抖，那种人走向自己将死之地时的寒意。

碎嘴瞪着我，我把战旗的底端狠狠地插进土里，无声地说，"我哪

儿也不去"。他咕嘟了一声，转身往船边去了。辛都这时不知道从哪里冒了出来钻进了队伍，我很好奇他偷听了多少辛达维和碎嘴的谈话；不过也可能一个字也没听到，老头子说不定用了宝石城的方言。

船远远地离开岸边之后，我就在战旗边坐了下来，紧紧地握住了旗杆，想要搞清楚到底是什么东西在作祟让我不敢回去。

84 ●○——

●—•—•—•

突然间的晕眩发作了一会儿，我毫无防备。不知不觉间就发作了，就好像集中不了注意力然后做了一个懒懒的梦一样。我试着盯着德加戈但没办法看清它，我想了想那些生命里来了又去的女人们，尤其是上一个。看样子我已经开始想念莎拉和图坦了。

一只白色的乌鸦停在了战旗的横杆上，对着我嘎嘎地叫了起来，不过我并不在意。

我站在闪光的麦田边上，一个扭曲、焦黑的树桩在我三十码开外的地方长了出来，正是麦田的中心。叽叽喳喳的乌鸦在它周围围了一圈。远处的瞭望塔不时闪烁着光，日子就这样过去了。我认出了他们是什么，可就连我自己都不知道我是怎么认出来的。

突然间鸦群飞了起来，用完全不像乌鸦的队伍向另一边飞去了，剩下一只白乌鸦在后面，盘旋着。

树桩发出的光暗淡了，魔法也消散了。

一个女人站在那里，看起来像极了夫人，美貌似乎还更胜一筹。她的视线好像穿透了我，又好像停留在了我身上。她脸上的笑里包含着邪恶，挑逗，诱惑，还有一丝疯狂。白化的乌鸦这是停在了她的肩头。

"你……这不可能。"

她的微笑顿时碎裂成刺耳的大笑。

要么我是彻底地无药可救地疯了，不然这就只可能是"那个人"，早在我加入佣兵团之前就死掉的"那个人"。

搜魂。

碎嘴眼看着她倒下的。

搜魂。

这样一来很多事情就能说得通了，这个解释将会解除无数的疑惑。但这又怎么可能呢？

一头黑虎般的庞然巨兽从我身边缓缓走过，走到那女人的身边坐了下来，它的举动看不出丝毫的卑屈。

我被深深的恐惧击中了，如果搜魂还存于现世，而在这样末日关头她又打算干预的话，她就会成为所有人的噩梦。长影、狼嚎、夫人的力量都不及她。但是除非她有所改变，不然她还是会更乐于把她的天赋用在小处来取悦自己或者只是单纯的泄愤。

她向我眨了眨眼，然后转身消失了，留下一片荡漾的笑声，她的声音逐渐变成白鸦的欢笑。

福瓦拉卡厌倦了眼前的一切，慢慢走远了。而我晕了过去。

•—•—•—•

85

乌鸦在我的头顶叫个不停，一只手并不温柔地晃着我的肩膀，"先生，你还好吗？发生了什么？"

"啥？"我坐在石阶上，手把着一扇大木门的门边，上面有一只白化乌鸦前前后后地飞着。眼前这个体毛浓密的大汉一边大声咒骂，一边用力挥舞着另一只手驱赶着它。

时值午夜，唯一的光源就是这人提来的灯笼了，它隐隐地照亮了街对面的一双眼睛。有一瞬间我很确定自己看见了一个巨大的猫型物体溜了过去。

这个大汉是解放者雇佣的沙达尔巡夜人，天黑后在街上巡逻，一是维持秩序，二是留意那些出身可疑的外来者。

路的那一边，黑暗中传来了笑声。看样子巡夜人做得不怎么样，不过我姑且被认成了好人，而她则是可疑的陌生人。

原来我这是在塔格洛斯。

我闻到了烟的味道，是灯笼吗？

不是，这气味是从身后的台阶上传来的。

我回忆起了提灯掉落的场景，还有一大堆混在一起的地名和时间。"我没事的，这只是个叫人眩晕的咒语了。"

笑声又从街对面传了过来。

那个沙达尔人无动于衷地回头看了看，他显然不相信我的说辞，想着要找出些纰漏来，看得出他不喜欢外来者，尤其是我们这些北方人，在他们眼里都是些疯子或是醉鬼。但是不巧，北方人深受宫廷欢迎。

我站了起来，我知道我得赶紧动起来，脑子也开始清醒过来了。我要找到那个熟悉的入口进到宫里去，因为我还得尽快赶到自己的房里去。

月亮突然间照亮了整条街道，时间一定已经过了午夜了。我瞥见一个女人正从街对面张望着。我正要对沙达尔人说点什么的时候，一声尖利的哨响从远方传了过来，看样子那怪物往那边去了而另一个巡夜人可能遇上了麻烦。"多保重，外来者。"说完，巡夜人踱着步子离开了。

我也跑了起来，急着向门赶去。

我到了日常进出的地方，但有些不对劲，一般来说马瑟的护卫这会儿应该在此执勤才对。

我除了一把小刀以外没有任何武器，我把它拔出来拿在手里，假装自己是个凶狠的突击队员。但是按道理马瑟的人是不会让这么一个入口空着的，就算拿钱贿赂他们都做不到。

果然，我在守卫室里找到了哨兵，他们都被勒死了。

这会儿没必要再去审问囚犯了。但谁会是这次行动的目标呢？老头子？这自不必说。拉蒂莎？可能吧，也许还有任何一个他们能下手的重要人物吧。

我和内心的恐惧斗争了一番，没有就此盲目地逃走。因为至少泰·戴恩和都加大叔还在这里。

我从一个死去守卫的身上扒下了一件衬衫，裹紧了我的喉咙，这能在面对扼喉者的围巾时提供一点儿防护。我像山羊一样熟练地跳上了楼，气喘吁吁地到了自己的楼层，我只好靠在楼梯间的墙边来别让自己吐出来。一番折腾之后，我的腿软得就像果冻一样。

警报声四处响起，我休息了一会儿缓了过来，然后从楼梯间向门廊走去，结果被一个死人绊倒了。

他又瘦又脏，看得出一把利刃把他从左肩到右臀整个切开了，尸体的右手掉在了十英尺远的地方，手里还捏着些什么。血流了一地，尸体还不断地在渗出血来。

我看了一眼围巾，这人已经死透了。现在基纳也背叛了他。

这样的背叛也是女神身上的可爱之处。

只有灰杖才能砍得如此深入又利落。

另一具尸体躺在我房间的门口，第三具则躺在了门廊里，门一直开着。

所有的血迹都是新鲜的，尸体甚至都还在流血。还有几只苍蝇被困在了血液里。

尽管我很不愿意这么做，但在做好了用牙去咬杀任何活物的准备之后，我还是冲进了自己的房间。

某种味道涌进了我的鼻子。

这时一个精瘦发黄的家伙突然朝我扑了过来，一下子把我向后打了出去，我赶紧转过身狠狠地捅了下去。一块黑色的索命带缠住了我的脖子，可多亏了之前缠上的衬衫，它没能发挥作用。

我猛地撞上了自己的工作台，这时后脑传来一阵剧痛，我的内心在咆哮："别是现在！"

眼前一片黑暗，我晕了过去。

不一会儿疼痛把我唤醒，我的手上着火了。

刚才的一撞打翻了桌子上的台灯，我的文章，我的年鉴，都烧了起来，火焰蔓延到了我自己身上。我大叫一声跳了起来，用力地拍打手上的火焰。手上的火灭了之后我就开始抢救文章，其他的一点儿都没去想。这些对我来说和命一样重要的纸张，如今都烧成了灰。烟尘散去之后，只留下了痛苦和凄凉。

如同走过一条漫长而血腥的隧道一般遥远的地方，我看见都加大叔跪在泰·戴恩身边。我和他们中间隔着三个死去的人。他脚下的地面已经被鲜血覆盖了，那三人中的两个身上带着灰杖标志性的精准刀口。另一个人则落在十字架上，露出一分粗鲁的意味。看样子这使剑人已经被无尽的怒火冲昏了头脑。

都加大叔把泰·戴恩的头抱在他的胸口，泰·戴恩的左手仿佛断了一般地垂着，他的右手则把图坦揽在自己的膝盖上，五岁的图坦以奇怪的角度歪着头。而泰·戴恩的脸色惨白，已经失去了意识。

都加大叔站起身向我走来，望着我的眼睛摇了摇头。他走过来用他那有力的双臂紧紧抱住了我。"他们人数众多，来去如风，我们没有一点儿办法。"

我崩溃了。

这就是此刻，今天发生的惨剧。又是一个我不愿置身其中的地狱。

……碎片……

……只有焦黑的碎片，从我的指缝中不断滑落……

烧焦的书页只能依稀读出半打单词，内容也无从而知了。

两部年鉴，一千小时的辛勤写作，四年的历史，就这么灰飞烟灭了。

都加大叔还有他的点子，他想要让我喝下某种奇怪的尼扬·博奥催情药。

碎片……

……到处都是，我工作的碎片，生命的碎片，爱情与苦痛的碎片，都散落在了这个凄凉的时节……

黑暗，而在这黑暗之中，还存留着时光的碎片。

嘿！欢迎来到亡灵之城……

86

房间里挤满了守卫，又发生了什么？还是说我又中了晕眩咒呢？

眼下到处都是鲜血和硝烟，这苦痛的现实就像龙息一般灼人。

不经意间我注意到了团长的到来，他摇着头从屋子后面走过来，满眼好奇地看着都加大叔。

这时马瑟冲了进来，一副担惊受怕的苦命人模样。他径直走到老头儿面前去，我只断断续续地听见他说，"……到处都是死人。"

不巧我没能听到碎嘴回了些什么。

"……是冲你来的？"

碎嘴耸了耸肩。

"你刚搬出去才……"

有个卫兵跑了进来，他朝着马瑟耳语了几句。话毕，马瑟高声发出了命令："听好了！敌人在外面还有几个活的，招子都放亮些！"他和碎嘴凑近了些。"他们在迷宫里迷路了，我们恐怕要借独眼的手来找到他们了。"

"激情时刻永不消退是吧？"碎嘴的声音里充满倦意。

都加大叔宣言一般的向所有人念叨着，"复仇这才刚刚开始呢。"就一个前一天还一窍不通的人来说，他的塔格洛斯语已经说得相当好了。

戈泰老妈从人群后面走了过来，她弯着腰，步子迈得很慢。一如尼扬·博奥女人面对灾难时的开解，她泡了壶茶。今天估计是她生命中最糟的一天了，我猜那会是壶好茶。

碎嘴又打量了都加大叔一眼，然后半跪在了我身边，问道："摩根，这儿发生了什么？"

"整个发生了什么我说不好，因为连我自己也被卷进去了。我刺倒了一个人，就是在那边躺着的那个；然后就被摔到了桌子的另一边，好像就晕过去了；之后才被身上的火烧醒。"我身边还散落着被烧成黑炭的书页，手臂上的烧伤也疼得要命。"当时到处都是死人，我也失去意识了，现在刚刚清醒过来。"

碎嘴用手势提示马瑟，向他指了指都加大叔。

于是马瑟就用流利的尼扬·博奥语问起了大叔他的经历。

真是一个充满了"惊喜"的夜晚呢。

都加大叔说："这些欺诈徒都是严格训练过的，他们毫无预警就出现了，我才睁开眼就有两个跳到了面前来。"他描述了一番他是如何死里逃生，以及又是如何在这个过程中打碎了那两个人的脖子和脊背的。他对这场战斗的描述很客观，几乎可以说是在品评。

都加大叔用了不少刺耳的词来批评自己和泰·戴恩。都加自己在欺诈徒逃走时鲁莽地追了上去，实际上他们的撤退不过是佯动而已。而泰·戴恩不仅因为战斗时一瞬的迟疑而吃了一顿痛骂，还断了一条胳膊。

"作为学费这不算贵了，"碎嘴总结得很精辟，都加大叔也点点头，无视了队长的冷嘲热讽。他明白他要面对轻易上当所付出的惨重代价。

我的公寓楼里抬出了十四具尸体，还不包括我那惨死的年鉴。其中十二个是欺诈徒，有一个是我的妻子，还有一个是我的侄儿。有六个人被巨剑灰杖取了性命，泰·戴恩砍死了三个，戈泰老妈杀了两个，还有一个正是我在进屋里捅死的。

都加大叔抓住我的肩膀想要安慰安慰我，他说："真正的战士是不会向女人和孩子动手的。只有畜生才这么干，而当畜生杀人时，所有人都会把它们追杀殆尽。"

"说得好，"碎嘴说，"但是欺诈徒们从不自称战士。"显然都加这一番话没能打动他。

马瑟也对此无动于衷。"你这老古董，这是他们的宗教，行事方式就是如此。他们都是侍奉死亡的牧师，祭品的性别年龄对他们而言屁都不算。不过他们的牺牲者会直接升入天堂的，不用再受生存之苦，无论其命运如何。"

都加大叔的心情一下子低到了极点，"我知道图格教的，"他喃喃自语，"这个教派该被消灭。"而没人向他解释其中秘密。

科尔迪看着剑师坏坏地笑了，"杀了他们那么多人，估计你们在他们的仇人榜上赢得了高位呢。要是你是个欺诈徒的话，干掉一个大屠夫想必能当上个大人物了。"

我听到了马瑟那毫无意义的蠢话。低声道："图格也没比剩下的宗教疯上多少。"

看样子这句话平等地冒犯了在场的每个人，还不错。

马瑟开始指责他的卫兵们，因为他们辜负了这些牺牲者们的信任。我的悲惨经历不过是冰山一角，还有更多的悲剧正在上演着。

我麻木地说："马瑟，你没法防范这样的事情的，他们压根就不是什么突击队员之类的。"我用烧焦的床单搭在了身边的遗体上，"他们来这儿的唯一目的就是把所有人都送上天堂去，可能连全身而退的事情都没有想过。"我用稍微柔和点的口气说，"队长，您最好检查检查这烟雾。"

碎嘴皱起眉头看着我，就好像我已经生无可恋了一样。他问我："你需要什么吗？要不要谁留下来陪陪你？"他明白莎拉对我有多重要。

"这里是我的家。在那段不停撤退的日子里，我把家人接到了身边来。我脑子开始混乱的时候，他们能让我冷静下来。你真想要帮忙吗？那就把泰·戴恩的手接好，然后该干吗干吗去吧。"

碎嘴点了点头，他向我比了个加油的手势，如此情形下，这比平日里意味着更多的鼓励。"纳拉扬总有一天会明白他捅了什么篓子的，世间已无他安身之地了。"

我站起来，向自己的卧室去了。身后泰·戴恩呻吟着，碎嘴正在掰正他的手。碎嘴没空理会他的呻吟，他正忙着发布命令，盘算着要让战火烧得更旺。

都加大叔跟在了我身后。

我没有想象中那么悲痛，我忙着把那索命带从妻子的脖子上拿下来，虽然这已经没有意义了。我注视着手里垂下来的索命带，看得出这扼喉者早就精熟此技了，她的脖子没断，咽喉处连瘀青都没有。她看上去就如同睡着了一般，可我碰她的时候却早已没有脉搏了。"都加大叔，能让我一个人待会儿吗？"

"当然，你先把这个喝了吧，它能促进睡眠。"说着他把某种闻起来相当糟糕的东西递给了我。

需要做到这个地步吗？

他离开了，我最后一次躺在了莎拉身边。我抱住了她，都加给的药也开始发挥效果了，困意涌上眼皮。如同所有失去挚爱的人一般，我产生了思念，也生出了仇恨，还有了不该有的想法：这发生在莎拉真正明白成为佣兵意味着什么之前还算一桩好事。

我回想起了那伟大的奇迹，我们的奇迹正是这本应毫无可能的结合，但我们两人从未因在一起后悔过。可建立在预知未来的老妇无言一瞥上的这奇迹实在是过于脆弱了。

我清醒又疯狂地思考着，无可避免地想让自己能在这样的早逝面前振作起来。我试着睡过去，可即便在梦乡我也逃不过这痛苦，残酷的梦境不断地上演又在醒来时消失。仿佛基纳本人在用这样的方式嘲笑我，教我明白，所谓胜利不过是一个代价高昂的骗局。

我醒来时莎拉已经被搬走了，而都加大叔的药还让我有些宿醉感。我跌跌撞撞地走着直到我撞上了戈泰老妈。她正忙着弄她的茶，还宛如和别人交谈一样地对自己说话。

"莎拉在哪儿？"我问道，"也请给我来杯茶吧，谢谢。她怎么样了？"

戈泰用看疯子的眼神看了看我，"她死了。"我还犯不着为这个用拳头揍她。

"我知道，她的遗体不见了。"

"他们把她带回家了。"

"什么？谁？"我怒火中烧，这帮人好大的胆子……都是些什么家伙？

"都加，还有泰·戴恩。她的表兄弟还有叔叔都来了，来带她和图坦回家，我是留在这看着你的。"

"她是我老婆，我……"

"她首先是个尼扬·博奥人，然后才是你老婆。她现在是个尼扬·博奥人，将来也是。洪·泰瑞的那些幻想并不能改变这个事实。"

我在怒火爆发出来之前把持住了自己。从尼扬·博奥人的思考方式来看，戈泰确实没说错。

我带着茶回了房间，在床边坐下，摸出了那块曾经属于洪·泰瑞的玉石护身符。今天早上它还很有温度的样子，比我还多上几分活力。好几天没带它了，我把它带到了手腕上。

我打算在都加大叔回来之后把火气全都撒在他身上。

如果他还敢来的话。

87 •○——

没有一个扼喉者小队完成了他们的既定目标，但是这次突袭在心理战上取得了很大的成功，整个城市都吃了一惊，领导层也受到了冲击，还在伤亡之上生出了恐慌的情绪。好在碎嘴制止了这一流向，顺带还把恐慌引向了愤怒。

第二天一早，当大部分人还没从悲痛中缓过神来，碎嘴就去到塔格洛斯黑帮之中，借着老迈的外表伪装成解放者开始散布消息。在透露了一些宫殿遭袭的真实情况后，他宣称针对暗影长老们和图格教派的全面战争将要进入到一个充满血腥与愤怒的阶段。流言顺着大街小巷迅速传播开来，其中的火药味也越发的浓烈。多年来战争对于古老的暗影大陆而言好像已经变得遥远，在大部分人的记忆中也变得模糊。现在，欺诈徒们的一场袭击重燃了战火，对战争古老的狂热又被点燃了。

碎嘴告诉民众，多年的准备现在已经完成了，是时候给邪恶势力带去正义的制裁了。

但是马上行动的话意味着要在冬季进军。我问了问碎嘴他是不是真打算这么做。

"你说对了，士兵们都蓄势待发了，你消息一向灵通，所以应该知道。你懂的，没有一个头脑正常的人会在天上飘雪的时候去进攻丹达哈·普雷士。"

这里不就有一个吗？"这对士兵来说会是艰巨的考验。"

"如果像我这样的老骨头都能坚持过去的话，那他们肯定也能。"

可不是吗，我们之中有些人就是能比别人吃苦，可不过是因为他们太偏执。

该死的，我们黑色佣兵团的人真是够偏执，够痛恨这世间的每一个人了。

工作成了我的全部，最难熬的时候对我来说已经过去了。我不再需要沉迷于残酷的昨天来忘掉更加残酷的今天了，可我还是睡不好觉。那地狱的景象还潜伏在我梦境的角落里。我开始沉迷写作新的年鉴，想把火焰吞噬掉的内容都重新找回来。我用暗烟的能力走回过去，以此来验证我的写作。

独眼的军火库提高了产量，因为钱的事情，碎嘴都快把统治者们逼疯了。

关于战争新阶段的谣言如风般传遍了塔格洛斯的领土。

夫人开始聚集她的部队来训练他们如何面对暗影长老们的命名绝技——暗影。

我注意到地精完全地从我的视线中消失了，距离袭击只过去了几周的时间，我很担心他已经遭到杀害，但碎嘴看起来并不在意。

独眼十分着急，他很想让他的死党同我的岳母结婚，但他是不可能找到那只小蟾蜍的。

夜里，在风儿不从玻璃上刮过，不走无人的大厅穿过，不向地上的影子低语时，整个堡垒如同一块顽石般沉静。

冰冷而残酷的梦惊扰了定坐在朽旧王座上的那人。突然间有一线光闪过，那人叹了一口气，却被这光吸引，做了一个梦，梦里它终于逃出要塞到了外面的世界，想要去寻找一颗包容的心。原野上，暗影漩涡般回转，像极了躲避天敌的鱼群。

群星冷冷地闪烁着，像是嘲笑一般地发着光。

路总会有的。

88 ●○——

•—•—•—•

痛苦之屋？里面传来了嘲弄的笑声。她很漂亮，这不假，有着不输给我的美貌。但她不是你的。

那女人让孩子在怀中入睡，动作轻柔不失优雅。

我……突然间我出现了。不！她不是你的！她是我的！

除非我大发慈悲，否则你一无所有。现在我把痛苦赐给你。这里正是痛苦之屋。

不！我不管你是什么鬼东西，快滚！

89 ●○——

"好疼！"我睁开眼，都加大叔和泰·戴恩蹲在了我身边，他们一副关切的表情看着我。我摇了摇头，没想到他们这么快就回来了。

我穿着睡衣躺在工作室的地上，"我怎么会在这里？"

"你梦游了，"都加大叔告诉我，"还开口说话了，吓了我们一跳。"

"说话了？"我从不说梦话，更别提梦游了，"去他的，我这是又中了什么咒语吧。"不过这次，我多少记下了这个梦境。"我得赶紧把这段给记下来，现在就写，别等下又忘了。"我爬出了房间，可我双手无力，不得不扒着地板前进。

可当我终于爬到了书桌前拿笔写完之后，我发现我根本看不出其中有什么内涵，气得我把笔一摔。

戈泰老妈走了进来，手里提着一壶茶，她先给我倒了一杯，又给都加和泰·戴恩一人来了一杯。看得出莎拉的死也让她很不好过，她那往常矫情的性子仿佛都消失了，整个人失了魂一样。

她像这样已经好几天了。

"怎么了？"都加大叔问我。

"没什么，我记得很清楚，可我找不出解释。"

"那你最好放松下来，别再跟自己较劲了。泰·戴恩！把练习用剑拿过来。"

我很想大声地告诉他现在不是什么练剑的时候，都加把这个当成应对压力的万灵药。尽管我很不愿意相信，但练剑确实有用，因为无论是过招还是练习招式，想做好就要全身心地投入。

戈泰老妈都加入了进来，她的剑使得还不如我好。

90 ●○──

从暗烟的藏身地出来的那天晚上，我就在好奇独眼是不是在周围布下了迷幻咒。事实证明的确如此，他还在周边各地都布下了同样的咒语，这样真正想要掩盖的地方就更无法被发现了。他给了我一串用羊毛编成的护身符要我戴在手腕上，这护身符上面有好几个颜色混在一起，能让我不受这些咒语的影响。

"小心行事，"他告诉我，"既然你要经常用暗烟，我会每天都改换这些咒语。我可不想你还在神游天外的时候有人闯进来，尤其是拉蒂莎的人。"

言之有理，暗烟的价值无可估量。这可能是最有价值的侦察手段了。我们可不敢冒失去他的这个险。

碎嘴给我开了一张待办事务清单，包括要紧密监视尖刀。但对报上来的情况他没有那么关心，我猜他这是放手让尖刀管事好让他长长信心吧。清单中还包括了让尖刀替我们处理处理教派里的问题少年。

我没有多问，但我敢肯定这是慎重考虑过的策略。僧侣制度眼下是我们在政治上的最大障碍，利用他们来限制尖刀的势力扩张，在我看来是行得通的。

我也有自己的调查安排，虽然有些只是为了满足自己的好奇心，但绝大部分还是为了协助年鉴的写作而做的。我一天中差不多要在这些书上面花上十个小时的功夫。

我的日常就是起床，写作，吃饭，写作，去找暗烟，写作，睡一会儿，然后起床再把以上流程再重复一遍。我睡得很少也睡得不好，因为我根本就不想待在梦境中的痛苦之屋里。

都加大叔决定不再返回沼泽地，戈泰老妈也做了同样的选择。大部分时间里他们不会烦我，但是他们总还待在这里，一直关注着事态发展。他们好像是有所希冀。

战争的新阶段来了，都加大叔和戈泰老妈决定要参与进去。他们要以尼扬·博奥人的手段来"回报"扼喉者的残忍行径。

我发刺探情报的一个大问题就是应该在何地去寻找想要的信息。当我要为年鉴收集信息的时候，我一般会想到事件发生的时间地点和参与者。这也是我那不靠谱的记忆之外的双保险。

很明显，没人会百分百清晰地记得事情发生的原貌。而记忆的差异往往来自人们投入的自我意识和主观意愿。

独眼的自我意识就有问题，如果不是因为不想让外人看到他的账本的话，这或许就是他不让我进他武器工厂的原因吧。他打算要关张的话，我就要开始监视他了。

独眼老迈的年纪却还要费心在不少事情上。某种意义上来说他才是真正的武装部长，他在城镇中拥有一个重兵把守的区域，还在里面亲自监工专门生产大大小小的武器，从箭矢到攻城机无所不包。

兵工厂的产品大部分都直接打包运到码头，装船之后顺着河流和运河送到下游的三角洲去，然后再透过纳格河还有其支流运到边境附近的其他兵工厂去。这么漫长的路线，我敢断言有一部分货是运不到的，只希望独眼多多少少还能赚些钱回来。但愿他最好够聪明别把武器卖给敌人。独眼还满心以为被碎嘴抓包之后只有尖刀会替他受过。

我第一次窥探独眼的兵工厂只是匆匆地扫了一眼，他的场子里杂乱无章的建筑紧挨着，构筑出一个人造的迷宫来。这里面所有的窗户都被砖封上了，大部分的门也是如此。那些因为大块头、坏脾气还没头脑而被选上的工人们挤满了入口，搞得所有人都进出不得。货物进出的通道日夜川流不息，疲劳的工人们被监工严加看管，不停地给排成长龙的牛车装卸货物。工人们哪怕只是彼此之间看上一眼都会招来监工的怒骂。在货车中间挤满了挑着长棍来给工人们送饭的伙夫，工人们的吃食就挂在他们背后的长杆上。守卫们会检查每个装了饭菜的桶，就连彼此之间都不放过。

而塔格洛斯则有着分门别类，复杂而高度专业化的劳动经济。人们可以自由地选择营生而他人不会过多干涉。在皇宫附近甚至有个专营美容的市集，专为宫廷人员服务，服务细致到了连鼻毛都有专人打理。就在这人旁边不足四英尺宽的地方，摆着一张小桌子，上面放着银质工具和油，一位老人就靠这些提供采耳的服务。但实际上他除了散布流言之外什么也不干。这门买卖在他的家族里已经传了好几代了，让他伤心的是如今他没有儿子能继承家业了。

在他去世之后，他的家族就会失去在这市集里的立足之地了。

在人口膨胀的塔格洛斯，对于辛苦挣扎在底层的人来说，这种事件再常见不过了。我可怎么都不想当个低种姓的塔格洛斯。

幸好我还不用和独眼的人搅在一起，对于我这种使用魔法的窥探也没有什么规定，于是我往更深处去了。我估计独眼不在乎的原因是长影不再把他的"宠物"大老远地送过来打探了。那狼嚎呢？他可是能想来就来想走就走的。

努力追踪狼嚎也是我的一个任务。

工人们都是普通地在做普通的工作。比如打造箭头然后磨利它们，之后组成箭矢，再装上箭羽；还有就是组装大炮，量产轻质棉甲这种工作了，这种棉甲穿着又热又不舒服，士兵们用不了多久肯定会丢掉的。

只有那些玻璃工人稍微让我惊讶了一下。

这个部分有二十来个工人专职生产那种小而薄的玻璃瓶。还有不少学徒在旁边帮忙控制炉温，加热矿石，还顺带着把冷却好了的产品取下来。木匠们把玻璃瓶放进铺满了木屑的箱子里，这些箱子只有一小部分被装上了货运马车，大部分都被送到了前水去。

这是什么意思？

独眼的办公室里有块大板子，上面用福尔斯堡语写着生产指标一类的东西。五万个瓶子，三百万支箭，五十万把标枪，一万杆骑枪，一万把长剑，八千套马鞍，十五万把步兵短剑。

这里面有些数字实在是高得离谱，单靠独眼的兵工厂绝对是造不出来的。不过塔格洛斯全国上下都在生产，尤其是那种个体的铁匠铺，独眼的主要工作估计是计数了。在我看来这和让黄鼠狼看鸡笼一样不靠谱。

清单上还包括了能装满几百条驳船的牲畜，货物和木材，大部分货物我还能理解，可这五千个长宽各十二和三英尺待组装的风筝是什么意思？每个风筝还附带一千尺长的线？还有这用六尺高的纺锤整理的十万码长的丝绸又是什么东西？

他不会拿到这些东西的。

我离开了，想看看大家都在给莫盖巴准备些什么。

我看到了突击队员们拿来做假想作战和地形适应的训练营。在南边，夫人有她自己的盘算，她为将来的魔法对决做好了万全的准备。

她走遍塔格洛斯全境来搜集哪怕只有一丁点魔法天赋的人才，然后加以训练以期他们能在某个作战中派上用场，可我无论如何也弄不懂其中真意。长影也注意到了，她正忙着到处剥竹子的皮，把它们锯成固定的长度之后再用加热的铁棍烧掉竹节的部分。夫人把这样做出来的竹管中填满海绵色的小石子，而这些小石子正是她那臭名昭著的巫师们制作的。

又是针对暗影长老们的缓兵之计吗？我们现在绝大部分的行动都是用来欺骗地方的烟幕弹，来误导他们把资源花费在错误的地方。但是这些行动反而让我有些摸不着头脑了。

夫人睡得比碎嘴还要少，而碎嘴晚上很少睡过五个小时，如果绝对的偏执能征服莫盖巴和暗影长老的话，我们要赢简直是板上钉钉的事情。

夫人和碎嘴都在心里藏了很多话没说出来，跟他们相处了这么多年，我到现在都不敢保证自己真的明白他们在想什么。他们对彼此有着深厚的爱意，虽然他们很少展示出来。

他们想找回他们的女儿并向欺诈徒们复仇，但他们从未对外提起过他们有个孩子。碎嘴决心要带领佣兵团重返神秘的卡塔瓦来发掘佣兵团的起源，可他现在再也没有提过这事了。

看起来，这两人只为战争而活。

我飘回了独眼的工厂，我知道我已经在这里待了太长时间，自己的身体肯定已经又累又饿了，可我还不想离开暗烟。我知道，要聪明地使用暗烟就该控制在里面的时间，还要注意多补充能量和水分。但是要时刻记住这点实在太难了，尤其是当现实中的自己还要面对难言的痛苦时。

这次我发现了一个之前忽略掉的房间，里面维达得那儿的工人们正懒洋洋地在十来个陶瓷盆中间走来走去。有人用桶一点一点地往盆里加某种液体，旁边有一个人专门在不停地搅拌，加水和加粉末也由专人负责。

盆子看起来没什么特别的，溶液从一边加进去，然后在另一端从玻璃管滴到一个大陶罐里去。陶罐装满之后就被小心地搬到远处的架子上储存起来，和储存酒时不一样，这些陶罐都是竖着放在架子上的。而且很奇怪的是，房间里的灯光异常明亮。

我对着一个盆子仔细打量了一番，发现在工人们加入液体的那一头有小气泡不停地冒出来，另一头的液面下面，插着好几根表面裹着银白色物质的棒子。盆边摆着几个没有握把的小玻璃杯，戴着手套的工人借着陶瓷工具把杯子放到棒子下面，把那银白色的东西刮下来装进杯里。完成之后，他再用木夹子把杯子从盆中取了出来。他小心翼翼地拿着杯子，但还是把杯子打翻了。

从棒子上取下来的东西甫一接触空气就猛烈地烧了起来。

我赶紧回到了自己身体里，实在是饿了。过不了多久我还要打包行李，因为马上我们要向南进军了。战争的下一阶段即将拉开序幕。

经过了无数令人绝望的拖延，奥托和哈葛普终于回来了，但这还只是他们这次旅途轻松的部分。他们被困在了我之前关押末日丛林的囚犯时所用的同一个沙达尔海滨仓库里。独眼在我住处找到了我，他和我，还有我的棕色暗影一起走向河边。我们在那儿碰到了碎嘴，他只要想做一件事，什么都可以不管不顾。"还好吗，摩根？"

"还受得了。"

"他和暗烟待的时间太久了，"独眼说，"这听起来可不健康。你能看看这些人吗？"他的意思是指哈葛普和奥托，尽管探险队其他成员仍被关押在仓库。他们对此可不高兴，他们已经被迫背井离乡三年了。

不管是奥托还是哈葛普看起来都没什么变化。我告诉哈葛普："我都差点儿放弃你们俩了。"我们握了握手，我也和奥托握了握手。"我还以为你的运气终于用完了。"

"确实差不多了，摩根，我的运气也该用完了。"

"所以，"碎嘴问道，"你们被什么耽搁了？"

"实际上，没什么好说的。"哈葛普奇怪地看着碎嘴，像是在确定他是否在和真正的碎嘴对话。碎嘴当时做了沙达尔伪装。"我们到了地方，做了能做的，然后就回来了。"就像一万四千英里的往返是例行公事一样！在佣兵团里我们可从不吹牛。"我们没怎么欣赏沿途风景。"

哈葛普说话时，奥托打开了门和窗户。他问道："我们需要注意间谍吗？"

"这儿是塔格洛斯。"碎嘴回答道，他的意思是在这地方每个人都时刻互相关注，等着找麻烦。

"我们以为你们这些人现在都已经走了。"

"有太多人需要撤离了。至于暗影大陆间谍，他们不是问题。夫人和地精还有独眼已经解决了他们。"

我说："我们还有那些祭司。"

"而且我们最近有点儿找欺诈者的麻烦。"

看着我的表情，哈葛普没有追问这个问题，至少现在还不能。"仗打得怎么样了？"

"进展缓慢，"碎嘴告诉他，"这个问题我们之后再谈。你们在那边有什么收获吗？"

"说实话，没什么收获。"

"该死！"

"我们的确带来不少对编年史有用的东西。摩根，你应该会想看看。是关于其他人在做什么的信息，这将有助于更好地了解我们所做的事情，我们想你可以联系碎嘴写的东西一起研究研究。这样一来后人就更能了解我们的历史了吧？"

"要不你接手了吧。"我酸溜溜地说。

"我根本就不会读写，要我学这些破玩意儿我也太老了。"

"这活儿我能干。"我瞥了一眼碎嘴，"只要你别来指手画脚的。"

他咧嘴笑了笑。

哈葛普也轻笑了一声："是神灵们禁止的，不是我，摩根。还有，被困在那儿的时候我们发现了事情的来龙去脉。你不会相信有多么刺激！瘸子又回来了一次。别担心，现在一切都尘埃落定了。帝国现在很平静。"

"听起来像我特别想回去一样。"

碎嘴问道："你们真的进到那座塔里了？"

"我们在那儿待了六个月。一开始主要是找搪塞的借口。"

"然后呢？"

"我们终于让他们相信，夫人已经恢复了力量。后来他们就配合多了。现在瞭望塔里这些人可不太喜欢夫人。"

"天哪，她听到这话会很伤心的。"我说。

哈葛普笑道："是啊！他们不会给我们一点儿援助。他们说不想再树立新敌了。但我觉得他们主要是怕夫人开始思乡，然后又往北回去了。"

碎嘴说："我就知道。他们就不想跟夫人再有半点关联。你们有什么收获？"

"他们开放了记录，借给我们的译员了。甚至为了我们打开了陵墓。"

"他们自己也想知道那地方到底埋了谁。"

"要是他们不想就怪了。我们告诉他们哪些人原来还活着的时候，他们都得把日用织品换了。你看，瘸子回去的时候，他们都怕死了，都快被吓傻了。"

我说："那家伙比起搜魂，跟我们有更大的误会。"我们无论如何也没理由把他当成我们的敌人。"那我的萝卜种子呢？"

哈葛普说："他们确定了那是瘸子，绝对确定。你要的种子我拿到了。萝卜、防风草，甚至还有一些马铃薯种子，如果它们没变质的话。"

碎嘴说道："他们肯定会确定的。"他看着奥托走来走去，奥托显得十分焦躁不安。"所以他们让你们到处打探消息，甚至还帮着你们这么干？那你们得到了什么消息？"这就是关键了，他们到底在那边打探到了什么对我们有用的东西。

"不是很多。看起来长影好像不是十劫将的一员。"

我对此十分自信。我相信如果他过去是盟友的话，他现在会向嚎叫者出卖自己了。"那些土豆，你们拿的是我告诉你们……"

哈葛普瞪了我一眼，告诉碎嘴："他有极小的概率会是无面人、吞月者或是夜游神，尽管那边每个人都确定这三个人的的确确已经被打败了，但我们是真的想不出任何匹配的身份了。"

　　"那会不会是晚期十劫将的一个？"碎嘴说道。

　　"只有五个活下来了，陌路、私语、水疱、爬行和学者。但夫人在众目睽睽之下吸取了他们五个的力量啊。"

　　"但夫人正不断恢复她的力量啊。"我反驳道。

　　"是个想法。换个方面说，我们知道暗影长老现身的确切日期，甚至几时出现我们也知道。还在的晚期十劫将都在北边了。实际上，他们之中大部分都称不上十劫将了。"

　　我和碎嘴交换了眼神，他开始缓缓踱步。他说："搜魂帮我抓人的时候，她告诉我，在德加戈死的一个暗影长老，从来就不是十劫将一员。"

　　我补充道："也从不是旋影。"

　　哈葛普说："他们能告诉我的所有，也就是他们真不知道长影到底是不是老十劫将的一员。书上的记录也这么说。"

　　碎嘴还在缓缓踱步。他避开了与奥托的相撞，也和那群想要他赦免回家的塔格洛斯人保持了相当的距离。过了这么久，他们能从这副伪装之下认出他来了吗？可能吧。

　　我很确信他在想着和暗影长老的这场战争将会持续很久，战争的输赢代价也早就不止于生死。他说："我们已经解决掉三个混账了，但长影是最坏的那个。他在瞭望塔夜以继日地工作……"

　　"他还在呢？"

　　"在。这个可怜的白痴是一个做每件事都需要更长时间和更多成本的活例子，即使是魔法也无法让你明白这一点。但比起你离开的时候，他已经取得了长足进步；要是他在我们打倒他之前真的完成了，我们就该拍拍屁股溜了。那将会是世界的终结！他的计划是挖个洞，从里面把地狱恶犬放出来一顿乱咬，然后自己再出来收拾残局。"

我嘟哝道："这我都听腻了。"尽管涉及的都是大人物，但我从未认真对待此事。只是听起来好像碎嘴觉得长影确实能办成此事。也许他和暗烟的经历告诉了他我目前不知道的东西。

所以世界末日已经迫在眉睫，要么是基纳和她的欺诈者们，要么是长影。但不管怎样，还是只有佣兵团能阻止这一切。

是啊，当然了。

我想告诉碎嘴，老大，我们只是黑色佣兵团而已。我们只是一群除了舞刀弄剑什么也不会的雇佣兵而已。当然，我们让自己跟一些怪人打来打去，但一百年内没有人会在意这些。我们受荣誉掣肘，因为我们发了誓要阻止像扼喉者偷小孩这种事的发生。但别想着告诉大家我们是来拯救世界的吧？

我很害怕碎嘴会产生一种"大人物情节"，就像长影、莫盖巴、狼嗥、基纳，这些我们这个时代的恶魔们。编年史的功能之一就是要提醒团长，他并不是一个半神。但我没这本事，我连都加大叔都搞不定。

"我需要一点先手之利，哈葛普。"碎嘴说道，"我真的很需要。告诉我你发现了些什么，什么都可以。"

"我发现了摩根的萝卜种子。"

"我他妈……"

"他们最好的建议就是我们最好去追踪十八环圈的幸存者。"行吧，这倒新鲜。

碎嘴停止了踱步，他看着我，像是我能告诉他点什么似的。我看到他的注意力渐渐消失，他一定是想起了在查姆的那场战役。

十八环圈聚集了大量叛军，想要推翻夫人。在查姆的那场决战是有史以来最为血腥残酷的一战。

环圈没有取得胜利。

碎嘴说："我们杀了哈登和瑞克，夫人把私语变成了十劫将。这就是三个了。"

"我们鞭打他时，失去了更多。"我观察周围，我说的"我们"让奥托、哈葛普和碎嘴会心一笑。我那时可能才十二岁，连佣兵团是什么都不知道。

哈葛普说："我们那时候可真是浑蛋，老大。我们出去找，一个用来审问的叛军头子都找不到，十八个人其中七个我们连名字都不知道。但有瞭望塔的尉官说他们目睹了所有十八环圈的死，除了一个叫特林克的人，他后来是十劫将一员，也是我们当时没能找到名字的一个。"

"特林克。"碎嘴又开始踱步。他笑道："我记得这个人，但也只是名字。我们当时在泪雨天梯，有消息说特林克被围住了，在东边。我们当时忙着处理哈登，我都不知道我有没有在编年史里写下这事。"

哈！显摆的好机会！"你写了，就一句话。你说私语攻下了铁锈城，特林克被围了。"

"私语？对！她只当了一小会儿十劫将。"他当时在场，帮助攻城。"夫人应该记得这事，如果这两人之间有些什么，她应该会知道。"

"特林克是个女的。"哈葛普说，"长影是什么？"

碎嘴眉头紧皱。

我说："他从没暴露他的身体，但我很确定长影就是个男性。身体上是。"

碎嘴瞪了我一眼。但塔格洛斯人都在一边生闷气呢。他们谁都没听见我的口误。哈葛普也不在三人名单上。我赶紧改正："暗烟是唯一——

个见过他身体的人，但他什么也不愿说。"

"他还活着？"哈葛普问道。

"半死不活，"碎嘴说，"我们尽量让他活着，他之前从昏迷中醒来过。这就没了，哈葛普？花了这么多时间跑了这么多路，你就这点儿收获？"

"有时候她就是这样，老大。"哈葛普咧嘴笑道，"哦，我差点忘了。他们确实给了我一个塞满了纸还有乱七八糟东西的一个棺材，这东西之前属于后来变成长影的人，如果他真的曾是十八环圈的一员的话。所有的东西都被包装和标记起来，以便某些巫师决定是否使用它们。"

碎嘴的脸色像点燃了一笼篝火。"你这蠢货，"他边笑边喊，"奥托，把这些家伙送回家吧！博纳吉，你们剩下这些人都在这干吗呢？你的人民想见见你。"他告诉我："我们得把那些东西运下去给夫人看看，她应该知道怎么处理。"

奥托把塔格洛斯人都赶出了仓库，他们为解放者突然的赦免感到十分疑惑，我也是。

哈葛普说："现在轮到你们说说现在发生什么事儿了。"

我说："太多了！但没什么大事。我们一直在消耗他们的物资。"

"莫盖巴真是长影军队的头头儿？"

"绝对是。他确实有两把刷子，只是长影不让他放开手脚干。他得和我们这些二手货周旋，还有就是让尖刀干他的脏活儿。"

"啊？尖刀？是尖刀、马瑟和斯旺的那个尖刀？"

"哦，对。"我瞥了一眼碎嘴，他的表情突然凝重。"是的，尖刀在你走后叛变了。"

"我们回皇宫去吧，摩根。"碎嘴说道，"还有活儿要干。"

　　碎嘴一路上言语不多，但是他对那些胆敢盯着这个沙达尔人和他的白幽灵同伴的人咆哮不停。我们这些北方人真的不多了，这么多年了很多平民还没怎么见过我们。当然了，我们也没怎么尽力去修复我们的邪恶的名声。

　　祭司当中的一些智者认为，佣兵团今天对塔格洛斯的友谊，就像他们的祖先曾经对塔格洛斯的敌意一样致命。

　　他们说的也许有些道理。

　　我们往大皇宫一路走去，碎嘴一路上一直抱怨个不停，主要是因为这次远征基本没什么收获。他本来对此寄予厚望，但现在这个结果落差实在太大了。他问：“你的姻亲还要在这儿待多久？”

　　我没打算让他开心：“战争期间都会在这里。他们跟纳拉扬也有过节。”碎嘴依然不大相信都加大叔。

　　“他们知道暗烟这事儿吗？”

　　“当然不知道了！你以为我傻吗？”

　　“别让他们知道了。你再次找到他的藏书处了吗？”

　　我说过在这事儿上进展不太顺利。“还没有。”事实是，我在这事儿上就没怎么花心思，我脑袋里麻烦太多了。

　　“再努力一下。”他知道我没怎么花工夫，“别花那么多时间和暗烟在一块儿。而且我觉得在我们往南去之前多看看编年史说不定有好处。”

　　“怎么你自己从来不去找藏书处？你有好多年的时间啊。”

　　“我听说它在暗烟被击伤那晚就被毁掉了，现在看来这事儿发生在另一个房间里，拉蒂莎不会在这种事上误导我吧？”

　　当一个正在巡查的骑兵团路过宫殿外时，我们停了下来。骑兵的长袍和头巾干净而华丽。他们的长矛上扎着小三角旗，迎风飘扬。他们的矛头闪闪发光，锃亮无比。他们的坐骑很漂亮，训练得很好，梳洗得很整洁干净。

"真可惜，中看不中用。"我说，佣兵团就不怎么中看。

碎嘴低声咕哝，我看了他一眼。被他眼角里像是眼泪的东西吓了一跳。

他知道前方是什么在等待这些年轻的勇士。

我们从后方穿过骑队，小心翼翼地走着。

独眼在碎嘴住处外边的走廊遇上了我们："他们怎么说？"

碎嘴摇了摇头："没什么有用的信息。"

"我们想做成一件事总是要更费劲些。"

我告诉他："我的任务是再找到我那晚找到的藏书处。你有什么办法让我不会被迷惑吗？"

他用一种仿佛我提出了什么无比苛刻的要求一样的眼神看着我："我已经给了你个东西了啊。"指的是我手上的手链。

"这是用来对付你的咒语的。但那儿很可能还有很多暗烟的咒语啊。"

这个矮子想了想，说："很有可能。把那个给我。"我把手链取下时他的注意力集中在了我的护身符上，"玉的？"他顷刻之间握住了我的手腕。

"应该是吧。这是莎拉奶奶洪·泰瑞的东西。你没见过她，她是老议事官的夫人。"

"你这些年一直戴着这个，我还从来没注意到？"

"我之前从没戴过，直到……那个晚上。莎拉有时候会戴一下，当她想打扮的时候。"

"啊，对的。我想起来了。"他眉头紧皱，像是要记起些什么，然后耸了耸肩，走进了阴影，对着手链轻语了几句什么。回来的时候，他说："这应该能让你再也不受任何迷惑咒的影响了，除非是你自己的。"

"什么？"

"你最近有发作吗？"

"没有。我记得没有。"我提出了修正案，因为很明显我在无意识的时候写了它们。

"对于它们是由什么造成的，你有什么新的想法吗？或者说是你又神游回德加戈不停遇见的人到底是谁？"

独眼严肃地盯着我，就跟他把我从过去之中拉回来时一模一样。很明显他并不相信我。

我问他："什么时候这事儿又这么重要了？"

"这事从来就没不重要过，摩根。只是我们没时间追根究底而已。"

现在也没时间啊。

他说："我们只能让你自己管好自己了。在危急关头你要小心，要冷静。"

独眼这么认真严肃？怪瘆人的。

碎嘴对此不感兴趣，他回去研究他的地图和战略了。但他还是重申："我们上路之前，我要看到那些书。"

我有时候也能领会暗示："这就去干，老大。"

93 ●○——

我顺道去看了看暗烟是不是还活着，我给他喂了些吃的。让他吃饱穿暖、保持干净是我在那待着的唯一理由，以防像拉蒂莎之类的人攻破自从我和这老巫师一起做事以来就加强了不少的独眼的咒语。然后我就开始试着回忆那天晚上找到暗烟藏书处的曲折道路。我的记忆并不清楚，当时压力很大，后面又发生了很多事情。

我知道它就在这层楼。我当时没有上楼或者下楼，而且它明显在一个除了暗烟自己没人会去的僻静角落。布满灰尘、蛛网密布。

到废弃区域并没有花费多少时间，像是大皇宫的内部变成了一个复杂多变的迷宫，不需要任何咒语来保护它。

离开暗烟几分钟后我就发现了死者。一开始我闻了闻他，当然，听见了苍蝇的嗡嗡声。那告诉我在看见什么东西之前将发生什么。直到扼喉者出现在灯光下之前，他是一个谜。他带伤逃到这里，不治而亡，受困于黑暗和迷惑咒。

我不断战栗。这触到了我心底最深的恐惧，我的梦魇之源，我对黑暗、邪恶的地下世界的惧怕。

我不知道他那变化无常的女神是否喜欢他的不幸结局。

我翻着白眼掐着鼻子在尸体周围移动，就算是死了，他也还在侍奉基纳的腐朽神坛。

不久之后，我就发现一些蛛丝马迹，至少还有一个扼喉者被迷惑咒困在这里。我差一点儿就进去了，只是当我接近，惊扰了随之而生的苍蝇时，我才警觉起来。

我停了下来："啊哦。"看起来没发生多久。也许这还有一个想要和女神跳舞的疯子。

我的步伐变慢，越来越小心翼翼，提心吊胆。我开始不由自主地想象有些杂声，我听到过的所有鬼故事都开始浮上心头。我每走几步，就回头看看，生怕身后有一双眼睛正在注视着我。我为什么要一个人做这事儿？

我发现最近有人来往的痕迹，我单膝跪地仔细一看，发现只是我自己之前留下的脚印。有人从这里走过，带着一捆蜡烛。

有几滴蜡滴在了尘土之上，在此之后有人从这儿通过，大概是爬过，甚至有可能在吃这些蜡滴。

我在静寂中仔细聆听，这么深幽的宫殿偏僻处，连虫子都很稀少，它们也只能以彼此为食。

保持着谨慎，我跟着这些痕迹走。我的心跳加速，仿佛要爆炸了。

我不禁开始打喷嚏，打了一次之后就再也停不下来了。我有时候能忍一忍，但也只是使得下一次喷嚏更严重。

然后我就听见了各种声音，也不再能安慰自己说它们只是我想象出来的而已，或者说就算它们是真的我也找不到它的来源。也许下次再来会是个好主意。然后那扇破门从黑暗中隐隐出现。我停下脚步，仔细研究它。我觉得它有点儿不一样了。尘土中的痕迹表明，自我之后，还有人来过此地。

我万分小心地绕过那道门，什么也没碰，来到了房间里。"见鬼！"

都被毁了。只有少数几本书和几张纸卷还在书架上或是盒子里。我能看懂书名的没被动过的东西，基本都是乏味的税收记录、存货记录或是一些没什么用的野史。我想知道为什么暗烟还要收藏这些书，难道他除了是个宫廷巫师，还是个火警？

但无论如何，有用的东西都没了。不仅原本可能在这存放着的失传已久的编年史早期记录，而且还有一些我上回来看认为是魔法记录的东西，都没了。

"见鬼！该死的！"我想扔东西、砸东西，想照着恶棍的头上砸一石头，甚至我之前发现一片堕落羽毛的时候我都知道发生了什么。

我把那片羽毛收藏起来了。

回去的路上，我绝对是听到了不是我想象出来的杂音，我懒得去管。那个人想要跟着我的灯光走，但没能跟上我。

•—·—·—

94 ●○——

我把白羽毛放到碎嘴面前，他抬起头，满脸问号。我说道："书都不见了。而且有几个欺诈徒在里边迷失了方向，至少死了一个，可也还有幸存者。"

"不见了？"他把羽毛从他正钻研的文件上拨开。

"有人拿走了。"

他的手开始颤抖，明显可以看到他脸上的几分痛苦，"他们是怎么拿走的？"

"他们只是走到街上，然后就把它们搬走了。"我从没想过皇宫中会有人打暗烟的书的主意。

有那么一会儿，他什么也没说。"时机抓得真好啊，他们！"又沉默了一会儿，"这羽毛是什么意思？"

"或许是个信息吧。也或许只是一根普通的羽毛而已。我发现寡妇愁盔甲在德加戈丢失的时候，也找到一根，和它很像。"

"一根白羽毛？"

"原来是一只白乌鸦身上的。"我回想着我的遭遇，它们都很真实。

他的手又颤抖起来，"你其实从未见过她，可你认得她，欺诈者袭击的那天晚上她在这儿，可你什么也没说？"

"我忘记了。那是我一生中最痛苦的一晚，团长。那晚把我周围的一切都搞砸了……"

他示意我别说了。他若有所思，我呆呆看着他。他一点儿也不像我加入时的那个碎嘴，曾经的佣兵团的医者和编年史作者。过了一会儿，他喃喃自语："肯定是那样。"

"什么？"

"每当你被拖回德加戈时，你所听到的声音，回想一下，它是不是有点儿奇怪？"

"我不懂。"

"它听起来会是不同的人一直在讲话吗？"

现在我明白了。"我不认为是这样。确实有时候听起来有不同的方言。"

"婊子！鬼鬼祟祟的婊子！总在操纵一个又一个杀人游戏。这次我不能肯定，摩根，可我认为，一定是搜魂在你背后一手操纵的。"

这对我来说并不新奇了！搜魂把我列在嫌疑名单的头几位。动机却成了我的绊脚石。我实在想不出搜魂所列入的人，"为什么是摩根？"而不是其他人。

碎嘴问："她现在在哪儿？"

"毫无线索。"

"你找得到她吗？"

"每次我尝试找她，暗烟都畏缩不前。"

碎嘴思考了一下，"再试试吧。"

"你才是老大。"

"只要那样不给大家带来麻烦。你确定你的姻亲不回家吗？"

"他们会跟随我。"

"跟他们说好我们会在周末前动身。"

"十分期待。"我带走了白羽毛，和管火的官员一起去参加会议。

95 ●○——

　　为了追踪地精我回到上次亲眼看见那个矮子的地方，然后及时跟着他前进。在帮我脱离困境不久后，地精带着中等大小的袋子离开他的住处，走到岸边，登上一艘船，顺流而下，船上面都是可靠的塔格洛斯人，他们是专业的士兵。差不多就是今天，在三角洲的中心，他和大多塔格洛斯人把船上的货物转移到一艘远洋船上，上面挂着我从没见过的旗帜。岸上的尼扬·博奥孩子们和一些慵懒的成年人看着他们，看外人做生意就好像是他们多年来所遇到的最有趣的娱乐活动。尽管我对这个部落很熟悉，但在本地，比起在德加戈——那个我们都已离开的地方——他们看起来都很陌生。

　　对我来说，我从未走进莎拉的世界，而只是欢迎她进入我的，品味奇迹。

　　地精的所作所为不如他的行踪有趣，现在我已经明白了。那么为何不去看看尼扬·博奥人的生活是怎样的呢？都加大叔坚持认为那三角洲是个天堂。

　　或许是吧，如果你是蚊子家族。我敢发誓。事实上我的观点是无形的，那让我免于被迷惑。地精有足够的烛光和厉害的符咒来保护自己和他的船员，那符咒被加上了臭味。但尼扬·博奥人不得不去对付那些会把小孩叼走然后吸血的秃鹫。我提醒自己，通过独眼家的丛林南下的时候，我已看到了我想要的漏洞，而且就好像即使没有莎拉的丈夫，莎拉的人也可以很好地应对他们要面对的境况。

我的船漂过这个地区，对我们相遇前她的生活心生好奇。这些村庄、稻米、水牛、渔船，在昨日、去年、百年前，或者明天都是一样。每个我看见的人都像是我在德加戈可能遇到过的人，或者是那些为佣兵团卖命的尼扬·博奥人。

什么？

此时我像一只飞燕一样在空中疾驰。我瞥见在离河几英里远的村庄里有一张抬头的脸，那是地精和他的船员，在汗流浃背地干活。这是第一次我和暗烟在一起有如此强烈的情绪。如果我的身体听我使唤，我会留下鳄鱼的眼泪。

那些吃鳄鱼的人也会给三角洲地区增添几分生色。

我回过头，四处找寻那张脸，像莎拉的脸，可能是她的双胞胎妹妹。就在那附近，靠近那座老寺庙。

不，我猜错了。只是我的一厢情愿罢了。摩根，那也许只是一个尼扬·博奥女孩，在孩童和成长阶段被赋予了不可思议的美。

我又一次回头望去，拼命想找寻莎拉的身影。没错，我什么也没找到。痛苦愈变愈大，我从那片区域撤退，去寻找一个能让我受上帝保佑的地方。

96 ●○——

我不得不及时撤退，那时我傻笑着，回想着自己真正快乐的时候。我仿佛回到那个时候，那儿有我的北极星，有我的中心，有我的圣坛。我回到每个人都曾梦想过的那一瞬间，当所有愿望和幻想都有可能实现时，你只需意识到，并在心跳时抓住它，就能让你的生命完整。对我来说，那一刻几乎是在对德加戈的围攻结束后的一年，而我几乎浪费了。

和尼扬·博奥人相处也几乎是我生活的一部分。在碎嘴和莫盖巴摊牌以及莫盖巴远走高飞的三周后，当我们幸存者仍向北爬向塔格洛斯，假装成为解放城市以及摆脱了一群恶棍的世界的英雄的时候，一天早上起来我发现自己被泰·戴恩注视着。他比任何时候都健谈，不过短短几句话中，他坚持说他欠我很多，并且将永远支持我。我认为他只是夸大其词而已。

孩子，我真高兴极了。我没有兴致割破他的喉咙，于是让他继续说下去。而且比起其他，我更想见到他妹妹，尽管我没有勇气这样跟他说。即使是这样……

回到城市，皇宫中，在我小房间里，书和文件到处都是，泰·戴恩睡在我门外的芦苇席上，他坚持图坦和他的祖母交好，我过着混乱的生活，试着弄清发生在我们身上的一切，弄清夫人的作品。当我收到一个来自巴恩·杜朗先生的来信时，生病使我没有认真地思考，这个人是德加戈朝圣者的一个亲戚。他邮给我的信息很神秘，本可以成为古球锡柏林宣言的一部分。

"第十一个山脚，边缘那儿，他亲了她。"巴恩兄弟跟我说，身材巨大的尼扬·博奥人咧嘴笑，"不过其他人没被雇用。"

我给了会签，"在一颗薄荷树上的六只蓝鸟，冷漠地唱着打油诗。"

"什么？"

"这是我的台词。你跟楼下的兄弟说你有重要的消息给我。违背着我自己更准确的判断，我让你上来这，你却开始胡言乱语。塔马尔！"我朝那几个曾帮助我，在房间外面工作的人大喊。"把这乡下人带到街上。"

巴恩·杜朗想要为自己争辩，可看到我的助手，觉得自己还是不要闹事为好。泰·戴恩死死地盯着这个老男孩，看起来并不想以把他丢到街上为荣。

可怜的巴恩，这对他来说一定很重要，他看起来特别伤心。

塔马尔是一个身形巨大的沙达尔人，虎背熊腰，呼吸沉重。他最喜欢的莫过于把一个尼扬·博奥人打到街上，直到赶出城市。巴恩没有抗议，就这样走了。

不到一周后，我收到同样的手写信条，上面的字迹像六岁小孩写的。马瑟的一个卫兵拿了上来。我看完，跟他说："把这老蠢货打一顿，叫他别再来烦我。"

我看到卫兵满脸滑稽，他瞥了眼泰·戴恩，低声说："他不是老，不过应该是个傻子，掌旗官。如果我是你，我会慢慢来。"

最后，我懂了。"那我就亲自扇他耳光。泰·戴恩，设法把坏人赶走，我几分钟后就回来。"

显然，他并没听进去，因为他不在我身边，无法时刻保护我，不过我确实把他搞糊涂了，以至于没有行动。我下楼去，在他赶上我或抢在我前面之前，我抓住了莎拉。之后他什么也没说。我这聪明的夫人带了图坦来，让他去分散泰·戴恩的注意力。

泰·戴恩没咋说话，不过他并不蠢。他知道自己手里的牌并不能赢。"聪明，"我对莎拉说，"我从未想到还能再见到你，嗨，孩子。"我跟图坦说，不过他并不记得我。"莎拉，亲爱的，你一定要答应我，别再像戴姆爷爷那样搞神秘了，我只是个纯朴的士兵。"

我让莎拉上去我的小住所。接下来的三年里，当我想着每天醒来她在我身边，而且几乎每天都有她的陪伴，我都惊叹不已。她成了我生命的中心，我的锚，我的岩石，我的女神，并且我每个该死的弟兄都嫉妒我，几乎到了仇恨的边缘，可莎拉却让他们和我成了彼此最忠实的朋友。她简直可以给夫人上课，教教她如何软化我们这些大老粗的心灵。

直到都加大叔和戈泰老妈来看望我，我才发现莎拉所做的不仅是蔑视尼扬·博奥人的习俗。她不顾部落长老的命令，让自己成为一名黑暗士兵的妻子。真是个自信的小女巫。

那些没牙的老人对肯·洪·泰瑞这个"女巫"的愿望不感兴趣也没重视。

我想我对自己有比较清楚的认识，不过我很惊讶，莎拉很为我着想，甚至比我想她还多。

97 •○—

我咽了口水，咽了下去。这一次我从暗烟的世界出来时毫发无损。但如果现在我离开这里去找莎拉，疼痛也不会减弱。我要在这做什么？

在我让碎嘴带我进入伟大冒险的下一个有趣阶段前，有个疑团我始终没解开。我想知道他和尖刀之间到底发生了什么。

暗烟和我在时间里来回地穿梭着，在节点之间走走停停。在时间的风浪中，寻找着尖刀和我老板关系中的反常之处。我知道什么时候发生的争吵，所以我暂时只寻找着细枝末节的线索。

在暗烟快去回放的时间中可以看到许多事情。毋庸置疑的是，尖刀与夫人的关系总是暧昧的，但最终却都是他一厢情愿。夫人从来不回应来自尖刀或是他人的青眼相加，她似乎对此习以为常。

所以发生了什么呢？

我的好奇心像一只野狗试图从洞里挖出一只啮齿动物一样，抓心挠肝——暗烟帮不上忙。

有些地方，时间，角度，他拒绝带我去看。我试着用几种方法捉弄他，想弄明白他为什么不能或不愿带我去我想去的地方。但都没什么用。

或许我是在做无用功。

从其他的时间节点来回溯那次争吵只是管中窥豹，如同隔靴搔痒。我能看到的只是尖刀和碎嘴在癫狂之前，喝了些自己酿的酒。

冷言冷语为愤怒埋下了种子，这对老人们是一种威胁。他们依旧在喝酒。

我不得不承认碎嘴就是那个恶语相向的人，这个笨蛋。他一而再再而三地挑衅着，尖刀尽其所能地压抑着自己的怒气。

这反而激怒了碎嘴，他威胁着让尖刀无路可走，让他滚蛋。

我无地自容，为碎嘴感到羞愧。我没想到他会是个十足的浑蛋。我不明白他为什么对夫人如此不安。我十分理解尖刀，我心中的英雄又少了一位。

现在我想起来，我曾无意间给威洛·斯旺带来了许多不愉快，我们的情谊短时间是不会恢复的。碎嘴甚至还和普拉布林德拉·德哈谈了一次。

我看到了一种可能。我试着不去想它，但是它是如此显而易见。

碎嘴对他的女人着了迷。任何想打她主意的人，碎嘴都会不惜代价地消灭掉。

见鬼，怎么回事？她又不是莎拉。

我们已经失去了尖刀。我对斯旺来说也没什么价值，他是如此耀眼迷人。但我真的不希望佣兵团站在太子的对立面上，只是因为一个男人无法相信他的女人。

更多的时间碎片从我眼前划过，但都不是我想要的。

我需要和我的智囊团商议，他们都是经验老到之人：独眼、奥托和哈葛普。地精离我太远，夫人不仅离我很远又和局中的人关系太密切，而不带脑子的团长只会杀更多的人。

我不信奉神明，虽然有些真的很灵验。我想他们都会被创造出人类的那位"天才"逗笑。人类不仅贪婪、渴望权利，当男女相遇时更会愚蠢得无可救药。

但事物总是有着两面性的。

比如莎拉。

我的天，摩根。你应该离这个半死不活的老人远点。你是个剑客，你是个武士。你能讨论什么哲学问题？自己想也是不行的。

98 ⦾━━

我断开了和暗烟的连接。"就是现在，独眼。她走了"

小巫师把一只可爱的小型猫头鹰抛进昏暗的走廊。它走进了城镇，没有被法术迷惑，仿佛像回到自己的巢穴一样。它没有找任何人，这不是它的任务。但许多人都在等待着它。当它飞过他们身边的时候，有二十四名黑色佣兵团的士兵和尼扬·博奥人的保镖冲向了一座建筑，在暗影大师进军这个世界之前，这座建筑应该被夷为平地。

当搜魂突袭暗烟的图书馆时，我就开始跟踪她。她觉得那里很安全，对防范措施不屑一顾。多年来她一直在那里安顿下来。

当她发现她能掌控的比她想的要少的时候，她开始不高兴了。

我高兴地看着，黑色佣兵团的士兵有条不紊地占领了大楼。他们专业到任何一个团长都挑不出毛病。

这些人现在都有了经验，战斗时不会被尼扬·博奥人拖住后腿——那些人只会像一群大猫一样碍手碍脚的，让他们像影子一样跟着就行了。

几乎没有人注意到我的人。他们冲进去、分散开、四处挖掘着。找到了我想要的东西，便收集起来，在被搜魂发现之前很久就回来了。

奥托和哈葛普指挥了这次突袭行动。让他们指挥是使他们重新融入佣兵团的最好方法。他们真是好士兵，执行着我的计划，不仅仅是清理了搜魂的藏身之处，还抓住了她最喜欢的白乌鸦。他们拔掉了乌鸦的几根羽毛，把它们放在书本上。用从一个年轻的搜魂的一束头发，把它们绑在一起。随后其他人和与奥托和哈葛普汇合，从南方带着战利品一起回来。

这一定会让她暴怒。

或许我应该让碎嘴和夫人也参与到这个计划中的。某种程度上，我是以他们的名义进行的。但现在变成了我个人名义，变成了以摩根的名义了——但已经没有商量的时间了。

当他们向皇宫发起掠夺时，暗烟和我猛扑过去。我打算等碎嘴一到就把书给他，他可以用这个做任何事。但这些书八成还会回到我手里，消失在所有敌人的认知范围中，就像我藏起那件寡妇愁战甲一样。

我想我是不是太过骄傲了。搜魂很快就会知道是谁干的。她好像只比夫人年轻一岁，这使得她比我更加狡猾与龌龊。

但我还有什么好失去的呢？我唯一挚爱的人已经不在了。我可以与死亡共舞，开怀大笑。搜魂做不出什么令我比失去莎拉还要难受的事情了。

果真如此？

有时候自己就是在胡说八道。

99 •○———

冬至前的第四天，还有一小时太阳就要落山。大地突然开始颤抖晃动，无论凡人还是巫师，又或是男神女神都难幸免于难。在塔格洛斯，盘子从壁橱上滚落，被惊醒的人们惊慌失措着。狗在嚎叫，破旧的墙面上崩现出裂痕，它们或是地基不牢靠，或是没有按照防震设计。地震持续了半个小时。

在德加戈，建筑物或是被滔天的洪水冲垮，或是因重力的吸引坍塌。在更远的南部，影响更为严重。在丹达哈·普雷士时，山岳崩碎带着惊天动地的咆哮坠入山谷，地震带来了史诗级的灾难。瞭望塔也难逃一劫，只剩下残垣断壁。长影也在恐慌中度过了好个小时，直到他发现地震没有将他的暗影门、暗影陷阱破坏。但他又暴怒起来，暗影之关的损坏以及人员的伤亡会将他的计划推后数个月。甚至是数年。

100 •○———

•—•—•—•

我模糊地感觉到，身后有人看着我。尽管我不明白我现在只是个漂浮的点，为什么还有有人在我身后。没有声音，但感觉和我在最早陷入恐怖的德加戈是一样的，那种嘲讽的神态，一定是搜魂。还有一种气味伴随着，这种气味好像……好像我在皇宫深处发现扼喉者的尸体时的气味，又好像已经成为德加戈一部分的恶臭，只有离开时才会发现——这是死亡的气味。

我的脑袋一阵剧痛，仿佛我在尼扬·博奥人那儿看见活着的莎拉，尽管在外边我已经和暗烟待在一起变得麻木了。但在外边我依然享受着这剧痛。

我的身体开始缓慢地转圈。我转了第二圈、第三圈、第四圈。一圈比一圈快，一圈比一圈不受控制。每一次，当感觉像是面对着南方时，我都会看见一个巨大、黑暗，而又可怕的东西。每一次都愈加清晰，直到最后一次我看清楚了，那是一个天空般高大的女人。她赤身裸体，有着四个手臂、六个乳房，还有吸血鬼般的尖牙。她的眼睛燃烧着，像地狱的窗户般吸引着我的目光。它们疯狂地向我诉说着，我对莎拉的一切都只是源于最初始的兽欲。我尖叫起来。

我从暗烟的视角中切换出来。

他也很想尖叫，我想他差一点儿也被吓醒了。

·—·—·—·

独眼笑道："爽吗，孩子？"

我被浇透了，水很凉。"这是什么？"

"你又差点儿被困在那里了，浇你冷水是在帮你。"

我开始发抖。"哦，妈的，太冷了。"我没有告诉他我看到了什么，因为我真的被吓到了。也可能只是我再一次放飞了我的想象力。"你这狗屎，你到底想做什么，想让我心脏病发作？"

"我只是不想让你再迷失，你可不会照顾自己。"

"我想我已经迷失了，老太婆。"

星星讽刺般地眨着眼睛。

总会有办法的。

寒风呜咽着、呼啸着刮过锋利的冰凌。响亮的吠叫在惶悚原上回荡。愤怒是一种赤红的，仿佛有生命的力量。如饥饿的蟒蛇不断吞噬膨胀着。徽章旗帜上有阴影闪动。越来越多的人被召集起来，东一堆西一簇。

平原的中央被灾难摧毁得伤痕累累。一道锯齿状的闪电缝隙横穿平原的表面。裂缝是如此之宽，孩子都跨不过去，而且它深得不可见底。雾气弥漫着，有的飘上来就是彩色的。

巨大的灰色堡垒表面裂开了，一座塔在裂缝上坍塌了。一个低沉而缓慢的节拍从城堡中隆隆传出，打破了宁静，仿佛一个跳动着、抱怨着世界的心脏。

木制王座已经歪斜，上面钉着的图形扭曲着。它的面容狰狞，眼睑颤动着，仿佛它即将醒来。

这也算是一种不朽，但代价是痛苦的。

就连时间也是会停止的。

（未完待续）

图书在版编目（CIP）数据

黑色佣兵团.6，荒芜岁月／（美）格伦·库克著；赵梓铭译.－－北京：国际文化出版公司，2023.5
ISBN 978－7－5125－1448－5

Ⅰ．①黑… Ⅱ．①格… ②赵… Ⅲ．①长篇小说－美国－现代 Ⅳ．①I712.45

中国版本图书馆CIP数据核字(2022)第121743号

北京市版权局著作权合同登记号：图字01－2023－2223

黑色佣兵团 6 荒芜岁月

作　　者	［美］格伦·库克
译　　者	赵梓铭
责任编辑	吴赛赛
策划编辑	王　磊
出版发行	国际文化出版公司
印　　刷	三河市金泰源印务有限公司
开　　本	880 毫米 ×1230 毫米　　　32 开
	9.75 印张　　　251 千字
版　　次	2023 年 5 月第 1 版
	2023 年 5 月第 1 次印刷
书　　号	ISBN 978－7－5125－1448－5
定　　价	49.80 元

国际文化出版公司
北京朝阳区东三城路乙 9 号　　　　邮编：100013
总编室：（010）64270995　　　传真：（010）64270995
销售热线：（010）64271187
传真：（010）64271187－800
E-mail：icpc@95777.sina.net